Im Schatten der Geister

V. und N. Fritz

W0013201

IM SCHATTEN DER GEISTER

V. UND N. FRITZ

ISBN 978-3-932308-33-8

Autor: *Veronika und Norbert Fritz*
2. Auflage, 2012

© 2003 Christlicher Missions-Verlag, Bielefeld
© 1984 Hänssler-Verlag, Neuhausen-Stuttgart
Gesamtgestaltung: CMV
Printed in Germany

Inhalt

1. KAPITEL
Glückliche Tage

Lautes Gelächter schallte durch das Lager der Cheyenne. Obwohl die Indianerjungen weit davon entfernt spielten, trug der Wind ihre übermütigen Schreie bis zu den Tipis, den Zelten ihres Stammes. Die Cheyenne hatten einen guten Platz gefunden, zwischen einem großen, wildreichen Waldstück und einem müde dahinplätschernden Fluss. Die Tipis, oft mit abenteuerlichen Szenen aus dem Leben ihrer Bewohner verziert, standen in einem weiten Abstand zueinander. In der Mitte befand sich das Hauptzelt, in dem die Indianer ihre Ratsversammlungen abhielten.

Kirschauge hielt es bei der langweiligen Stickarbeit, die die Mutter ihr aufgetragen hatte, nicht mehr aus. Sie wollte unbedingt zuschauen, was es mit dem erneuten Gejohle auf sich hatte. Schnell legte sie die Mokassins beiseite, die sie mit schönen, bunten Perlen besticken sollte. Beiläufig ergriff sie den ledernen Eimer so, als wolle sie am Fluss Wasser holen. Doch dort angekommen, ließ sie den Eimer fallen und huschte zu den Büschen, die den Platz umgaben, auf dem die Jungen spielten. Wie eine Eidechse

schlüpfte sie durch das dornige Gestrüpp, ohne Rücksicht auf ihre ungeschützten Beine, die diese Tour nur mit nicht gerade wenigen blutigen Kratzern überstanden. Die spitzen Schreie und das laute Gejohle der Jungen versetzte alle Beteiligten in immer hellere Begeisterung. Kirschauge sah ihren großen Bruder Tapferes Herz, der mit einem Feigenkaktus auf einen Spielkameraden einschlug. Ihr Herz schwoll an vor Stolz. Ihren Bruder konnte so schnell niemand besiegen!

Nun stockte das Spiel, die Rollen wurden neu verteilt. Ein anderer Indianerjunge ging in die Mitte des Kreises. Oben an einer Stange hatte er ein Kaktusblatt befestigt, das er hoch über sich hielt. Nun rannte er im Kreis herum, einen Bison darstellend, der in Panik geriet. Jetzt mussten die anderen versuchen, mit ihren Pfeilen eine bestimmte Stelle des Kaktus zu treffen. Gelang es einem von ihnen, hatte er den „Bison" tödlich getroffen. Der angeschossene Junge musste sich fallen lassen und „verenden". Doch wehe, man traf nicht die richtige Stelle! Dann kam der „Bison" im Galopp daher und stach jeden mit seinen „Hörnern", der nicht schnell genug rannte. Das Kaktusblatt, das die Hörner darstellte, hinterließ zwar nicht die oft tödlichen Wunden, die es bei der wirklichen Bisonjagd geben konnte, aber man erhielt schmerzhafte Stiche von seinen Stacheln. Tapferes Herz lief an der Spitze der davonstürmenden Meute.

Kirschauge lächelte vor sich hin. Tapferes Herz glich so sehr dem mutigen Vater, Großer Bär. Jener hatte schon früh wegen seiner Schnelligkeit bei Wettspielen und seiner Kühnheit bei der Bärenjagd hohes Ansehen bei dem ganzen Stamm erlangt. Als er älter wurde, war es nur selbstverständlich, dass die Stammesräte ihn zu ihrer Versammlung luden. An das große Fest, das man allein zu Ehren ihres Vaters veranstaltete, konnte sich Kirschauge noch gut erinnern, obwohl sie damals sehr klein gewesen war. Zuerst war Großer Bär in das Versammlungszelt geholt worden. Daheim hatte die Mutter den aufgeregten

Geschwistern erzählt, dass der Vater nun einige geheimnisvolle Zeremonien mitmache. Sie würden miteinander die reich geschmückte Pfeife rauchen und damit feierlich besiegeln, dass Großer Bär nun auch zum auserwählten Kreis der Stammesräte gehörte. Zum Abschluss des Tages hatte der Vater für den ganzen Stamm ein reichliches Festessen gegeben. Und nicht nur das; danach war ein prasselndes Feuer in der Mitte des Lagers angefacht worden, um das sich alle scharten. Mit bunten Federn geschmückte Krieger begannen beim dumpfen Dröhnen der Trommeln einen wilden Freudentanz. Die Kinder konnten natürlich vor lauter Aufregung nicht schlafen. Sie hüpften wie kleine Kobolde durch die Reihen der Erwachsenen, bis sie endlich erschöpft auf den Knien der Mutter einschlummerten. Das Fest dauerte noch bis spät in die Nacht, und schließlich trugen Großer Bär und Prärieblume ihre beiden Kinder in ihr Tipi. Schon bald danach schliefen auch sie stolz und glücklich ein. Kirschauges Gedanken kehrten wieder zurück. Die Jungen hatten ihr Spiel beendet und saßen jetzt völlig erschöpft in einem Kreis zusammen. Sie nutzten diese Gelegenheit, um Geschichten zu erzählen. Mäuschenstill war es, denn jeder ruhte sich aus und überlegte sich die schönste und aufregendste Geschichte, die ihnen die Erwachsenen über die Bisonjagd erzählt hatten. Kirschauge hielt den Atem an. Sie fürchtete, die Jungen könnten sie im Gestrüpp entdecken. Sie würden sie sofort wütend verjagen, das wusste sie genau. Schließlich gestatteten sie es keinem Mädchen, in ihrer Nähe zu sein. Alle Jungen waren schon über zwölf Winter alt und in die Welt der Väter aufgenommen. Nun fühlten sie sich wie Männer. Spiele mit den Mädchen waren ihnen von der Zeit an untersagt. Ein wenig war Tapferes Herz auch von dem Stolz der Männer angesteckt worden, seitdem der Vater ihn zur ersten Bisonjagd mitgenommen hatte. Wehmütig dachte Kirschauge an jenen Tag zurück.

Sie hatte ihrem Bruder keine Ruhe gelassen, bis sie alles von diesem aufregenden Erlebnis aus ihm herausgepresst hatte. Für sie war es ein trauriger Tag. Nicht einmal zur Mutter durfte sie nachher gehen, um beim Zerlegen der Tiere zu helfen. Diese Arbeit war bei den Frauen sehr unbeliebt, aber Kirschauge hätte sogar dort geholfen, um wenigstens so Anteil an diesem für ihren Bruder so wichtigen Tag zu haben. Im Sommer wurde die Arbeit durch die brütende Hitze, den furchtbaren Staub, die surrenden Moskitos und andere Ungeziefer geradezu unerträglich. Dazu kam noch, dass durch den süßlichen Blutgeruch der erbeuteten Tiere ganze Horden hungriger Präriewölfe angelockt wurden, die sich auch ihren Teil von der Beute holen wollten. Im Winter war es nicht besser. Zwar gab es weder Hitze noch Staub, noch lästige Insekten; dafür musste man aber fürchten, dass die vor Kälte steifen Finger an den schnell erkaltenden Bisonfellen anfroren. Deshalb musste die Arbeit, solange die Tiere noch warm waren, in fliegender Eile erledigt werden. Nach solch einem anstrengenden Tag kamen dann alle zähneklappernd und völlig erschöpft nach Hause zum Lager. Viele Frauen erledigten diese schwere Arbeit alleine; der Mann ging nach der gefährlichen Jagd, bei der er oft sein Leben riskiert hatte, nach Hause. Nur Großer Bär und einige andere Jäger waren der Meinung, die Arbeit sei zu schwer für eine Frau und legten Hand an. Dafür waren die Frauen sehr dankbar. Tapferes Herz war schon früh vom Vater zum Fallenstellen und Fischfang mitgenommen worden. Der Vater hatte ihm das Spurenlesen beigebracht und ihn gelehrt, wie man in ihrer Gegend tagelang ohne Wasser und Nahrung, nur von Beeren und sonstigen Pflanzen leben konnte. Tapferes Herz lernte die verschiedenen Vogelstimmen unterscheiden und nachahmen. Er wurde in die geheime Sprache der Rauchsignale eingeführt und konnte auch bald die anderen ungeheuer vielfältigen Zeichensprachen der Indianer. Doch der Höhepunkt bestand in der ersten Jagd auf die Bisons. Hatte ein Junge dort Geschick und Mut bewiesen, war er fast gleichwertig in die Welt der

Männer aufgenommen. Tapferes Herz empfand tagelang eine zu große Aufregung, um noch richtig schlafen zu können. Als endlich der ersehnte Tag der Jagd kam, sprang er – entgegen seiner sonstigen Art – zappelig und erregt herum, bis ihn der Vater streng ermahnte. Dann endlich ging es los, und er bestieg atemlos sein Pferd, das ihm Großer Bär vor Jahren schon geschenkt hatte. Alle bewaffneten sich mit Pfeil und Bogen. Damit waren die Indianer wesentlich schneller als mit Gewehren, die damals sehr umständlich geladen werden mussten. Der Vater warnte Tapferes Herz, gleich bei der ersten Jagd auf die unberechenbaren Tiere zu schießen. Erst solle er einmal nur dabei sein und langsam die Taktik der Jäger erlernen. Aber heimlich hoffte Tapferes Herz natürlich doch, seinen Pfeil auf einen dieser riesigen Leiber schießen zu können. Als er auf sein Pferd sprang, merkte Schneller Pfeil sofort die ungewohnte Aufregung seines Besitzers und tänzelte nervös im Kreis herum. Tapferes Herz tätschelte den Hals des feinfühligen Tieres und flüsterte ein paar zärtliche Worte in sein Ohr, um es zu beruhigen. Dann ritten sie endlich los.

Die Herde war schon vorher von einigen Spähern entdeckt worden. Als sie nun riesengroß vor ihren Augen stand, teilten sich die Männer wie auf Befehl. Sie kreisten die Tiere schnell ein und begannen wie auf Kommando ein ohrenbetäubendes Gebrüll. Die erschreckte Herde preschte los. Man brauchte schon ein schnelles, ausdauerndes Pferd, um mit ihnen Schritt halten zu können. Deshalb war jeder Indianer darauf bedacht, sein bestes Pferd auf die Jagd mitzunehmen.

Die gellenden Schreie der Krieger, die donnernden Hufe der Bisons, die eine hohe Staubwolke aufwirbelten, ängstigten Tapferes Herz so sehr, dass er das Äußerste aus Schneller Pfeil herausholte, um den Vater nicht zu verlieren. Allein schon der Gedanke, ohne diese vertraute Gestalt den Schrecken miterleben zu müssen, war für ihn furchtbar. Der Leitbulle drehte sich in völliger Panik um und begann im Kreis herumzulaufen. Alle anderen Tiere folgten ihm. Einige Bisons scherten aus und versuchten, auf eigene Faust der Gefahr zu entkommen. Tapferes Herz beobachtete, wie ein verstörter Bison auf den Vater zulief, der sofort seinen Bogen spannte, einen gut gezielten Schuss abgab und gleich wieder umdrehte, um dem rasenden Tier zu entkommen. Entsetzt riss auch Tapferes Herz sein Pferd herum, als er das mannshohe Tier auf sich zukommen sah, und galoppierte weit in die Prärie hinein. Dann fiel ihm der Vater ein, und sofort drehte er wieder um. Er sah gerade noch, wie der Bison in weitem Kreis zu Großer Bär zurücklief. Ohne an die Mahnungen des Vaters zu denken, spannte Tapferes Herz seinen Bogen. Fast gleichzeitig ging sein Pfeil mit dem Pfeil, den sein Vater in aller Eile abschoss, auf die Reise. Zuerst erreichte der Pfeil von Großer Bär sein Ziel, denn er war dem Bison bedeutend näher. Das zottige Tier knickte leicht in die Knie, raffte sich aber zum großen Entsetzen des Jungen sofort wieder auf, um mit noch größerer Wut auf den Vater loszupreschen. Da erreichte ihn der Pfeil des Jungen. Er traf genau die Herzgegend, und der Bison brach endgültig zusammen. Tapferes Herz ritt benommen auf seinen Vater zu, der ihn mit einem jubelnden Siegesschrei empfing. Der Junge erwachte wie aus einem bösen Traum, doch der Vater stürzte sich schon wieder in die Staubwolke, und Tapferes Herz blieb mit zitternden Knien zurück. Er war der Meinung, er habe erst einmal genug Abenteuer erlebt. Doch dann musste er an den Vater denken, und wie um ihn zu beschützen, galoppierte auch er wieder hinaus hinter den Vorhang der Staubwolke.

Als Tapferes Herz hier am Ende seines Berichtes angekommen war, ging der Atem von Kirschauge ganz flach vor Aufregung, und Tränen standen ihr in den Augen. Wer weiß, was passiert wäre, hätte Tapferes Herz seinen Pfeil nicht abgeschossen! Nicht auszudenken! Ganz genau hatte man nachher nicht feststellen können, welcher der tödliche Pfeil gewesen war. Der Vater hatte seinen Sohn nur kurz darüber gelobt, dass er genau das Herz des Tieres getroffen hatte. Er hatte die Hand auf die Schulter des Jungen gelegt und ihm dabei fest in die Augen geschaut und ihn gefragt: „Hattest du Angst, mein Sohn?" Einen kurzen Moment lang wollte Tapferes Herz abstreiten, doch dann siegte seine Liebe zur Wahrheit. „Ja, sehr." – „Das ist gut. Wenn ein Mann der Angst öfter in die Augen geschaut hat, kann er sie besser verjagen. Du hast dich sehr tapfer gehalten." Stolz war Tapferes Herz mit den erschöpften Männern ins Lager zurück geritten. Er musste auch hinterher nicht zum Zerlegen der Tiere mit. Der Vater bestand darauf, dass er sich ausruhte. Tapferes Herz genoss den Tag in vollen Zügen. Abends am Lagerfeuer erzählte Großer Bär die Begebenheit den übrigen Stammesmitgliedern. „Von heute an, meine Brüder, nennt meinen Sohn Tapferes Herz, weil er so tapfer war und mir vielleicht sogar das Leben rettete." Alle nickten. Ja, das war gut.

Kleiner Dachs fiel eine Erzählung von der Bisonjagd ein und er erhob die Stimme: „Mein Vater hat mir einmal die Geschichte vom Fliegenden Adler erzählt", begann er. Alle kannten diese Legende; sie hatten sie, genau wie Kleiner Dachs, schon viele Male gehört. Aber jeder richtete sich gespannt auf in der Hoffnung, Kleiner Dachs kenne Einzelheiten, die sie noch nicht gehört hatten. Außerdem waren sie – wie Kinder auf der ganzen Welt – begeisterte Zuhörer von Geschichten, auch wenn sie schon hundertmal erzählt wurden.

Aber Kleiner Dachs erzählte mit so monotoner Gleichförmigkeit, dass Kirschauge schon nach wenigen Minuten schläfrig wurde. Wieder gingen ihre Gedanken eigene Wege... Ein wenig hatte sie sich gefürchtet, ihren großen Bruder an die Erwachsenen zu verlieren nach dieser spannungsgeladenen Jagd. In den ersten Tagen erwies sich ihre Befürchtung als nicht ganz ungerechtfertigt. Doch obwohl Tapferes Herz nur ein bisschen stolzer und unnahbarer war, liebte er doch seine jüngere Schwester genauso wie früher. Oft erzählte er Kirschauge von ihrer Geburt und den darauffolgenden Jahren, die für sie noch ohne Erinnerung waren. Tapferes Herz hatte nichts anderes erwartet als ein Brüderchen, mit dem er durch die Wälder streifen konnte. Wenn er so im Morgengrauen der Mutter beim Spaziergang zuschaute, den alle Indianerinnen, die ein Baby erwarteten, jeden Morgen machten, damit das Baby wachsen konnte, dann sprangen seine Gedanken weit voraus. Wie lange würde es noch dauern, bis er dem Bruder all die Dinge beibringen konnte, die ihn der Vater gelehrt hatte? Dann endlich kam der Tag der Geburt. Tapferes Herz wurde sehr zu seinem Missfallen – in das Tipi seiner Großeltern gebracht. Wie gerne hätte er die Ankunft seines erhofften Bruders miterlebt!

Doch statt eines ersehnten neuen Kriegers bekam der Stamm ein kleines Mädchen... Großer Bär nahm seine Tochter zum ersten Mal in die Arme und bestaunte sie. „Sie hat Augen wie wilde Kirschen", stellte er fest. So kam Kirschauge zu ihrem Namen. Auch ein Mädchen wurde bei den Cheyenne freudig begrüßt, und so schoss der Vater sein Gewehr zur Ankunft seiner Tochter genauso ausgelassen ab, wie es bei der Geburt eines Sohnes gewesen wäre.

Doch Tapferes Herz war einige Tage gekränkt. Was sollte er mit einem zimperlichen Mädchen anfangen? Als er aber zum ersten Mal das winzige Geschöpf richtig ansah, erfüllte ihn sofort zärtliche Liebe. Er schwor sich, seine Schwester zu beschützen, solange er konnte. Nach wenigen Wochen kam Kirschauge in ein Wiegenbrett. Schon lange vor ihrer Geburt hatte eine Tante den kleinen Lederbeutel reich mit bunten Perlmustern bestickt. Dann wurde der Beutel auf zwei schön verzierte Bretter montiert. So ein Wiegenbrett erwies sich für die herumziehenden Indianer als sehr praktisch. Die Mutter konnte das Baby überall herumtragen und hatte doch beide Hände frei für die Arbeit. Zogen sie weiter, wurde das Wiegenbrett sorgfältig am Sattelgurt befestigt, und das neugierige Baby konnte die neue Umgebung bestaunen. Im Tipi stellte man das Brett gegen die Fellwände, und wieder hatte das Kind Anteil an seiner Umgebung.

Nachdem Tapferes Herz seine Schwester ins Herz geschlossen hatte, fiel es ihm auch nicht schwer, ihr einen Platz in der Familie zu gönnen. Er kannte keine Eifersucht gegen das winzige Wesen, mit dem er von nun an die Herzen seiner Eltern teilen musste. Er konnte sich nicht satt sehen, wenn die Schwester laut schmatzend an der Brust der Mutter trank. Und wie musste er immer wieder lachen, wenn ihre kleinen Händchen seine Finger umschlossen und ihn nicht mehr loslassen wollten! Einmal gab es jedoch Schwierigkeiten wegen Kirschauge, denn sie wollte nicht aufhören zu weinen. Prärieblume, ihre Mutter, gab ihr zu essen. Aber schon kurze Zeit darauf begann sie von neuem mit Geschrei. „Was hat sie? Ist sie krank?", wollte Tapferes Herz besorgt wissen. Seine Mutter untersuchte das Kind, aber sie konnte nichts finden. Dass sich die Mutter mit ihr beschäftigte, gefiel Kirschauge sehr gut, und sie lachte schon wieder. Doch als Prärieblume das Wiegenbrett an die Tipiwand stellte, um weiter ihren Pflichten nachzugehen, fing Kirschauge wieder jämmerlich an zu weinen. Da ging Prärieblume kurz entschlossen zu ihrer Tochter, nahm das Gestell, ging hinaus und stellte Kirschauge in ihrem Wiegenbrett an einen abseits gelegenen Baum. Dann drehte sie sich um, denn sie wollte einen Umhang für ihren Mann zu Ende sticken. Doch da verstellte Tapferes Herz ihr den Weg. „Du kannst sie doch nicht alleine da stehen lassen! Was ist, wenn sie doch krank ist?" – „Es fehlt ihr nichts", war die ruhige Antwort der Mutter. „Sie muss nun auch lernen, dass es sich nicht lohnt, so unbeherrscht zu sein." Kirschauge schrie wieder lauter, als sie die vertraute Gestalt der Mutter verschwinden sah. „Aber dort könnte sie eine Biene stechen, und außerdem wird sie bestimmt durstig werden." Tapferes Herz kämpfte mit den Tränen. Die Mutter sah ihn fest an. „Du weißt, dass jedes Baby lernen muss, nur zu schreien, wenn es wirklich etwas braucht. Oder wollen wir es unseren Feinden so leicht machen?"

Tapferes Herz wusste, dass die Mutter Recht hatte. Wenn sie im Kriegszustand mit einem anderen Stamm waren, konnten schreiende Babys lebensgefährlich sein. Solche Erziehungsmaßnahmen hatte er schon oft bei anderen Familien beobachtet, aber weil es nun die eigene Schwester betraf, sah die Sache nicht so spaßig aus wie sonst. „Außerdem", belehrte ihn die geduldige Mutter, „muss sie früh genug lernen, eine gute Cheyenne zu werden." Hier brauchte es keine weiteren Erklärungen. Ein Cheyenne musste sich beherrschen lernen. Die Kinder weinten selten, wenn sie sich verletzten. Das lernten sie schon bald. Tapferes Herz verstand die Mutter, und an ihrem unruhigen Wesen, das er von ihr gar nicht gewohnt war, erkannte er, dass auch sie unter dem ausdauernden Gebrüll von Kirschauge litt. Diese Szene wiederholte sich noch einige Male; dann hatte die Schwester begriffen.

An der spannendsten Stelle seiner Geschichte angekommen, hob Kleiner Dachs plötzlich die Stimme: „Und als der Bison das Pferd mit den Hörnern umstieß, wechselte Fliegender Adler mit einem mächtigen Sprung sein Pferd mit dem Bison. Das schwere Tier war schon tödlich getroffen. Das warme Blut lief ihm die mächtigen Schultern hinunter, aber noch ein letztes Mal bäumte es sich auf und versuchte seinen ungewohnten Reiter loszuwerden. Fliegender Adler klammerte sich an den dreckigen, zottigen Haaren des Tieres fest, und nachdem der Bison einige unheimliche Runden mit ihm gedreht hatte, brach das schwere Tier endlich zusammen. Wieder rettete Fliegender Adler nur ein wagemutiger Sprung auf die harte Erde. Nach diesem Abenteuer bekam er auch seinen Namen, und die alten Leute wurden nicht müde zu erzählen, wie er – einem Adler gleich – von seinem Pferd auf den Bison und wieder zur Mutter Erde zurückgeflogen war." Die Jungen schüttelten sich vor Lachen bei dem Gedanken, dass jemand auf einem Bison geritten sein sollte. Sie stellten sich vor, wie Fliegender Adler sich an den Haaren des Bisons festgehalten hatte. Das war zu komisch!

Kirschauge kroch auf allen vieren durch die niedrigen Büsche. Erst als die Jungen außer Sichtweite waren, richtete sie sich wieder auf. Ihre Arme und Beine waren völlig zerkratzt und ihr ganzer Körper über und über mit Staub bedeckt, den die Jungen beim Spiel aufgewirbelt hatten. Schnell lief sie zu dem kleinen Fluss, um sich notdürftig zu waschen. Beschämt nahm sie den Wassereimer, füllte ihn und ging geknickt nach Hause. Sie hatte völlig die Zeit vergessen, und die Mutter würde sie bestimmt schon überall verzweifelt suchen.

2. KAPITEL
Die Familie

Prärieblume hatte tatsächlich in der Nachbarschaft nach der verlorenen Tochter gefragt. Doch niemand hatte Kirschauge beobachtet. Prärieblume war eher verärgert als beunruhigt. Sie konnte sich denken, was mit Kirschauge los war. Sicher lief sie wieder hinter ihrem großen Bruder her. Bei diesem Gedanken schlich sich dennoch ein Lächeln auf ihre Lippen. Kirschauge hing so sehr an ihrem Bruder, dass sie es nie lange ohne ihn aushielt.

Tapferes Herz nahm sie auch überallhin mit, wo er nur konnte. Darum kannte sich Kirschauge fast so gut aus wie ihr Bruder. Sie wusste, wie man Schlingen für die Kaninchen legt und konnte besser als mancher Junge im Stamm mit Pfeil und Bogen umgehen. Tapferes Herz lehrte sie, welche Früchte und Beeren essbar sind und wie man Spuren lesen kann. Er gab also alles genauso an Kirschauge weiter, wie er es bei einem Bruder getan hätte. Doch die Mutter behielt Kirschauge immer öfter zu Hause, zum großen Kummer ihrer Tochter. Aber so sehr Prärieblume auch stolz darauf war, dass ihre Tochter alle anderen Mädchen, die so gerne mit ihren Hirschlederpuppen und kleinen Tipis spielten, hinter sich ließ, so wusste sie doch, dass für Kirschauges späteres Hausfrauenleben solche Kenntnisse wichtiger waren. Und so gab sie sich hart, obwohl sie die wehmütige Tochter gut verstand. Das Leben als Frau bei den Indianern war zwar nicht leicht, aber sehr ausgefüllt. Die Indianerfrauen mussten – außer im Krieg und bei der Jagd – alle anderen Dinge des Lebens beherrschen. Sie waren es, die das Tipi abbrachen und es auch wieder aufstellten. Darum wählten auch sie den neuen Lagerplatz aus.

Die Frauen der Cheyenne mussten jedes Teil des Bisons, gut durchdacht, weiterverarbeiten können. Unter ihren geschickten Händen entstanden aus den mühsam gegerbten Fellen weiche Bettdecken, bunte Umhänge, mollig warme Mäntel, Mützen und Handschuhe. Die Mäntel und Umhänge wurden kunstvoll mit farbigen Perlenmustern bestickt. Die Töchter lehrten sie, dass die Außenseiten der Mokassins am besten aus weichem Hirschfell, die Sohlen aber aus dem widerstandsfähigen Fell eines alten Bisons gemacht wurden. Auch die Mokassins bestickte man nach alten, überlieferten Mustern, die jedoch immer wieder neu abgeändert werden durften.

Gestickt und genäht wurde mit einer Nadel aus spitzgeschliffenen Knochen. Diese Nadel herzustellen war eine feine Arbeit, die sehr viel Geschick erforderte. Den Faden machten die Frauen aus Tiersehnen, und aus dem Magen des Bisons entstand sogar noch ein Wassereimer. Seife wurde aus dem talgigen Bisonfett gekocht; eine Seife, die natürlich nicht besonders gut roch...

Doch ihr Erfindungsreichtum hörte hier nicht auf; selbst der Schwanz wurde gebraucht. Es entstand daraus eine Art Fliegenklatsche. Die Männer ließen es sich nicht nehmen, selbst aus den Knochen des Bisons ihre Messer und Pfeilspitzen zu schnitzen; doch die anderen Arbeiten überließen sie den Frauen. Männer mussten ihr Leben im Krieg und bei der Jagd riskieren, und das genügte. Das Wichtigste war eine gute Bisonjagd, denn die Masse des wohlschmeckenden Fleisches konnte durch nichts ersetzt werden. So zogen sie immer hinter einer Herde her, die in der endlosen Prärie ihre Nahrung suchte.

Kirschauge kam mit hochroten Wangen angelaufen und übergab den Wasserbehälter der Mutter. „Deine Tochter hat sich leider verspätet", sagte sie beschämt. Prärieblume nahm wortlos den Eimer und verschwand im Tipi. Es würde keinen Zweck haben, mit Kirschauge zu schimpfen.

Am violetten Himmel wurde die Sonne schon zu einem glühenden Ball. Prärieblume begann schnell mit der Zubereitung einer Mahlzeit, bald würde Großer Bär hungrig von der Jagd heimkehren.

Plötzlich fiel ein rot leuchtender Strahl der fast schon untergegangenen Sonne ins Tipi. Lächelnd betrat Großer Bär mit seinem Sohn das Zelt. „Unterwegs habe ich diesen Burschen hier aufgefischt. Ich glaube, er wollte draußen übernachten", neckte er Tapferes Herz. Lachend wollte der Junge seinem Vater einen leichten Stoß versetzen, doch der wich ihm geschickt aus, und so begann ein scherzhafter Kampf zwischen den beiden. Kirschauge beobachtete sie schmunzelnd. Tapferes Herz hing sehr an seinem Vater, und obwohl Kirschauge ihn auch liebte, war sie doch mehr der Mutter zugetan. Auch Prärieblume musste lächeln. Als die beiden abgekämpft am Boden liegen blieben, fragte sie: „Wie war die Jagd, mein Mann? Hattest du Glück?" Großer Bär sprang nach draußen und kam mit einigen erlegten Bibern zurück. „Der Geist des Bibers war mir gut gesonnen. Ich habe viele von ihnen erlegen können. Das gibt schöne Felle!", strahlte er.

Prärieblume lobte ihn, und auch Kirschauge bewunderte die wirklich herrlichen Felle. Tapferes Herz meldete Hunger an. Als die ganze Familie beim Essen saß, schob sich ein Gast durch die Öffnung des Zeltes. Wachsamer Fuchs, ein Bruder von Prärieblume, war ein gern gesehener Besucher. Höflich wartete er am Eingang, bis ihn Großer Bär aufforderte, in ihrer Mitte Platz zu nehmen. Wachsamer Fuchs ließ sich wohlig aufseufzend nieder, und Großer Bär legte ihm ein zartes Stück Kaninchenfleisch vor. Nachdem Wachsamer Fuchs einen herzhaften Biss getan hatte, wandte er sich an seinen Schwager: „Ich habe heute ein Bärenpaar entdeckt. Geht Großer Bär morgen mit seinem Freund auf die Jagd? Gemeinsam werden wir sie erlegen, viel Fleisch und jeder ein Bärenfell haben. Ich will gerne eins für die Mutter. Sie hat oft schwere Schmerzen, und die Wärme eines guten Felles könnte ihr helfen." Großer Bär begeisterte sich gleich für den Plan. Bärenfleisch war sehr schmackhaft und eine willkommene Abwechslung in ihrer oft einseitigen Ernährung. „Das andere Fell kannst du auch für die Mutter meiner Frau haben, wenn wir die Bären erledigen. Du hast sie ja aufgespürt, dafür gebührt dir auch ein guter Lohn. Morgen ganz früh, bevor die Sonne kommt, wollen wir aufbrechen."

Wachsamer Fuchs grinste zufrieden. Wenn Großer Bär mitging, konnten sie mit Jagdbeute rechnen. Er bewunderte seinen Schwager restlos, der um einige Winter älter war und von dem er schon so viel gelernt hatte. Großer Bär geizte nie mit seinen Kenntnissen, aber er drängte sie auch niemandem auf. Einmal sprach ihn Wachsamer Fuchs auf einen besonders guten Fang an, und Großer Bär nahm ihn gleich am nächsten Tag mit. So war eine jahrelange Freundschaft entstanden, die immer herzlicher wurde. Wachsamer Fuchs stand auf, immer noch genüsslich kauend, und erhob die Hand. „Dann wünsche ich euch noch eine gute Nacht. Die Geister mögen euch gut gesinnt sein und für eure Gastfreundschaft belohnen!" Prärieblume lief schnell hinter ihm her. „Sag bitte meiner ehrwürdigen Mutter, dass ich ihr morgen helfen komme." Wachsamer Fuchs nickte nur und ging. Es gab zwar noch eine junge, unverheiratete Schwester, aber Prärieblume wusste, dass Weiße Antilope nicht viel von der Arbeit hielt. Ihre Schwester war noch in späten Jahren geboren, lange nach Prärieblume und ihren drei Brüdern. Als Prärieblume in das Tipi ihres Mannes zog, war Weiße Antilope erst fünf Winter alt, und sie wurde von den Eltern sehr verzärtelt. Die Mutter mochte nie besonders streng mit ihr sein, und daher machte Weiße Antilope bald nur noch, was sie gerne mochte. Lust zur Arbeit hatte sie selten, und so war sie bald bekannt für ihre Faulheit.

Prärieblume hatte oft Bedenken, dass ihre Schwester nie einen guten Mann bekommen würde. Sie selbst war ein begehrtes Mädchen gewesen, denn sie war nicht nur schön, sondern auch fleißig und geschickt. Es gab Abende, an denen drei, vier junge Männer vor dem Tipi ihrer Eltern standen, um ein paar Worte mit ihr wechseln zu dürfen – natürlich streng bewacht von Vater und Mutter.

Unter den Verehrern befand sich auch lange Zeit Höckriger Wolf, der Bruder von Großer Bär. Nur schaudernd dachte Prärieblume an ihn. Nie eingeschüchtert durch ihre abwehrende Haltung, kam er oft, obwohl ihn Prärieblume besonders kühl behandelte. Sie schreckte vor seinen listigen Augen und seiner bekannten Grausamkeit zurück. Wie konnten zwei Brüder nur so verschieden sein? Ja, wenn Großer Bär um sie geworben hätte... Höckriger Wolf schickte trotz der eindeutigen Absagen von Prärieblume eines Tages zehn Pferde als Geschenk an ihre Eltern. Nahm die Familie des umworbenen Mädchens die Pferde an, akzeptierten sie damit den Geber als zukünftigen Mann ihrer Tochter. Wurden die Tiere aber zurückgeschickt, bedeutete dies die endgültige Absage und eine furchtbare Demütigung für den Bewerber.

Als die Pferde eintrafen, beriet die Familie lange. Ein Cheyennemädchen wurde nicht einfach verkauft, sie ging nur freiwillig eine Ehe mit dem Bewerber ein, und Prärieblume weigerte sich standhaft. Nach einem heftigen Gespräch sah die Familie ein, dass das Mädchen sich nicht umstimmen ließ. Die zehn Pferde wurden widerstrebend zurückgesandt. Niemand konnte sich erinnern, dass jemand so viel für eine Ehe opfern wollte. Es war sehr hart, diesen großen Reichtum, den zehn Pferde gebildet hätten, abzuweisen. Ihre Herzen zitterten jedoch vor allem, wenn sie an die große Schmach dachten, die sie Höckriger Wolf mit ihrer Absage antaten. Zwar war er bei ihnen nicht sehr beliebt, doch gehörte er zu einer angesehenen und geachteten Familie. Außerdem war die Schande, von einem Mädchen abgewiesen zu werden, so groß, dass sie alle Abneigung vergaßen und mit Höckriger Wolf litten. Aber Prärieblume beteuerte immer wieder, dass sie nie auf seine Besuche reagiert hätte. So war es eine große Dummheit von Höckriger Wolf, eine Absage zu riskieren. Jeder Cheyenne schickte seine letzte Werbung erst los, wenn er durch die vielsagenden Blicke und ermunternden Worte seiner Auserkorenen genügend ermutigt worden war. Höckriger Wolf hatte dieses ungeschriebene Gesetz ihres Stammes missachtet und musste nun auch die Folgen tragen. Sicher war die große Anzahl Pferde von ihm in der Hoffnung geschickt, dass die Familie sich damit bestechen ließe und sie das Mädchen zu einer Heirat überredeten. Doch er hatte nicht mit der Würde und dem Anstand dieser Leute gerechnet, die es nicht zuließen, dass ihre Tochter aus reiner Gewinnsucht unglücklich wurde.

Als Großer Bär von dieser Geschichte erfuhr, stritten sich in seinem Herzen das Mitgefühl für seinen Bruder und die Verachtung für seine Dummheit. Obwohl Prärieblume seine Familie mit so viel Schande bedeckt hatte, empfand er für sie Hochachtung. Sie hatte ein wirklich fürstliches Geschenk abgelehnt, durch das so manches Mädchen schwankend geworden wäre. Von diesem Zeitpunkt an betrachtete er dieses Geschöpf näher. Langsam verstand er seinen Bruder besser. Doch als er ihn zu trösten versuchte, bekam er eine kalte Abfuhr von dem älteren Bruder. Höckriger Wolf beneidete ihn schon lange um die Achtung, die Großer Bär bei allen genoss. Er konnte sich noch so tapfer im Kampf bewähren, sein Bruder hatte immer mehr Glück. Zwei Jahre nach diesen Ereignissen sandte Großer Bär die üblichen fünf Pferde an die Familie von Prärieblume. Er war sich darüber klar, dass sein Bruder ihm das nie verzeihen würde; aber die Liebe zu Prärieblume war größer als die Zuneigung zu seinem Bruder.

Prärieblume nahm hocherfreut an, und schon wenige Tage nach der Werbung zog sie in das Tipi von Großer Bär. Der Neid von Höckriger Wolf schlug um in abgrundtiefen Hass. Von diesem Tag an umschlich er die beiden wie eine angeschossene Wildkatze, jeden Augenblick zum Absprung bereit. Er wartete geduldig auf einen Fehler von Großer Bär, um ihm die Demütigung zurückzuzahlen, die er hatte einstecken müssen.

Prärieblume legte einige Sachen für ihren Mann zurecht, die er am Morgen brauchte. In der grauen Morgendämmerung, als die Frühnebel noch über dem Fluss hingen, verließ Großer Bär das Zelt. Prärieblume erledigte schnell ein paar dringende Dinge und gab den zwei Geschwistern etliche Aufträge. Mit einem Lächeln meinte sie: „Wenn ihr alles erledigt habt, könnt ihr tun, was euch gefällt." Mit einem Freudenschrei stürzten sich die beiden in die Arbeit. Alles wurde sorgfältig gemacht, damit die Mutter auch Freude daran haben konnte. Doch dann hielt sie nichts mehr!

Sie rannten um die Wette zu der Stelle, wo Schneller Pfeil mit den anderen Tieren graste. Tapferes Herz ließ den pfeifenden Ton eines Präriehundes ertönen, und das Pferd spitzte die Ohren. Noch ein Pfeifton, und Schneller Pfeil kam mit wehender Mähne angejagt. Tapferes Herz war mit einem Satz auf seinem Rücken. Er zog Kirschauge hoch, und schon ging es los! Sie ritten im Galopp auf die im Dunst liegenden Berge zu, eine große Staubwolke hinter sich herziehend. Endlich erreichten sie ihr Ziel. Über die kahlen rötlichen Berge spannte sich der blaue Himmel, von dem die Sonne unbarmherzig herabstach. Diesen eigentlich menschenfeindlichen Platz liebten die beiden besonders. Hier war man sicher vor wohlmeinenden Erwachsenen, man konnte ungehindert klettern und Abenteuer erleben. Am schönsten aber war, wenn sie einen schattigen Platz fanden, an dem sie rasten und Pläne miteinander schmieden konnten.

Sie stiegen langsam bergauf, um von der brütenden Hitze nicht zu schnell erschöpft zu sein. Hin und wieder zeigte Tapferes Herz seiner Schwester eine besondere Pflanze. Manchmal begegneten sie auch einer schläfrigen Eidechse.

Plötzlich entdeckte Tapferes Herz den versteckten Eingang einer Höhle. Sie kletterten höher, um sie sich näher anzusehen. Als sie vor der dunklen Höhle standen, sahen sie, dass dort eine riesige Öffnung war. Kirschauge starrte in das schwarze Loch und war sehr misstrauisch, doch Tapferes Herz war voller Tatendrang schon vorausgegangen, und so kletterte sie schließlich widerwillig hinterher. Es ging steil hinunter. Bald sah man die Öffnung nur noch als ein kleines, helles Loch. Kirschauge hoffte, dass ihr Bruder das wilde Trommeln ihres Herzens nicht hören konnte, denn sie hatte große Angst. Plötzlich löste sich unter den Füßen des Jungen ein Stein und rollte in die Tiefe. Beide waren starr vor Schreck. Nach einiger Zeit, die Kirschauge unendlich schien, plumpste er in ein Wasser. „Ein unterirdischer See!", rief ihr Bruder hoch. Nun konnte Kirschauge nichts mehr halten. So behende wie ein kleines Eichhörnchen kletterte sie wieder nach oben. Zu ihrer großen Erleichterung hörte sie immer dicht unter sich die Tritte ihres Bruders. Oben angekommen, legten sie sich beide keuchend auf den trockenen Grasboden. Da durchzuckte Kirschauge ein furchtbarer Gedanke: „Wenn nicht der Stein, sondern du gefallen wärst..." Weiter durfte sie gar nicht denken. Eine entsetzliche Vorstellung! Doch Tapferes Herz erwiderte nur müde und schläfrig: „Aber es war ja der Stein, nicht ich." Kirschauge blinzelte aus dem sicheren Schatten des Felsens in die gleißende Sonne. Tapferes Herz blieb auch in den aufregendsten Momenten so ruhig. Oh, wie sie ihn bewunderte!

In den nächsten Tagen besuchten sie regelmäßig „ihre" Höhle. Tapferes Herz versuchte noch einmal einen Abstieg, um den See auszukundschaften, obwohl Kirschauge heftig dagegen protestierte. Aber er kam wohlbehalten wieder. Es war unten zu dunkel gewesen, um etwas wahrnehmen zu können. Nun begnügte er sich damit, am Eingang der Höhle zu liegen und großen Gedanken nachzuhängen.

Doch schon bald wurde ihre Begeisterung für die Höhle dadurch unterbrochen, dass die Zelte abgebaut wurden und der ganze Stamm weiterzog. In solchen Momenten verspürte Kirschauge einen wilden Hass gegen ihr Wanderleben. Doch Tapferes Herz saß zappelig auf seinem vollbepackten Pferd und konnte es kaum erwarten, endlich das Land hinter der nächsten Bergspitze zu erobern.

3. KAPITEL
Grauhaar

Wieder einmal war eine neue Bisonherde gesichtet worden, und so schaute sich der Stamm nun nach einem geeigneten Lagerplatz um. Mehrere Kundschafter preschten auf die nahen Berge zu, um von dort aus das Land zu überblicken und Wasser ausfindig machen zu können. Kein Lagerplatz war etwas wert, wenn nicht Wasser in der Nähe war. Von den Bergen aus schauten die Kundschafter auf eine urwüchsige, grandiose Landschaft. Vor ihnen wogte die Prärie im Wind wie ein aufgewühltes Meer. Nur ab und zu ragte ein einsamer Baum aus dem fetten, grünen Gras, das schon bald die gelblich trockene Farbe des Hochsommers annehmen würde. Aber noch hatte der Sommer seinen Höhepunkt nicht erreicht. Vor den Männern lag der Wald wie ein dunkelgrüner Teppich, der sich dann bis zum dunstigen Horizont ausbreitete und ohne Ende zu sein schien. Da blinkte neben dem grünen Band des Waldes plötzlich etwas auf, das aussah wie ein geschliffener Diamant. Wasser! Die Kundschafter jagten im wilden Galopp zu dem wartenden Stamm zurück. Nach einer kurzen Erklärung setzte sich alles wieder in Bewegung. Das Wasser, scheinbar zum Greifen nahe, war doch noch einen Zwei-Stunden-Ritt entfernt. Aber es hatte sich gelohnt!

Ein See erwartete sie. Am Waldrand gelegen, spiegelte er das Dunkelgrün der Bäume wider.

Grauer Adler, der Älteste der Häuptlinge, gab das Zeichen zum Absitzen. Nur eine kurze Beratung wurde abgehalten, bei der auch die Frauen ein gewichtiges Wort mitsprachen; dann breitete sich eine gezielte, gut organisierte Betriebsamkeit aus. Die kleinen Kinder durften baden gehen, was man ihnen nicht zweimal sagen musste. Die Älteren schielten neidisch zu den vergnügt lärmenden Kleinen, denn sie mussten schon kräftig mithelfen.

Nun waren sie schon ein paar Tage auf dem wunderschönen Fleckchen Erde, und auch Kirschauge war sehr zufrieden. Sogar ihren Kummer über die verlorene Höhle vergaß sie schnell.

Eines Nachmittags jedoch ging plötzlich eine ungewohnte Aufregung durchs Lager. Ein einsamer Reiter war gesichtet worden! Schon von weitem sahen die Indianer, dass es sich um einen Weißen handeln musste. Was war er: Freund oder Feind? Es gab vereinzelte Trapper und Jäger, die Tauschgeschäfte mit den Indianern machten. Doch die Cheyenne hatten es im Laufe der Jahre gelernt, vorsichtig zu sein, wenn sich weiße Männer näherten. Man konnte ja nie wissen... Der Reiter ritt gerade auf das Lager zu und hob dabei manchmal die Hand, um auf diese Weise seine offenbar friedliche Absicht kundzutun.

Doch die Cheyenne blieben misstrauisch. Die Weißen waren teilweise falsch wie die Klapperschlangen. Gespannte Aufmerksamkeit herrschte bei den Indianern, als der Weiße den äußeren Rand des Lagers erreicht hatte. Er entpuppte sich als ein kleiner, älterer Mann, der seinen ganzen Hausrat bei sich zu haben schien. Grauer Adler und einige eilig zusammengerufene Stammesräte stellten sich dem Bleichgesicht in den Weg, um seine Absicht zu

erkunden. Der Mann stieg vom Pferd. Er ließ die Flinte bei seinem Tier zurück und ging völlig unbewaffnet auf sie zu. Zu ihrem größten Erstaunen begrüßte er sie in ihrer Sprache. Sie verloren ihre steife Haltung und fragten freundlich, was sie für ihn tun könnten. Er war mit friedlicher Absicht gekommen. „Ich wollte euch nur um einen Platz für mein Tipi unter euch bitten. Ich möchte euch eine gute Botschaft bringen", antwortete der grauhaarige Mann in einer offenen, fröhlichen Art.

Grauer Adler musterte das Bleichgesicht. Es schien ehrlich zu sein. Aber warum wollte es bei ihnen wohnen? Noch nie hatte ein Weißer danach Verlangen gehabt! Zuerst einmal musste man ihn ein wenig beobachten. Grauer Adler war immer bereit, einem Menschen Gelegenheit zur Bewährung zu geben, egal, welcher Hautfarbe er war, und so sagte er zu dem Fremden: „Du sollst uns willkommen sein, wenn du friedliche Absichten hast. Komm in mein Zelt. Wir wollen hören, was du uns zu sagen hast." Grauer Adler drehte sich um und winkte den anderen Stammesräten, ihm zu folgen. Der übrige Stamm machte sich so seine Gedanken: Obwohl dieser Mann ein Bleichgesicht war, trug er doch ihre Kleidung und beherrschte ihre Sprache. Eine seltsame Erscheinung! Erst nach einigen Stunden tauchte die Gruppe wieder aus dem Zelt des Stammesältesten auf, und Grauer Adler legte seine Hand auf die Schulter des Fremden. Dieser holte sein Pferd und schlug sein Tipi ein wenig abseits auf. Er wollte ihr gemeinschaftliches Leben durch seine Fremdheit nicht zerstören. In den ersten Tagen wurde er kritisch beobachtet. Doch er begab sich ruhig und freundlich an die nötigen Arbeiten, ohne sich in ihre Angelegenheiten zu mischen. Grauhaar – wie sie den Mann nannten – ging oft zur Jagd und kam nie ohne Beute zurück. Nach einigen Tagen störte seine Anwesenheit niemanden mehr; er wurde kaum noch beachtet. Doch die Cheyenne hatten seine ersten Worte nicht vergessen. Was wollte er ihnen für eine gute Botschaft bringen? Als Grauhaar unter den

Cheyenne eine ganze Weile ruhig gelebt hatte, ließ ihn Grauer Adler zu einem Lagerfeuer laden.

Ein loderndes Feuer, um das sich alle Männer geschart hatten, empfing den Fremden. Die Pfeife ging herum, um die Freundschaft mit Grauhaar zu bestätigen. Nach langem Schweigen richtete Grauer Adler das Wort an ihn: „Bei deiner Ankunft vor einigen Wochen versprachst du, uns eine gute Botschaft zu bringen. Nun haben wir uns alle versammelt. Rede!" Zum ersten Mal hörten die Cheyenne gewaltige Dinge von einem ihnen völlig unbekannten Gott. Weil sie Geschichten liebten, kamen sie Abend für Abend zusammen, um Grauhaar zu hören. Es entstand eine lebhafte Freundschaft zwischen dem Grauhaarigen und den Cheyenne. Er bewegte sich jetzt wie ein Freund in dem Lager. Sooft er konnte, fragte er nach noch unbekannten Begriffen ihrer Sprache, um seine Kenntnisse zu erweitern. Grauhaar interessierte sich auch für ihre ganze Lebensweise, zum Beispiel für die Art, das Bisonfleisch zu konservieren. Die Frauen erklärten ihm gerne, dass sie das Fleisch in dünne Streifen schnitten und trockneten. Dann zerstampften sie es mit einem Mörser zu Pulver und vermischten es mit getrockneten Beeren und Fett. So hatten sie in den langen, mageren Wintermonaten eine sehr nahrhafte Speise, die sie Pemmikan nannten. Doch auch die Indianer wollten vieles über das Leben der Bleichgesichter wissen, und sie waren oft erstaunt oder auch entsetzt über die Antworten des Weißen. Obwohl Grauhaar spürte, dass sie ihm noch nicht völlig vertrauten, freute er sich doch über die offene Art, mit der sie ihm begegneten.

Doch dann kam der Tag, an dem sich das schlagartig ändern sollte. Bisher hatte Grauhaar den Indianern nur die alten biblischen Geschichten weitergegeben, die ihnen sehr gefielen. Doch heute abend wollte er davon erzählen, dass dieser Gott auch an ihnen ein ganz persönliches Interesse hatte. Sie waren wieder alle versammelt, und Grauhaar sprach mit ihnen darüber, dass Gott auch die Cheyenne liebt und in ihr Leben treten will. Diese Behauptung entzündete eine heftige Diskussion unter den Indianern. Als dann Grauhaar sogar behauptete, dass dieser Gott ihre Hilfe sein wollte und sie ihn brauchten, da war es zuerst Großer Bär, der heftig aufsprang und stolz antwortete: „Wir haben deinen Gott nie gebraucht. Wir sind ein starkes Volk, das ohne Hilfe auskommt. Ich habe schon viele Bären erlegt. War ich da auf die Hilfe des Gottes der Bleichgesichter angewiesen? Mein scharfes Auge und meine schnelle Hand waren meine Hilfe! Außerdem haben wir unsere Geister. Wird jemand von uns einmal krank, hilft uns der Geist des Bären. Der Hirschgeist gibt uns Glück auf der Jagd. Wenn wir auf Kriegspfad gehen, dann brauchen wir nur das Blut eines Dachses zu befragen. Zeigt mir sein Blut meinen Skalp, so kehre ich wieder um, denn ich werde sonst nicht lebend zurückkehren. Wozu sollten wir nun noch deinen Gott brauchen?", fragte Großer Bär triumphierend den kleinen Mann.

Grauhaar dachte bei sich, dass die Cheyenne doch auf sehr viel Hilfe angewiesen waren. Aber sein Gefühl für die Würde eines Menschen verbot ihm, Großer Bär öffentlich bloßzustellen. Daher antwortete er nur schlicht: „Wegen deines Versagens, deiner Schuld vor ihm." Da wandte sich Großer Bär ab und stapfte davon. Nach Hause mochte er jetzt noch nicht. Zu viele Gedanken schossen ihm durch den Kopf. Er war selten auf jemand so wütend gewesen wie auf dieses Bleichgesicht. Was fiel dem denn ein! Schuld?! Großer Bär schaute zu dem sternenübersäten Himmel hinauf. Was für ein großer Geist stand hinter all dem? Großer Bär war sich seiner Unzulänglichkeit dem Weisen Oben gegenüber, dem Hauptgott der Cheyenne, völlig bewusst. Sein Lebenswandel war zwar tadellos und seine Gesinnung edel, doch fühlte er sich seltsam unrein, wenn seine Gedanken sich um ewige Dinge drehten. Natürlich war er nicht würdig genug für den Weisen Oben. Darum riefen sie ja die vermittelnden Geister an, die zu helfen vermochten. Wer wagte schon den Weisen Oben direkt anzurufen! Dieses schwächliche Bleichgesicht wahrscheinlich genauso wenig wie er. Derart beruhigt hatte er sein Tipi erreicht und berichtete Prärieblume alles, was dieser seltsame Weiße ihm und seinen Stammesgenossen erzählt hatte. Da er noch ziemlich durcheinander war, wurde es eine wirre Geschichte, die Prärieblume kopfschüttelnd über sich ergehen ließ.

Das Leben ging seinen gewohnten Gang. Die einzige Veränderung, die Grauhaar in ihr Leben brachte, waren die derben Scherze, die die Cheyenne nun über ihn machten. Der Zusammenhalt ihres Stammes wurde noch größer, und sie überhäuften den ruhigen Mann mit Spott und zeigten ihm ihre Verachtung. Nie mehr luden sie ihn zu einem Lagerfeuer ein. Doch Grauhaar schien davon nicht entmutigt zu sein, und immer mehr staunten sie über seine gleichbleibende Freundlichkeit. Außerdem merkten sie bald, dass seine äußerlich schwächliche Gestalt in krassem Widerspruch zu seiner ausdauernden Zähigkeit stand. Er bewies große Geschicklichkeit im Jagen und im Fallenstellen; das musste sogar Großer Bär zugeben. Bei einem seiner Jagdausflüge sah Grauhaar einen prächtigen Braunbären. Das Tier verschwand jedoch sofort hinter den mächtigen Bäumen, als es ihn gewahrte. Sechs Tage verfolgte Grauhaar den listigen Bären, der ihn im Wald im Kreis herumführte. Er ernährte sich nur von Waldbeeren und aus seinem Wasserbeutel. Am siebten Tag erlegte er den Bären. Dann baute er ein Schleppergestell, wie es die Indianer kannten. Irgendwie brachte er die Stange unter den schweren Körper des toten Tieres und band das Ganze an den Sattel seines Pferdes. Für diese beinahe übermenschliche Arbeit brauchte er den ganzen Tag, so dass er erst am achten Tag zurückkehrte. Die Cheyenne hatten längst geglaubt, er hätte den Tod gefunden; deshalb waren sie sehr erstaunt über seine wohlbehaltene Rückkehr, dazu noch mit dieser ungewöhnlichen Last. Danach hörte der Spott augenblicklich auf, und man behandelte ihn nun mit einer eher zurückhaltenden Achtung.

Seitdem Grauhaar mit dem Braunbären wiedergekommen war, dachte Großer Bär mehr über diesen seltsamen Mann nach. Warum verbrachte er seine Zeit mit
ihnen, obwohl sie ihn nicht gut behandelten? Er war
doch ein großartiger Jäger und Trapper. Er konnte viel
Geld damit verdienen, wie es die anderen Weißen taten,
die vereinzelt auftauchten. Aber Grauhaar hatte es sich
scheinbar in den Kopf gesetzt, ihnen den Gott, den er
verehrte, nahezubringen. Warum? War es nicht egal,
welchen Gott man anbetete?

Großer Bär wusste schließlich auch um ein hohes
Oberwesen, das alles regierte. Was hatte Grauhaar
damit gemeint, dass Großer Bär diesen fremden Gott
für sein Versagen brauche? Die Fragen häuften sich, und
Großer Bär wusste keine Antwort. Er beobachtete diesen
einsamen Mann genauer, als erwarte er allein schon
davon eine Lösung seiner Fragen. Niemand besuchte
Grauhaar. Obwohl er ihre Achtung gewonnen hatte,
stieß er überall auf Gleichgültigkeit. Auch Großer Bär
kam nicht auf die Idee, Grauhaar selbst die brennenden
Fragen beantworten zu lassen. Es musste erst noch einiges
passieren, bevor es ihn zu Grauhaar trieb.

4. KAPITEL
Der Weg zum Weisen Oben

Schon im letzten Winter, als noch eisige Blizzards über die Prärie fegten, hatte sich Prärieblume erkältet. Das war nicht gerade bedeutungsvoll, doch es war bis jetzt ein hartnäckiger Husten geblieben. Den ganzen Sommer über hustete Prärieblume schon. Großer Bär begann sich Gedanken darüber zu machen. Er hatte schon einige an der „Hustenkrankheit", wie es die Indianer nannten, sterben sehen. Konnte es sein, dass Prärieblume diese gefürchtete Krankheit hatte? Sie fieberte oft und machte nur noch seltsam matte Bewegungen. Der quälende Husten schien ihr auch Schmerzen zu bereiten. Prärieblume versuchte ihre Arbeit weiterhin so fröhlich und ausgeglichen wie früher zu tun, und es schien, als wolle sie ihren Mann und die Kinder ganz besonders liebevoll umsorgen. Doch Großer Bär sah, wie schwer es ihr fiel. Wenn er sie darauf ansprach, stritt sie sofort heftig ab, irgendwelche Beschwerden zu haben. Es war, als ob sie Angst vor den Geistern dieser Krankheit hätte. Doch gerade die ungewohnt heftige Reaktion seiner geliebten Frau ließ den Verdacht aufkommen, dass auch Prärieblume schon um ihren schlechten Zustand wusste. Großer Bär ließ sich von ihr nicht täuschen. Sein Herz krampfte sich zusammen bei dem Gedanken, Prärieblume könnte diese schreckliche Hustenkrankheit haben. Er begann sich zu fragen, ob es Hilfe für sie gäbe. Hatte der Geist des Bären, den die Cheyenne bei Krankheiten anriefen, schon jemanden von diesem Leiden geheilt? Er konnte sich an niemanden erinnern. Alle waren gestorben. Vorsichtig erkundigte er sich bei den alten Männern seines Stammes, doch niemand erinnerte sich an eine Heilung. Zum ersten Mal befand sich Großer Bär in einer hilflosen Situation. Er blieb vor dem ausweglosen Gedanken stehen, bei den Geistern keine Hilfe zu finden. Ruhelos suchte er oft auch noch nachts nach einem Ausweg. Sie durfte nicht sterben! Dann fielen ihm die Worte von Grauhaar wieder ein. Der Gott der Bleichgesichter wollte ihre Hilfe sein. Er musste mit Grauhaar sprechen! Es ging nicht anders. Der hagere, kleine Mann saß vor seinem Tipi vor einem frisch abgezogenen Hirschfell, das er nach Art der Indianerfrauen mit Holzpflöcken gespannt hatte. Nun war er dabei, die Fleischreste abzuschaben.

Einen Moment lang spürte Großer Bär wieder die alte Verachtung für den Weißen aufkommen und kehrte sofort um. Da verrichtete dieser Kerl doch tatsächlich Frauenarbeit! Aber auf dem Rückweg fiel ihm ein, dass Grauhaar keine Frau hatte, die ihm diese entwürdigende Arbeit abnehmen konnte. In einem großen Bogen ging er wieder zurück und kam diesmal von hinten an das Zelt des Bleichgesichtes. Er hatte sich noch gar nicht überlegt, wie er das Gespräch anfangen wollte, und so blieb er erst einmal schweigend vor dem schwitzenden Mann stehen. Grauhaar schaute sich nach dem Schatten um, der auf sein Fell fiel, und ein freudiges Lächeln huschte über sein Gesicht. Mit dem Ärmel seines abgewetzten Hirschlederhemdes wischte er sich den Schweiß von der Stirn. „Eine verflixt anstrengende Arbeit! Wie schaffen das bloß eure zarten Frauen?" Die Augen von Großer Bär blitzten auf. Innerlich musste er über die ungezwungene Art dieses Mannes lächeln, der genau wusste, dass er Frauenarbeit tat, und sich dessen kein bisschen schämte. Er überhörte aber die Frage und kam gleich zur Sache: „Warum lässt das Bleichgesicht unser Volk nicht in Ruhe und verkauft viele Felle, wie die anderen Weißen auch?" „Mir bedeutet Geld nicht so viel wie einigen meiner Landsleute. Ich habe doch genug zum Leben, oder? Außerdem mag ich euch."

Großer Bär wurde verlegen. „Aber wir haben dich nicht freundlich behandelt, und trotzdem wurdest du nie böse. Warum möchtest du, dass wir ausgerechnet deinen Gott anbeten? Wir haben selber viele Geister, wir brauchen nicht noch einen neuen Gott." – „Ich wollte euch auch nicht noch einen Gott bringen, sondern euch erzählen, dass es nur einen Gott gibt. Der Gott, der Himmel und Erde gemacht und auch dich geschaffen hat." Großer Bär hockte sich betroffen neben Grauhaar. Er kannte die Entstehungsgeschichte, wie sie die Cheyenne überlieferten. Seine Mutter hatte sie ihm oft erzählt. Demnach war einmal die ganze Erde voller Wasser. Irgendein übernatürliches Wesen wollte gerne Land machen. So schickte es einen Schwan, um zu tauchen und nach Erde zu suchen. Doch der Schwan tauchte wieder auf – ohne Erfolg. Danach schickte das Wesen eine Gans, doch auch sie konnte nicht tief genug tauchen, um Erde zu finden. Dann kam eine Ente, die im Schnabel etwas Schlamm hatte. Das Wesen setzte den Schlamm hier und dort auf die Wasseroberfläche, und so entstand Land. Großer Bär hatte immer viele Fragen an seine Mutter gestellt. Was war das für ein Wesen? War es der Weise Oben, dem noch alles untertan war? Doch dies verneinte die Mutter. Niemand wusste, wer dieses Wesen war. Aber woher kamen der Schwan, die Gans und die Ente? Wer machte die anderen Tiere, die schönen Blumen und vor allem die Menschen? Hatte dieses Wesen auch den Weisen Oben erschaffen?

Seine Mutter wurde immer entsetzter über diese Fragen. Das konnte doch niemand wissen! Es war auch nicht Aufgabe des Menschen, diese Dinge zu untersuchen. Sie mahnte ihn immer wieder eindringlich, die Geister mit seiner respektlosen Neugierde nicht zu erzürnen. Sie könnten sich sonst dafür rächen.

Das hatte Großer Bär nie befriedigt. Warum durfte er nicht mehr wissen als diese vagen Geschichten? Schließlich verdrängte er die Fragen, und nur wenn er wieder staunend ein Wunder der Natur entdeckte, kamen sie erneut hoch. Als er zum ersten Mal seinen winzigen Sohn in den Armen hielt und das Vollkommene an diesem kleinen Geschöpf bewunderte, wurde ihm plötzlich klar, was für ein Wunderwerk der Mensch ist. Das konnte doch nicht aus dem Nichts entstehen! Nur ein sehr weiser Geist konnte etwas so Perfektes schaffen. So kam er zu der Überzeugung, dass wohl der Weise Oben eines Tages die Menschen „gebaut" hatte. Und nun sagte Grauhaar, sein Gott habe die Welt und ihn erschaffen. Plötzlich freute er sich: „Dann hast du ja den gleichen Gott wie ich. Ich denke, dass der Weise Oben alles erschaffen hat, genau wie du." Grauhaar senkte den Kopf. Wie leicht wäre es jetzt, Großer Bär zuzustimmen! Dann hätte er sicher einen Freund gefunden. Aber ein leises Mahnen im Inneren genügte. „Nein, Großer Bär, das stimmt nicht. Der Weise Oben ist ein ferner Gott, mit dem ihr nicht einmal reden dürft. Ihr braucht immer die Geister als Mittler zu ihm. Die Geister aber sind wieder neue Götter für euch, die ihr anbetet und von denen ihr Hilfe erwartet. Aber Gott im Himmel, der alleinige Herrscher, hat uns Menschen lieb. Er hat uns erschaffen, damit wir ihn auch lieben, uns von ihm versorgen lassen und seine Wege gerne gehen, ihm also gehorchen, weil er uns liebt. Außerdem sollen wir wie ein Bild von ihm sein. Nicht äußerlich, denn Gott ist unsichtbar und keine Person, die wir uns vorstellen können. Aber er wollte es uns schenken, dass wir seine wunderbaren Eigenschaften widerspiegeln: Liebe, Treue,

Geduld, Freundlichkeit und noch vieles andere mehr." Hier unterbrach ihn Großer Bär: „So wie du. Das habe ich gar nicht verstehen können, dass du immer so freundlich geblieben bist, obwohl wir so hässlich zu dir waren. Jetzt weiß ich, dass es dir dein Gott geschenkt hat." – „Ach weißt du, ich bin auch oft egoistisch und unzufrieden, so wie alle Menschen. Dann habe ich nur mich lieb und kann die Sorgen von anderen gar nicht hören. So sind wir nun einmal. Das erste Menschenpaar hatte es sehr schön, und doch dachten sie, wenn sie Gott nicht gehorchten, hätten sie es noch besser. Und so wurden sie aufsässig gegen Gott. Ihre Kinder erbten diese rebellische Natur und vererbten sie weiter. Wir alle können oft sehr viele Dinge für den Gott unserer Vorstellung tun, aber wir wollen ihm nicht die Leitung unseres Lebens überlassen und ihm vertrauensvoll gehorchen. Wir wollen jeder unser eigener Häuptling sein, nicht wahr?" Großer Bär antwortete nicht. Er musste daran denken, wie herrisch er erklärt hatte, den Gott der Bleichgesichter nicht zu brauchen, weil er selbst stark genug sei. Es stimmte, was Grauhaar sagte. Auch er war stolz. Wie ungern hatte er oft schon als Kind seinen Eltern und später den Stammesräten gehorcht! Kein Mensch außer ihm wusste von dieser Rebellion gegen diese Autoritäten, denn solche Gedanken waren für einen Cheyenne ungeheuerlich. Als man ihn immer mehr achtete und viele ihn um Rat fragten, war es ihm leichter gefallen, den Entscheidungen der Älteren zu gehorchen. Schließlich war er dann selbst einer von denen geworden, die in manchen Dingen das Leben des Stammes bestimmten. Nun wollte schon wieder jemand von ihm Gehorsam fordern? Er merkte, wie sich bei diesem Gedanken alles in ihm sträubte.

„Ja, du hast Recht", unterbrach er die lange Redepause. „Wir sind unwürdig geworden für den Gott, der Himmel und Erde gemacht hat, wie du ihn auch immer nennen willst. Aber gerade deswegen brauchen wir doch die Geister. Sie können wir schließlich noch mit Opfern versöhnlich stimmen." – „Du hättest Recht", antwortete ihm Grauhaar sehr nachdenklich, „wenn es Gott dabei belassen hätte. Aber er sah all das Elend, das aus unserer Selbstständigkeit entstanden war; deshalb dachte er sich einen unglaublich wunderbaren Plan zu unserer Rettung aus."

Hier stockte Grauhaar. Wie sollte er dieses herrliche Geschehen, das sein Leben erst sinnvoll machte, erklären, damit Großer Bär wirklich verstand, um was es ging? Wie viele Naturvölker wussten auch die Cheyenne, dass sie zu einer verlorenen Menschheit gehörten. Doch sie glaubten auch daran, durch vorgeschriebene Opferzeremonien die Götter wieder umstimmen zu können. Konnte Großer Bär verstehen, dass Gott sich selbst zum Opfer gegeben hatte, weil alle anderen Opfer nicht ausreichten? Nur Gott konnte das diesem Indianer verständlich machen. Großer Bär saß neben ihm und wartete mit der geduldigen Art der Indianer, die ein Gespräch mit ihnen so angenehm machte. „Gott sah alle unsere Anstrengungen, unsere Schuld ihm gegenüber durch irgendwelche Übungen loszuwerden. Und weil er uns liebte, tat er das einzige, was uns mit ihm versöhnen konnte: Er nahm das Urteil des Todes auf sich, das durch unsere Schuld auf uns lag. Er kam als Mensch wie wir auf die Erde und starb für uns, damit wir frei von Schuld mit ihm leben können." Hier schüttelte Großer Bär den Kopf: „Mein Herz versteht nicht, was du meinst. Ich versuche zu verstehen, aber ich kann nicht." Grauhaar seufzte. Das hatte er befürchtet. Er musste es einfacher erklären, in einer Sprache, die Großer Bär verstehen konnte.

„Ich werde versuchen, es dir verständlich zu machen. Bei euch gibt es doch auch gewisse Regeln im Stamm. Niemand darf dir deine Frau wegnehmen oder ungestraft deinen Sohn töten oder dir vielleicht ein Pferd stehlen, nicht wahr?" – „Natürlich nicht. Jedes Vergehen muss bestraft werden, sonst könnte ja jeder machen, was er will." – „Ja, genau. Darum hat Gott Regeln gegeben, um das Zusammenleben einfacher zu machen. Aber der Mensch konnte seine Regeln nicht einhalten. Er war zu schwach. Gott hat lange Zeit immer wieder große Männer geschickt – solche wie eure guten Häuptlinge –, die den Leuten Botschaften von ihm brachten. Sie sagten ihnen, dass sie von ihren selbstgewählten Wegen umkehren und wieder Gottes Wege gehen sollten. Dann würden sie auch fähig werden, seine Regeln einzuhalten. Doch nur ganz wenige wollten das. Die anderen wurden oft sehr böse auf diese Männer, und viele von ihnen haben sie sogar getötet." – „Ganz bestimmt wurde euer Gott auf euch sehr zornig", meinte Großer Bär. „Er sagte den Leuten, dass er sie dafür schwer bestrafen müsse. Aber jeder, der wieder gerne Gott gehorchen wollte, wurde von ihm liebevoll aufgenommen." Großer Bär schaute Grauhaar fassungslos an. „Obwohl sie die Männer, die er geschickt hatte, getötet hatten und nichts von ihrem Gott wissen wollten? Da würden uns die Geister furchtbar strafen!" – „Das ist eben der Unterschied: Eure Geister lieben euch nicht, und ihr müsst euch nur vor ihnen fürchten. Aber Gott liebt die Menschen, so wie du deine Kinder. Und weil er gerecht ist und bei dem bleibt, was er sagt, hat er sich etwas ganz Wunderbares ausgedacht. Den beiden allerersten Menschen sagte er, wenn sie ihm nicht gehorchen würden, müssten sie sterben. Das war ein Todesurteil für alle Menschen. Stell dir vor, Großer Bär, es würden bei euch plötzlich viele Pferde gestohlen. Pferde sind für euch sehr, sehr wichtig. Ihr würdet eines Tages im Stammesrat zusammenkommen und nach langer Beratung beschließen, dass der Pferdedieb mit dem Tod bestraft wird, wenn ihr ihn fasst. Aber es würden weiterhin Pferde gestohlen, der Dieb schiene euch nicht allzu ernst zu nehmen. Dann käme der Tag, an dem man ihn erwischt. Man würde ihn in die Mitte des Dorfes bringen, alle liefen zusammen, auch du. Und dann sähest du das Furchtbare: Der Dieb ist dein eigener Sohn. Was würdest du machen?" Großer Bär stand lange schweigend neben Grauhaar. „Ich könnte nichts tun. Das Todesurteil kann nicht aufgehoben werden, weil Tapferes Herz mein Sohn ist. Wir müssten ihn töten." – „Aber würdest du nicht alles versuchen, ihn zu retten?"- „Mein Herz würde sterben vor Kummer, aber ich könnte nichts machen, sonst würde unsere ganze Ordnung zusammenbrechen." „Nun verstehst du vielleicht besser: Gott liebt uns – wie du deinen Sohn. Aber er kann nicht sein eigenes Gesetz außer Kraft setzen. So löste er diese furchtbare Situation, indem er Mensch wurde und das Todesurteil, das auf allen Menschen liegt, auf sich nahm. Das wäre auch die Lösung für deine Geschichte. Statt dass Tapferes Herz getötet würde, würdest du für ihn sterben, und dein Sohn könnte freigelassen werden." Großer Bär sprang auf. „Natürlich, das wäre es! Und du willst damit sagen, dass dein Gott das für euch getan hat?" – „Nicht nur für uns, sondern für alle. Auch für dich, Großer Bär. Damit du einmal bei ihm sein kannst, wenn du stirbst. Dein Körper muss ja immer noch sterben, aber deine Seele darf zu Gott und für immer bei ihm sein. Es gibt aber eine Bedingung!" Großer Bär setzte sich wieder. Er machte ein bekümmertes Gesicht. „Das habe ich mir gedacht. Es wäre alles zu einfach und schön." – „Es ist nichts Unmögliches. Was würdest du sagen, wenn sich Tapferes Herz in unserer Geschichte geweigert hätte, durch deinen Tod freigelassen zu werden?" – „Ich würde sagen, dass er ein schrecklicher Dummkopf war." – „Und doch haben das schon sehr viele Menschen gemacht. Sie wollten lieber auf ihren eigenen Wegen bleiben und dachten, dass Gott es doch nicht so ernst meinen könne. Irgendwie würden sie sich schon vor ihm rechtfertigen. Eigentlich haben sie nur Angst vor ihm und leben ihr Leben so, wie sie es schon immer gelebt haben." – „Aber er hat ihnen doch bewiesen, dass er sie lieb hat. Wie kann man Liebe mehr beweisen als dadurch, dass man für jemanden stirbt?", meinte Großer Bär nachdenklich. Grauhaar holte ein zerlesenes, abgegriffenes Buch aus seinem Zelt. „Du hast schon mehr begriffen als viele Bleichgesichter, die die Botschaft Gottes immer wieder hören. Schau, in diesem Buch ließ Gott alles, was für uns wichtig ist, durch Menschen niederschreiben. Da steht auch das drin, was du eben gesagt hast." Grauhaar schlug das Neue Testament auf und las aus dem Johannes-Evangelium vor: „Niemand hat größere Liebe als der, der für seine Freunde sein Leben lässt." Großer Bär rückte näher. Sein Herz schlug höher bei diesen ungewohnt schönen Worten. „Lies mehr vor. Was du erzählst, ist gut." Und Grauhaar las weiter aus dem Johannes-Evangelium vor.

Großer Bär erfuhr nun zum ersten Mal etwas von Jesus Christus, dem Sohn Gottes. Er hörte aufmerksam zu.

5. KAPITEL
Todkrank?

Innerlich aufgewühlt verließ Großer Bär den grauhaarigen Mann. Er machte einen großen Umweg, um seine Gedanken zu ordnen.

Nein, er zweifelte nicht daran, dass das die Wahrheit über den Gott des Himmels und der Erde war. Aus einem ihm unverständlichen Grund war er fest davon überzeugt. Aber was konnte er damit schon anfangen? Konnte er als einziger den Weg seiner Väter und Großväter verlassen und etwas ganz Neues, anderes beginnen? Alle würden ihn verachten und verspotten – ebenso wie Grauhaar. Seine Stammesgenossen würden bestimmt glauben, Grauhaar hätte ihn überredet. Wie konnte er ihnen erklären, dass sein Herz die Wahrheit erfahren hatte? Und erst Prärieblume! Was würde sie sagen? Tagelang erzählte er niemandem ein Wort von den Kämpfen in seinem Inneren. Ebenso mied er auch die Nähe von Grauhaar. Doch Prärieblume beobachtete ihn besorgt. Machte er sich um sie so große Sorgen? Oder gab es sonst noch etwas, was ihn derart stark bedrückte? Sie würde ihn am Abend einfach einmal fragen.

Als die Geschwister sich auf ihren Bisonfellen zum Schlafen ausstreckten, konnte Tapferes Herz lange nicht schlafen. Ihm war die Veränderung der Mutter aufgefallen, und er machte sich Gedanken um sie. Nachdem er sich einige Zeit schlaflos hin und her gewälzt hatte, hörte er plötzlich die Mutter fragen: „Wie kommt es, dass mein Mann das Lachen verlernt hat? Lass mich an deinem Kummer teilhaben." Da endlich brach alles aus Großer Bär heraus, und sein Sohn wurde zu einem unfreiwilligen und um so erstaunteren Zuhörer. Der Vater berichtete von der Begegnung mit Grauhaar. Warum es ihn zu diesem Mann getrieben hatte, verschwieg er Prärieblume. Er berichtete nur davon, wie Grauhaar ihm von seinem Gott erzählt hatte, der alle Menschen liebt. Nun hörte auch Prärieblume von Jesus Christus, und in ihrem Herzen konnte sie diese neuen, wunderbaren Dinge gut nachempfinden. Aber davon erzählte sie Großer Bär nichts. „Der Zorn der Geister wird uns treffen, mein Mann, wenn du Grauhaar weiterhin dein Ohr leihst. Bring kein Unglück über uns und vergiss das Ganze!" Großer Bär schwieg. Genauso hatte er sich die Reaktion seiner Frau vorgestellt; alle würden so denken. Tapferes Herz, der entsetzt gehorcht hatte, seufzte erleichtert auf. Die Mutter sah die Sache richtig. Wie konnte der Vater nur einen einzigen Augenblick diesem Bleichgesicht trauen!

Die Zeit verging, und der Hochsommer kam. Die sonst so prächtige Landschaft wurde dürr und welk. Jede Kreatur litt unter der erbarmungslosen Sonne. Nur Prärieblume konnte nichts mehr wärmen. Großer Bär, der sich gerade dem Tipi näherte, hörte sie schon von weitem kläglich husten. Mit schnellen Schritten ging er zum Zelt. Als er eintrat, erschrak er entsetzlich. Prärieblume hustete mit schmerzverzogenem Gesicht. Ihr ganzer Körper schien zu glühen, und doch schüttelte sie sich vor Kälte.

Schnell trat Großer Bär auf sie zu, und erst jetzt schien sie ihn wahrzunehmen. Aufschluchzend warf sie sich in seine Arme. „Nun kann ich es nicht mehr verbergen. Meine Knie sind schwach, und ich kann kaum mehr meine Arbeit tun. Glaubst du, mein Mann, dass es die Hustenkrankheit ist?", fragte sie ihn ängstlich. Er nahm ihr trotz allem schönes Gesicht in seine Hände. Ihre schwarzen Augen waren voller Schmerz und Angst. Die langen, dunklen Haare waren nass vor Schweiß. Einen Moment lang wünschte er sich verzweifelt, ihr etwas Hoffnungsvolles sagen zu können. Doch er wollte sie nicht belügen. „Wir werden sehen", war seine ausweichende Antwort. Ungetröstet wandte sie sich von ihm ab. Da sprach Großer Bär einen Gedanken aus, den er schon lange mit sich herumtrug: „Wenn der Gott der Bleichgesichter auch uns lieb hat, kann er dir vielleicht helfen. Ich werde Grauhaar fragen, ob er eine Medizin für uns weiß." Sie sah ihn erschrocken an. „Grauhaar? Ist unser Medizinmann nicht mehr gut genug? Ich will keine Medizin von Grauhaar!" – „Wir sprechen heute abend darüber, wenn die Kinder schlafen. Wo sind sie überhaupt?" – „Sie sollten nur ein paar wilde Erdbeeren suchen. Aber sie kommen einfach nicht mehr wieder", klagte Prärieblume.

Noch nie hatte Großer Bär seine Frau über die Kinder klagen hören. Das zeigte ihm nur, wie elend sie sich fühlen musste. „Ich werde mit ihnen reden. Du brauchst jetzt ihre Hilfe", beruhigte er sie. „Leg dich ein wenig hin. Wärme wird dir gut tun." Prärieblume ließ sich ohne Widerrede zudecken. Kichernd nahten sich Tapferes Herz und Kirschauge dem Tipi. Doch ihre Fröhlichkeit war wie weggewischt, als sie die Mutter auf dem Fell liegen sahen. Das war noch nie vorgekommen.

Tapferes Herz stellte den Korb, den die Mutter selbst geflochten hatte, vor den Vater. Er war voll süßer Erdbeeren. Als Tapferes Herz das bekümmerte Gesicht seines Vaters sah, musste er kräftig schlucken, um gegen die aufsteigenden Tränen anzukämpfen. Kirschauge weinte schon leise vor sich hin. Der Vater sprach noch sehr ernst mit seinen Kindern. Als er geendet hatte, war allen der Appetit vergangen. Bei der Mahlzeit wollte Prärieblume unbedingt mit dabeisitzen. Doch der Husten schüttelte sie immer wieder, so dass sie nichts essen konnte. Auch die Kinder langten nur ganz zaghaft zu. Es wurde ein trauriges Essen.

Tapferes Herz schlief unruhig und wachte bald nach einem erschreckenden Traum schweißgebadet auf. Er hörte sofort die aufgeregte Stimme seiner Mutter: „Man wird uns ächten und verstoßen, wenn du solche seltsamen Ideen hast. Bitte, mein Mann, behalte es für dich, um unserer Kinder willen!" Großer Bär antwortete ihr heftig: „Soll ich ewig in Furcht leben vor den Geistern, und das nur, weil ich Angst vor den Menschen habe? Vor allem aber geht es mir um dich. Vielleicht weiß Grauhaar doch eine Medizin, die dich heilt. Hast du bei den Worten von diesem fremden Gott nicht auch eine innere Ruhe empfunden, so wie ich?" „Doch." Prärieblume senkte den Kopf. „Warum willst du dann nicht mehr wissen? Und warum wollen wir diesem Gott nicht zutrauen, dass er dich heilen kann?" – „Weil ich Angst habe." – „Aber weißt du nicht mehr, was Grauhaar mir aus dem Buch vorgelesen hat?", fragte Großer Bär. „Niemand hat größere Liebe als der, der für seine Freunde sein Leben lässt." Wollen wir da nicht lieber die Angst aufgeben?" Zu seiner großen Verwunderung hörte Tapferes Herz die Mutter nach einer endlos langen Pause leise sagen: „Also gut! Fragen wir diesen Gott der Bleichgesichter einmal, ob er mich heilen will. Geh gleich morgen zu Grauhaar und sage ihm, er soll sich von seinem großen Gott Medizin geben lassen." Tapferes Herz zwickte sich in den Arm, um wirklich sicher zu sein, dass er nicht träumte. Enttäuscht stellte er fest, dass er völlig wach war. Sein Vater wollte den Gott der Bleichgesichter um Hilfe bitten! Eine furchtbare Schande! Keiner würde mit ihnen noch etwas zu tun haben wollen, wenn der Stamm das erfuhr. Sie wären für immer Ausgestoßene. Er überlegte, wem er sich anvertrauen könnte. Vielleicht würde einer der Verwandten mit seinem Vater reden. Großer Bär hatte nur einen Bruder, zu dem sie eigentlich kaum eine Beziehung hatten. Aber er achtete die Familie von Prärieblume sehr. Vielleicht würde der Vater auf sie hören. Doch gleich verwarf Tapferes Herz diesen Gedanken wieder. Es würde ihm wie Verrat an dem geliebten Vater vorkommen. Sicher hätte sich sein Vater nie mit diesem fremden Gott beschäftigt, wenn die Mutter nicht so schwer krank wäre. Gleich morgen wollte er den Geist des Bären anrufen, der heilen konnte. Der musste die Mutter gesund machen, bevor Grauhaars Medizin überhaupt ankam. Als er an die sanfte Mutter dachte, die ihnen immer ihre ganze Liebe geschenkt hatte und nun so viel leiden musste, liefen ihm die Tränen übers Gesicht. Hier sah ihn ja niemand, und so konnte er ungehemmt weinen. Am nächsten Morgen hätte Tapferes Herz viel darum gegeben, wenn die nächtlichen Gespräche seiner Eltern nur ein böser Traum gewesen wären. Aber sofort nach dem Frühstück, das die Mutter wieder nur mühsam hustend hinter sich brachte, stand der Vater auf. Er legte seinen Arm um Prärieblume, gab ihr einen Kuss auf die Stirn und sagte: „Zuerst gehe ich zu Grauhaar, dann hat der Stammesrat eine Sitzung. Wenn es etwas Wichtiges gibt, werde ich lange ausbleiben. Wirst du es schaffen?" Prärieblume nickte schwach. Großer Bär wandte sich an seinen Sohn: „Du musst mich heute vertreten, mein Sohn. Du bist alt genug, um auf deine Mutter und deine Schwester aufzupassen. Ich lege jetzt die Verantwortung ganz auf deine Schultern. Wenn es etwas Dringendes gibt, darfst du mich holen. Kann ich mich auf dich verlassen?" Tapferes Herz nickte. Er war sehr stolz, dass sein Vater solch ein Vertrauen zu ihm hatte. Aber wie kam er zum Medizinmann? Er brauchte dessen Unterstützung. Alleine wollte er den Geist des Bären nicht anrufen. Sicher machte er irgendetwas falsch, und der Geist würde ihn nicht anhören.

Der Vater verließ mit schnellen Schritten das Tipi. Tapferes Herz wandte sich an seine Mutter, und sie gab ihm mit leiser Stimme ihre Anweisungen. Auch Kirschauge half tüchtig mit.

Die beiden merkten der Mutter an, dass sie sehr darunter litt, ihre Arbeit nicht mehr erledigen zu können. So war es stumm und traurig in dem Zelt, aus dem sonst so viel fröhliches Gelächter klang. Fest entschlossen ging Großer Bär auf das Zelt von Grauhaar zu. So mancher schaute ihm nach und fragte sich, was er dort wohl vorhatte. Grauhaar, der Großer Bär schon von weitem auf sein Tipi zukommen sah, ging ihm mit einem breiten Lächeln auf dem Gesicht entgegen. „Das freut mein Herz sehr, dass es dich wiedersieht!"

Doch Großer Bär erwiderte sein Lächeln nicht. „Meine Frau hat die Hustenkrankheit. Wenn dein Gott lebt, dann soll er sie heilen." Grauhaars Gesicht wurde schlagartig ernst. Er kannte den Ausdruck der Indianer für diese Lungenkrankheit, und er wusste um den Ernst der Lage. Tief bekümmert setzte er sich, die Beine zu dem typischen Schneidersitz der Indianer verkreuzt. Großer Bär ließ sich neben ihm nieder. Eine Zeitlang hörte man nur das Wiehern der Pferde, die nicht weit von ihnen weideten.

„Wir können nicht über Gott verfügen und ihm vorschreiben, was er tun soll", antwortete Grauhaar sehr bedächtig. „Er kann Prärieblume heilen, weil er die Macht dazu hat. Aber ich kann dir nicht garantieren, dass er es wirklich will, weil ich seinen Weg mit euch nicht kenne." – „Du hast mir gesagt, dass dein Gott uns liebt. Wie könnte er dann Prärieblume sterben lassen wollen?", fragte Großer Bär trotzig. Grauhaar sah ihm fest in die Augen. „Solange du denken kannst, war dein Schicksal in der Hand böser, launischer Geister. Dann hast du von einem Gott gehört, der dich liebt. Und obwohl du ihm dein Leben gar nicht anvertrauen willst, möchtest du ihm Vorschriften machen, wie er seine Liebe zu dir beweisen soll. Hast du so schnell vergessen, was ich dir vorgelesen habe? Niemand hat größere Liebe als der, der für seine Freunde sein Leben lässt! Bist du sicher, dass du es besser weißt als der Gott, der Himmel und Erde gemacht hat?"

Beschämt senkte Großer Bär den Kopf. Wie konnte er von diesem Gott etwas erwarten, wenn er selbst noch nicht einmal genug Mut besaß, sich zu ihm zu stellen? Was wusste er auch schon über diesen Gott! Was Grauhaar sagte, war richtig. Wie durfte er einem so gewaltigen Gott Bedingungen stellen? „Großer Bär hat sehr dumm gesprochen. Doch vielleicht verzeiht mir dein Gott, wenn du ihn darum bittest. Ich möchte einfach hoffen, dass er Prärieblume gesund machen will. Weißt du keinen Zauber für sie?" Grauhaar stand auf. Es gab noch vieles, was Großer Bär nicht verstand. „Darf ich Prärieblume einmal anschauen?" Großer Bär zögerte. Das war eigentlich nur dem Medizinmann erlaubt.

„Wenn meine Brüder von unserem Stamm dich in unser Tipi gehen sehen, werden sie mir Fragen stellen. Es gehört sich nicht, dass ein anderer Mann als der Medizinmann meine Frau anschaut."

„Ich möchte mir nur ein Bild davon machen, wie fortgeschritten diese Krankheit von Prärieblume schon ist." Grauhaar sah dem Indianer, der ihn um einiges überragte, fest ins Gesicht. „Ich habe dich bisher als einen mutigen Mann geschätzt."

Großer Bär drehte sich um und ging entschlossen auf das Dorf zu. Grauhaar folgte ihm mit gesenktem Kopf. Er wusste, was es diesen tapferen Cheyenne kostete, ausgerechnet ihn zu seiner kranken Frau zu bringen. Dass er es trotzdem tat, war für Grauhaar ein Zeichen, dass Großer Bär diesem ihm noch so fremden Gott doch schon Vertrauen entgegenbrachte. Im Innern betete Grauhaar dafür, dass dieses winzige Licht nicht wieder erlöschen, sondern groß genug würde, um auch andere zu erhellen.

Tapferes Herz überlegte fieberhaft, wie er, bevor der Stammesrat begann, den Medizinmann erreichen konnte. Da half ihm die Mutter, ohne zu ahnen, was damit für sie alle beginnen sollte.

„Wir brauchen wieder Rüben. Geh du mit deiner Schwester suchen. Aber seid vorsichtig! Mein Herz würde brechen, wenn euch etwas passieren würde." Tapferes Herz schaute seine Mutter erstaunt an. Solche Worte hatte er von ihr noch nie gehört. „Sorge dich nicht um uns. Wir werden rechtzeitig zurück sein. Denke daran, dich zu schonen." Er rief seine Schwester, die mit ihrer besten Freundin, Kleiner Bach, lustig schwatzte. Als sie hörte, dass sie mit ihrem Bruder Rüben sammeln durfte, verloren die schönen Hirschlederpuppen, mit denen sie gespielt hatten, sofort ihren Reiz. Zurück blieb ihre schmollende Freundin, die sich nun nach einer neuen Spielgefährtin umsehen musste.

Grauhaars Augen brauchten etwas Zeit, als sie im Tipi standen, um sich an das Halbdunkel zu gewöhnen. Prärieblume hatte sich wieder hingelegt. Das Bisonfell, das sie zudeckte, bewegte sich von Zeit zu Zeit, wenn sie von Schüttelfrost geplagt wurde. Prärieblume wollte sich erheben, um ihren Gast zu begrüßen, aber wieder überfiel sie ein Hustenanfall. Sie versuchte ihn tapfer zu unterdrücken, aber es gelang ihr nicht. Kleine Schweißbäche liefen ihr übers Gesicht, und sie presste ein Tuch vor den Mund, um den Husten zu ersticken. Dann spuckte sie etwas in das Tuch, und der Anfall war vorüber. „Ich hoffe, du hast Nachsicht mit mir. Ich konnte dich leider nicht so begrüßen, wie es sich gehört hätte. Bitte setzt euch." Schnell brachte sie dem Gast eine Schüssel aus Bisonhorn, gefüllt mit wilden, süßen Erdbeeren. „Diese Erdbeeren haben unsere Kinder gesammelt..." Sie wollte noch etwas sagen, doch die Worte wurden von einem neuen Hustenanfall erstickt. Diesmal gelang es ihr, ihn zu beenden, und für einen Moment gewann sie ihre gewohnte Fröhlichkeit wieder.

„Wir sind dir sehr dankbar, dass du dich um uns bemühst. Großer Bär hat mir von deinem Gott erzählt, und mein Herz wurde froh dabei. Vielleicht kann er uns helfen." Sie verstummte plötzlich, erschrocken über ihre Beredsamkeit. Verlegen nahm sie die leere Schüssel von Grauhaar entgegen, um sie noch einmal mit Erdbeeren zu füllen, aber dieser wehrte ab. „Ich will noch einige Dinge ordnen und mich mit Proviant versorgen. Morgen, wenn die Sonne aufgeht, werde ich aufbrechen. Ich werde euch Medizin besorgen, aber Gott allein kann Prärieblume noch heilen." Er stand auf und streckte Großer Bär herzlich die Hand entgegen.

Bei einem seiner Streifzüge hatte Tapferes Herz schon ein großes Rübenfeld entdeckt. Die kleinen blauen Blumen auf der Oberfläche versprachen eine reiche Ernte. Tapferes Herz hackte den Boden auf, als wenn sein Leben davon abhinge, viele Rüben zu sammeln. Seine Schwester sah ihn von der Seite erstaunt an. „Was hast du noch vor, mein Bruder, dass du dich so beeilst?" In Tapferes Herz stieg sofort der Ärger hoch. Obwohl seine Schwester erst neun Winter alt war, entging ihr nichts. Sie konnte seinen ganzen Plan durcheinanderbringen. „Kümmere dich um das Rübenhacken und nicht um Dinge, die dich nichts angehen!", herrschte er sie an. Das war ein ungewohnter Ton. Kirschauge schwieg gekränkt. In sehr kurzer Zeit hatten sie genug Rüben beisammen. So ruhig war es bei einer gemeinsamen Arbeit noch nie zugegangen.

Auf dem Rückweg sagte Tapferes Herz zu seiner Schwester: „Du hattest Recht. Ich will noch etwas erledigen, wovon die Eltern nichts erfahren sollen. Warte am Rand des Dorfes auf mich. Vielleicht findest du noch einige Dattelpflaumen. Geh ein wenig suchen. Aber entferne dich nicht zu weit, damit ich dich gleich wieder finde." – „Ich will mitgehen. Warum hast du ein Geheimnis vor mir und Vater und Mutter?" – „Du kannst nicht mit mir gehen. Später werde ich dir einmal erzählen, was ich getan habe." Tapferes Herz machte sich auf den Weg. Er konnte sich auf seine Schwester verlassen. Nun durfte er keine Zeit mehr verlieren. Bald würde der Stammesrat

beginnen, und dann wäre der Medizinmann nicht mehr da. Tapferes Herz merkte, wie es ihm bei dem Gedanken an Schwarze Wolke den Hals zuschnürte. Er mochte den Medizinmann nicht. Sein ganzes Wesen war unheimlich. Er musste all seinen Mut zusammennehmen, um nicht wieder umzukehren.

Dann stand er im Zelt. Beißender Rauch schlug ihm entgegen. Er konnte nur mühsam den Husten unterdrücken, der ihn überfallen wollte. Schwarze Wolke saß mit dem Rücken zum Eingang vor einem Feuer, über dem ein Kessel mit Kräutern hing. Der Medizinmann wiegte seinen Körper zu einem seltsamen Gesang. Tapferes Herz stand wie angewurzelt am Eingang. Er meinte einen eisigen Wind zu spüren, obwohl es draußen sehr warm war. Die Angst ließ ihn stocken. Noch konnte er gehen; Schwarze Wolke hatte ihn noch nicht bemerkt. Er wollte sich gerade umdrehen, als die seltsam krächzende Stimme des Medizinmannes ertönte: „Was willst du von mir, Tapferes Herz?" Als der Junge seinen Namen hörte, zuckte er zusammen. Woher wusste Schwarze Wolke, wer hinter ihm stand? „Ich wollte dich bitten, dass du den Geist des Bären anrufst und um Hilfe für meine Mutter bittest." Langsam wandte sich Schwarze Wolke um. Seine schmalen, stechenden Augen musterten Tapferes Herz. „Was ist mit deiner Mutter?" – „Sie hustet schlimm. Sie ist sehr krank und kann ihre Arbeit nicht mehr tun." – „Warum kommst du und nicht dein Vater, wie es sich gehört?"

Daran hatte Tapferes Herz nicht gedacht. Natürlich musste das dem Medizinmann sofort verdächtig vorkommen. Er wusste schlagartig, dass er einen großen Fehler gemacht hatte. Unruhig biss er sich auf die Lippen und antwortete trotzig: „Da musst du ihn selber fragen." Ein Glitzern trat in die Augen des Mannes. Der Bursche gefiel ihm. Er war ein richtiger Cheyenne. „Was willst du mir denn bezahlen?" – „Ich dachte an fünf Kaninchenfelle." – „Bringe mir zehn, und ich werde den Geist des Bären befragen, ob er deine Mutter heilen will." Tapferes Herz nickte nur kurz und verließ fluchtartig das Zelt. Er musste also neben seinen Pflichten noch zehn Kaninchenfelle besorgen, und das so schnell wie möglich. Das würde nicht einfach sein. Große Verachtung für Schwarze Wolke stieg in ihm hoch. Er war habgierig und ließ sich seine Dienste gut bezahlen. Doch jeder brauchte ihn und erfüllte seine Bedingungen, ohne zu murren.

6. KAPITEL
Der Fluch

Ruhig und würdevoll schritt Großer Bär zu dem Versammlungstipi. Niemand konnte ihm seine innere Erregung anmerken. Es war schon recht spät; er hatte noch lange mit Grauhaar gesprochen.

Beim Eintritt in das Tipi sah er sofort, dass alle schon auf ihn warteten. Er nahm seinen Platz ein, und sogleich zündete Grauer Adler, der den Vorsitz hatte, die Pfeife an und ließ sie herumgehen. (Vor allen Beratungen rauchten die Stammesräte die reichlich mit bunten Glasperlen, schönen Seidenbändern und langen Pferdehaaren verzierte Gebetspfeife. Der Rauch sollte ihre Versammlungen heiligen und den Schutz der Geister herbeiholen.)

Nachdem die Pfeife die Runde gemacht hatte, saßen sie alle noch eine kleine Weile schweigend da. Großer Bär meinte, jeder müsste das starke Klopfen seines Herzens hören. Es erschien ihm sehr wichtig, dass noch nichts von Grauhaars Besuch in seinem Tipi durchgesickert war. Dann würden sie jetzt keinen Beschluss gegen ihn fassen, und Grauhaar könnte nach einiger Zeit unbemerkt die Medizin einschmuggeln. Was danach kam, war ihm inzwischen egal. Hauptsache, Prärieblume bekam Hilfe. Die Chancen standen gut, da Grauhaar erst am Morgen bei ihnen gewesen war. „Hat jemand eine dringliche Angelegenheit, die er zuerst geklärt haben möchte?", eröffnete Grauer Adler die Sitzung. Das Herz von Großer Bär schien auszusetzen. Jetzt würde gleich die Entscheidung fallen. In die wartende Stille drang Kinderlachen von draußen, dann eine schimpfende Frauenstimme. Das Lachen verstummte. Für einen kurzen Moment war es, als gäbe es nur die Männer im Zelt. Ein scharrendes Geräusch verjagte die Stille im Raum. Schwarze Wolke erhob sich, und seine Hand zeigte auf Großer Bär. „Ich habe eine Frage an ihn." Alle Augen richteten sich auf Großer Bär, für den jegliche Hoffnung zusammenbrach. Die gütige Hand des Gottes, der Himmel und Erde gemacht hatte, lag nicht auf ihm. Stattdessen schien ihn der hasserfüllte Atem der Geister kalt zu umwehen.

Atemlos suchte Tapferes Herz seine Schwester. Wo war sie bloß hingelaufen? Alles schien danebenzugehen. Hätte er doch nie Schwarze Wolke um Hilfe gebeten! Doch nun konnte er nichts mehr rückgängig machen. Was blieb ihm auch anderes übrig? Zum ersten Mal stieg in ihm Zorn gegen den Vater auf. War es nicht seine Pflicht, zum Medizinmann zu gehen? Wie sollte die Mutter sonst geheilt werden? Stattdessen ließ er sich von diesem Bleichgesicht überreden!

Bei der Pferdekoppel angekommen, entdeckte Tapferes Herz Kirschauge. Auf ihrer Suche nach Dattelpflaumen war sie bei den Pferden vorbeigekommen. Sie hatte immer ein wenig Trauer darüber empfunden, dass sie kein eigenes Pferd hatte. Konnte sie nicht so gut reiten wie ihr Bruder? Schneller Pfeil trabte gerade auf sie zu, und Kirschauge schwang sich kurz entschlossen auf seinen Rücken: Die beiden jagten ein Stück in die vor Hitze flimmernde Prärie. Schneller Pfeil genoss sichtlich den Ritt. So hatte Kirschauge bald die Zeit vergessen. Doch plötzlich brachte sie Schneller Pfeil ruckartig zum Stehen. Tapferes Herz hatte ihr ausdrücklich verboten, sich weit zu entfernen. Schnell galoppierte sie wieder zurück und sah schon von weitem ihren Bruder. „Komm schnell", rief er ihr zu, „wir müssen nach Hause." Die beiden rannten zu ihrem Tipi. Der Mutter ging es etwas besser, und sie freute sich über die stattliche Anzahl Rüben, die sie mitbrachten. Tapferes Herz seufzte erleichtert auf. Seine Mutter war völlig arglos.

Schwarze Wolke eröffnete seine Anklage: „Ich habe gehört, dass deine Frau schwer krank ist, und ich bin sehr erstaunt, dass du mich nicht gerufen hast. Bitte gib uns doch eine Erklärung für dein mir so unverständliches Verhalten."

Während Schwarze Wolke sich umständlich wieder setzte, erhob sich Großer Bär. Seine Gedanken rasten. Woher hatte der Medizinmann von Prärieblumes Krankheit erfahren? Doch egal, nun musste er sich rechtfertigen. Er könnte sie mit irgendeiner Erklärung für eine Weile beruhigen. Aber er verwarf den Gedanken gleich wieder. Lügen war unter seiner Würde, etwas für Feiglinge. Er besann sich. Einen Teil konnte er ihnen erzählen, aber die Gespräche mit Grauhaar wollte er ihnen verheimlichen. Sie würden ihn doch nicht verstehen. „Meine Brüder, hört mich an. Es ist wahr, meine Familie ist in großer Traurigkeit, und ein tiefer Schmerz bewegt mich. Prärieblume hat wahrscheinlich die Hustenkrankheit." Erregtes Gemurmel unterbrach ihn. Wachsamer Fuchs, auch ein Mitglied des Stammesrates, sah ihn zu Tode erschrocken an. Dann senkte er traurig den Kopf. Sie hatten es schon lange geahnt. Aber auch seine Familie wollte der Wahrheit nicht ins Auge sehen. Nun bestätigte Großer Bär ihre bösen Ahnungen. Das Gemurmel ebbte ab, und alle sahen wieder gespannt auf Großer Bär. „Natürlich habe ich mir viele Gedanken darüber gemacht. Wo gäbe es Hilfe für meine Frau? Jeder, der diese furchtbare Krankheit bisher bekam, musste sterben." Alle sahen sich betreten an. Das war leider nur allzu wahr.

„Unsere alten, ehrwürdigen Leute habe ich gefragt, ob der Geist des Bären schon einmal einen unseres Stammes von diesem Leiden geheilt habe, doch niemand konnte sich daran erinnern. Auch in unseren Geschichten gibt es keinen Bericht davon." Großer Bär machte eine Pause und sah sich um. Alle nickten. Bis hierher konnten sie ihm nur recht geben. Aber nun kam das Entscheidende! „Weil ich nie gehört habe, dass der Geist des Bären von der Hustenkrankheit heilen kann, wollte ich ihn auch nicht um Hilfe bitten." Es entstand eine bedrückende Stille. Jeder schien den Atem anzuhalten. Wenn Großer Bär nicht den Geist des Bären anrufen würde, dann musste Prärieblume hilflos sterben. Was hatte er denn vor? Bei den letzten Worten von Großer Bär stand der Medizinmann würdevoll auf. Er fühlte sich persönlich angegriffen. „Die Hustenkrankheit ist eine schlimme Strafe der Geister. Wenn sie gnädig sind, kann Prärieblume gerettet werden." Nun erregte sich Wachsamer Fuchs: „Meine Schwester ist eine gute Frau und ihren Kindern eine liebende Mutter. Wem hat sie denn etwas zuleide getan, dass die Geister sie so hart strafen?" Höckriger Wolf hatte bisher ruhig zugehört. Nun war seine Zeit gekommen. Großer Bär schien den Fehler zu machen, auf den er so lange gewartet hatte! „Wir alle kennen die Frau meines Bruders als eine gute Cheyenne. Doch wie wollen wir beurteilen, wodurch Prärieblume die Geister erzürnt hat?" Grauer Adler machte eine wegwerfende Bewegung mit der Hand. Er erinnerte sich noch genau an das unwürdige Benehmen, das Höckriger Wolf bei seiner Werbung um Prärieblume an den Tag gelegt hatte. Er achtete Großer Bär ganz besonders und kannte ihn als einen aufrichtigen Mann. „Wenn du schon die Kraft des Bärengeistes anzweifelst, dann sag uns, was du sonst für deine Frau tun willst. Wie ich dich kenne, wirst du sie nicht tatenlos sterben lassen", fragte er streng.

Er durfte keine Nachsicht zeigen, denn Großer Bär hatte sich vor dem Geist des Bären schuldig gemacht, und die Sache musste geklärt werden. „Ich habe Grauhaar gebeten, uns eine Medizin zu besorgen."

Nun war es um die Fassung des Medizinmannes geschehen. „Dieses elende Bleichgesicht fragst du um Hilfe, und mich lässt du nicht holen?" Er schien nach Luft zu ringen. „Auf der Stelle verlange ich eine Erklärung dieser ungeheuerlichen Dinge!" Wie der zornige Geist des Bären selbst stand er da, die Faust geballt, mit wuterfüllten Augen. Keiner konnte sich erinnern, so etwas je gehört oder erlebt zu haben. „Ich versuchte euch zu erklären, dass ich mich verzweifelt nach Hilfe umgesehen habe. Nie wurde jemand von dem Geist des Bären geheilt, wenn er diese Krankheit hatte. Weil ich aber nichts unversucht lassen wollte, ging ich zu Grauhaar. Morgen wird er für Prärieblume eine Medizin holen, und ich werde sie ihr geben", setzte er noch trotzig hinzu. Wieder schaltete sich Höckriger Wolf ein: „Du scheinst dieses Bleichgesicht näher zu kennen als wir alle."

„Mein Bruder, ich glaube, unser Volk hat diesen mutigen, ausdauernden Mann schätzen gelernt, nachdem er seinen Bären alleine nach Hause brachte. Was kannst du ihm vorwerfen?" Ein glattes, kaltes Lächeln huschte über das Gesicht von Höckriger Wolf. „Seine Person ist bestimmt hoch zu achten. Aber seine Worte von dem Gott der Bleichgesichter kann man doch nicht ernst nehmen, oder?" – „Warum nicht? Hast du sie dir schon einmal richtig angehört?", erwiderte Großer Bär seinem Bruder. „Mein Herz wurde froh über die Dinge, die er von seinem Gott erzählte. Wenn dieser fremde Gott uns helfen würde, könnte Prärieblume geheilt werden."

Der Tumult, der nun folgte, war einmalig in ihrer Geschichte. Grauer Adler hatte einige Mühe, die Ruhe wiederherzustellen. „Das sind seltsame Sachen, die wir von dir hören", entgegnete er Großer Bär, „und ich bin tief traurig darüber. Doch ich denke, dass Grauhaar ein Mann voller Überzeugung ist, der einen starken Einfluss auf dich hat. Bisher habe ich dich für einen Mann mit festen Grundsätzen gehalten, aber ich täuschte mich wohl. Ich bitte dich, das Tipi zu verlassen, damit wir beratschlagen können, was nun zu tun ist." Ruckartig wandte er Großer Bär den Rücken zu, damit dieser seine innere Erregung nicht bemerken konnte. Großer Bär ging wortlos aus dem Tipi. Nun war alles aus. Er wusste, es würde lange dauern, bis sie ihre Entscheidung über ihn gefällt haben. Es blieb genug Zeit, Grauhaar zu warnen. Sie würden ihm vielleicht auflauern. Er musste besonders vorsichtig sein auf seiner Reise.

Grauhaar rumorte in seinem Zelt. Er traf letzte Vorbereitungen. Als er Großer Bär sah, ahnte er sofort, dass etwas Schlimmes passiert war. Fragend sah er den Indianer an und legte seine Hand wie zur Beruhigung auf den Arm von Großer Bär. „Ist etwas mit Prärieblume?" – „Ich komme aus dem Stammesrat. Aus irgendeinem Grund wusste Schwarze Wolke schon davon, dass meine Frau schwer krank ist, und sie fragten mich aus."

Mehr brauchte er nicht zu sagen. Grauhaar konnte sich gut vorstellen, was Großer Bär erlebt hatte. „Verliere jetzt nicht den Mut. Gott wird uns helfen. Sehr oft habe ich die Wege Gottes nicht verstehen können, doch wie sollte das auch zugehen? Wir sind Staub gegen ihn, Großer Bär, und wir können seine Weisheit nicht verstehen. Wir haben ganz bestimmte Vorstellungen davon, wie Gott uns helfen soll und was uns gut täte, aber er weiß es eben doch besser. In seinem Buch lässt er uns sagen: Meine Gedanken sind nicht eure Gedanken, und eure Wege sind nicht meine Wege; sondern so hoch der Himmel über der Erde ist, so viel höher sind meine Wege als eure

Wege." Großer Bär hörte aufmerksam zu. „Vergiss das nicht, was auch passiert. Es bleibt dabei, dass er uns liebt."

Bevor Großer Bär Grauhaar verließ, warnte er ihn besonders vor Schwarze Wolke und ermahnte ihn, auf der Reise vorsichtig zu sein. Seltsam getröstet verabschiedete sich Großer Bär von seinem neuen Freund. Schnell ging er zu seinem Tipi. Die Sonne stand hoch am Himmel, die Vögel zwitscherten ihr Lied, und fröhliches Kinderlachen tönte aus dem Dorf. Es war ein friedliches Bild. Doch je näher Großer Bär dem Tipi kam, um so mehr überkam ihn große Traurigkeit, die auch den soeben empfangenen Trost wegspülte. Was würden die nächsten Stunden und Tage bringen?

Er kam in das Tipi. Prärieblumes Zustand hatte sich wieder verschlechtert. Sie lag fiebernd auf ihrem Bett und hörte ihn gar nicht kommen. Bei seiner Ankunft beugte sich Tapferes Herz hastig über einen Topf. Das machte Großer Bär sofort stutzig. Hatten auch schon seine Kinder von all dem gehört? Stellten sie sich auch gegen ihn? Der Gedanke war nicht zu ertragen! Nein, sie hatten schon viel miteinander durchgemacht und würden auch diesmal als Familie zusammenhalten. „Wo ist deine Schwester?" Tapferes Herz stand auf und sah den Vater herausfordernd an. „Sie geht zu unserer Großmutter und fragt, was wir gegen das Fieber der Mutter tun können." – „Wie kommt sie dazu? Ich habe sie nicht geschickt." – „Aber ich!" „Bist du nun das Familienoberhaupt, dass du solche eigenmächtigen Entscheidungen triffst? Du bist 15 Winter und mein Sohn. Ich möchte, dass du mir mit der nötigen Achtung entgegenkommst."

Tapferes Herz senkte den Kopf. Es stimmte, was der Vater sagte. Nur er hatte die Entscheidung zu fällen: Aber sollte er denn ruhig zusehen, wie die Mutter starb? Wieder regte sich Trotz in ihm. „Ich wollte nur etwas tun, damit Mutter wieder gesund wird. Was hast du getan?" Diese Frage war ein offener Vorwurf, das spürte Großer Bär sofort. „Ich habe Grauhaar gebeten, dass er für Mutter

Medizin besorgt." – „Grauhaar!" Tapferes Herz spuckte den Namen fast aus: „Wir haben unseren Medizinmann, der mehr davon versteht."

„So, du bist also klüger als dein Vater? Ich kann mich nicht erinnern, dass jemals ein Sohn in deinem Alter so mit seinem Vater gesprochen hat. War ich dir ein so schlechter Vater, dass du mir diese Schande antust?" Tapferes Herz krümmte sich bei den Worten seines Vaters wie unter Peitschenhieben. Tränen traten ihm in die Augen. Wer hatte denn seinen Vater mehr geliebt als er? Er erinnerte sich an die herrlichen Stunden, die sie beim Fallenstellen verbracht hatten. Wie stolz war er auf Großer Bär gewesen! Und nun stellte Grauhaar ihr ganzes Leben auf den Kopf. Er allein war schuld!

„Verzeih, mein Vater, ich habe sehr dumm gesprochen. Ich kann nur nicht verstehen, dass du den Medizinmann für die Mutter nicht kommen lässt, bevor es zu spät ist." Wieder sagte Großer Bär: „Deine Mutter hat die Hustenkrankheit, und der Geist des Bären hat noch nie jemanden von uns davon geheilt. Alle sind gestorben, obwohl der Medizinmann sich in Trance versetzte, fastete und die ganze Familie des Kranken Opfer brachte. Nun habe ich gehört, dass es nur einen Gott gibt – den Gott, der den Himmel und die Erde gemacht hat. Und weil er uns liebt, werde ich ihn um Hilfe anrufen. Vielleicht hat er Mitleid mit uns." Dies alles hatte Tapferes Herz schon in der Nacht gehört, in der die Eltern miteinander sprachen. Konnte es wirklich wahr sein, was Grauhaar behauptete? Wieso glaubte sein Vater daran?

„Woher willst du wissen, dass es nicht alles Lüge ist, was Grauhaar dir erzählt?" – „Mein Herz sagt es mir", antwortete Großer Bär schlicht. „Ich werde den Gott des Himmels und der Erde bitten, dass er uns allen Klarheit schenkt, damit auch dein Herz die Wahrheit erkennt. Wenn er lebt, hört er mich, und wir werden sehen, wie er antwortet."

Der Eingang des Zeltes verdunkelte sich; Schwarze

Wolke trat ein. Hinter ihm schlüpfte Wachsamer Fuchs in das Tipi. Schwarze Wolke blieb schweigend am Eingang stehen. Wachsamer Fuchs trat zu seiner Schwester und blieb erschrocken stehen. Prärieblume drehte sich gerade um, erkannte ihren Bruder und lächelte ihn an. Dann fiel sie wieder in ihre Fieberträume zurück. „So schlimm habe ich es mir nicht vorgestellt", flüsterte Wachsamer Fuchs betroffen. Dann hob er die Stimme und wandte sich an Großer Bär: „Um so notwendiger wird es sein, dass du unseren Beschluss befolgst." – „Lasst mich hören, was ihr beschlossen habt." – „Grauer Adler hat sich sehr für dich eingesetzt. Du darfst ihn jetzt nicht enttäuschen. Es gab Männer im Rat, die dich ächten wollten. Aber er hat an deine untadelige Haltung erinnert, die du deinem Stamm immer gezeigt hast. Es gab auch keine einzige Klage gegen dich. Er erzählte von deinem Vater und Großvater, die alle ihr Leben unserem Stamm zur Verfügung gestellt hatten. Außerdem glauben wir alle, dass Grauhaar dich überredet hat und er die Hauptschuld trägt. Wir bitten dich nun, das Ansehen deiner Väter nicht zu beschmutzen. Auch meine Familie, die Familie deiner Frau, würdest du mit Schande bedecken. So gestatte nun dem Medizinmann unseres Stammes, Prärieblume zu behandeln. Dann wird keiner ein Wort von alledem erfahren, was in unserem Stammesrat gesprochen wurde." Nach diesen Worten schauten alle auf Großer Bär. In ihm vollzog sich ein schwerer Kampf. Er liebte sein Volk und hatte große Achtung vor der Familie seiner Frau. Nun stellte sich auch noch sein eigener Sohn gegen ihn, was ihm fast das Herz zerreißen wollte. Konnte er nicht einfach den Medizinmann gewähren lassen und Prärieblume heimlich Grauhaars Medizin geben? Aber etwas in seinem Innern sträubte sich bei dem Gedanken, dass Schwarze Wolke über seiner Frau den Geist des Bären anrufen sollte. Konnte er da noch die Hilfe des Gottes erwarten, der sich Jesus Christus nannte? Was aber, wenn ihm dieser Gott nicht helfen wollte und er sich ganz auf ihn verließ?

„Ich bitte dich, mein Mann, nichts zu tun, was nicht richtig ist", ertönte plötzlich die völlig klare Stimme von Prärieblume, „auch nicht, um meine Familie zu schonen." Wachsamer Fuchs ging schnell auf sie zu. „Natürlich wird Großer Bär das Richtige tun. Reg dich nicht auf und schlaf nur weiter." Er wandte sich wieder an die anderen: „Sie fiebert und weiß nicht, was sie sagt." Doch Großer Bär hatte sie verstanden. Ihre Entscheidung war schon gefallen. „Ich bleibe bei dem, was ich im Stammesrat gesagt habe. Ich warte auf die Medizin, die Grauhaar bringen wird." Schwarze Wolke ging bei diesen Worten auf Großer Bär zu und stand nun dicht vor ihm. Seine Augen schienen tödliche Blitze zu schleudern, und Tapferes Herz spürte seine Knie zittern. Es musste alles ein böser Traum sein! Bestimmt wachte er gleich auf, und sein Vater, die Mutter, die Schwester und er lebten wieder in freundschaftlicher Herzlichkeit miteinander wie früher, und Großer Bär war wieder ein angesehener und geachteter Mann.

„Der Fluch der Geister komme über dich! Du hast sie missachtet, und sie werden dich und deine Familie dafür strafen." Ohne sich noch einmal umzusehen, verließ Schwarze Wolke das Tipi. Beim Hinausgehen stieß er mit Kirschauge zusammen, die erschrocken einen Schrei ausstieß. Die Großmutter legte beruhigend den Arm um sie, und schon war Schwarze Wolke verschwunden.

Die beiden betraten das Tipi, in dem unheimliche Stille herrschte. Tapferes Herz stand totenbleich neben seinem Onkel, unfähig, sich zu rühren. Die Mutter befand sich gerade nicht in einem Fiebertraum und streckte ihrem Mann die Hand entgegen. Der erfasste sie und setzte sich auf ihr Bisonfell. Wachsamer Fuchs stand ganz benommen da. Er liebte seine Schwester und hatte Großer Bär immer wieder bewundert. Das war doch nicht möglich, dass dieser auf die Altweibergeschichten von Grauhaar hereinfiel! Prärieblume begrüßte gerade herzlich ihre Mutter, der es sofort auffiel, dass es wohl keine angenehme Unterredung mit dem Medizinmann gegeben hatte. Aber der schlechte

Zustand ihrer Tochter war ihr wichtiger. Sie machte sich sofort an die Arbeit und erteilte Befehle an Kirschauge. Wachsamer Fuchs fasste sich langsam wieder. „Ich hätte hundert Fragen an dich. Aber im Moment möchte ich dir nur die eine stellen: Was macht dich so sicher, dass dieser Gott der Bleichgesichter lebt?" Die Großmutter hob leicht den Kopf. Darum ging es also!

Großer Bär antwortete wieder nur: „Mein Herz weiß es ganz sicher." – „Ist das nicht ein bisschen wenig, um dafür einen Fluch über deine Familie und Schande über uns zu bringen?" Alle Zweifel, die Großer Bär hatte, überfielen ihn wieder. Seit seiner Heirat hatte ihn eine herzliche Freundschaft mit Wachsamer Fuchs verbunden. Sollte er nun diese Verbindung zu ihm und den übrigen Familiengliedern auch noch verlieren? Was forderte denn dieser ihm noch so unbekannte Gott als nächstes von ihm? Aber forderte Gott das überhaupt von ihm? Hatte er nicht nur versucht, ehrlich nach der Wahrheit zu suchen? Das konnte doch nicht reichen, ihn aus ihrer Gemeinschaft auszuschließen!

„Du warst mir immer wie ein Bruder, Wachsamer Fuchs. Ist es denn möglich, dass du mich gar nicht verstehst? Was habe ich denn getan? Habe ich einen von unserem Stamm getötet? Oder ist das, was ich getan habe, noch schlimmer? Ein Mörder wird von Schwarze Wolke nicht verflucht. Ich habe nur gesehen, dass wir in ewigem Schrecken vor den Geistern leben. Dann hörte ich von einem Gott, der alle Menschen liebt, weil er sie geschaffen hat. Was ist daran so schlimm, dass ich erfahren möchte, ob dieser Gott wirklich lebt? Muss man mich deswegen gleich verfluchen? Bin ich nicht ein freier Mann?"

Großer Bär war während seiner Rede aufgesprungen. Er schaute den Bruder seiner Frau fest an. „Hast du nicht auch oft Angst vor den Geistern?" Bevor Wachsamer Fuchs antworten konnte, stand die alte Frau, die bis dahin schweigend Prärieblume versorgt hatte, auf und legte ihre Hand auf den Arm ihres Sohnes. „Alles, was ich tun kann, ist getan. Ich hoffe, dass meine Tochter durchkommt. Lass uns gehen." Dann wandte sie sich noch einmal zu Großer Bär um. „Auch für dich hoffe ich, dass sie lebt. Sonst musst du schnell fliehen. Die Kinder sind gut bei uns aufgehoben." Mit gesenktem Kopf verließ Wachsamer Fuchs mit seiner Mutter das Tipi. In der Stille hörte man nur das Schluchzen von Kirschauge. Als ihre Großmutter das Zelt verlassen hatte, rannte sie auf ihren Vater zu und warf sich in seine Arme. „Vater, ich verstehe das alles nicht. Ich fürchte mich so. Warum musst du fliehen?" – „Hör auf zu weinen. Ich bin da, und ich werde nicht fliehen müssen. Mach dir keine unnötigen Sorgen." Über den Kopf seiner Tochter hinweg sah Großer Bär Tapferes Herz an. Der Junge stand mit zusammengezogenen Schultern da, als hätte er Schläge bekommen. Wie gerne würde Großer Bär ihn auch so in die Arme nehmen! Doch er spürte förmlich die Ablehnung seines Sohnes.

7. KAPITEL
Abschied von den Eltern

Höckriger Wolf trat in das Tipi des Medizinmannes. Die Sonne erschien gerade als ein feuriger Ballon am nebligen Horizont. Es war noch früh, doch Schwarze Wolke war schon sehr beschäftigt. Kaum war Höckriger Wolf eingetreten, gab ihm der Medizinmann einige Adlerfedern und eine Bärenkralle. „Sie sind geheiligt. Die Bärenkralle wird dich beschützen und die Adlerfedern geben dir eine sichere Hand, wenn du den Bogen spannst." – „Das Bleichgesicht ist gerade aufgebrochen." – „Dann ist es höchste Zeit", murmelte Schwarze Wolke ungeduldig.

Er machte ein Zeichen über Höckriger Wolf und stieß ihn unsanft aus dem Tipi. Großer Bär schlief die ganze Nacht nicht. Die dauernden Hustenanfälle von Prärieblume schnitten ihm ins Herz. Die Gedanken drehten sich in seinem Kopf, und er fand keine Ruhe. Er war so froh, dass seine Eltern dies nicht mehr erleben mussten. Seinem alten Vater, dem jeder stets mit Respekt begegnet war, hätte es das Herz gebrochen. Aber gab es für ihn nicht das Recht, nach der Wahrheit zu forschen? Warum lehnten seine Stammesbrüder etwas Ungewohntes ab, ohne es überhaupt zu überprüfen? Hatten sie Angst, es könnte ihr Leben verändern? Sie waren doch gar nicht richtig froh. Sie lebten in ständiger Ungewissheit und Angst vor dem vielleicht kommenden Unglück. Warum sonst versuchten sie so peinlich genau den Geistern zu gehorchen? Sie fürchteten sich wahrscheinlich davor, anders als ihr Volk zu sein. Auch ihn hatte ja diese Angst fast davon abgehalten, auf sein Herz zu hören. Deshalb verstand er sie gut. Und doch wollte immer wieder Bitterkeit aufsteigen und Zweifel über die Richtigkeit seines Weges. Prärieblume erwachte, und sofort konnte sie sich an alles erinnern, was geschehen war. Ihr Mann wälzte sich schlaflos auf seinem Lager herum. Sie stemmte sich auf und sagte zu Großer Bär:

„Wenn das stimmt, was Grauhaar dir erzählt hat, müsste es doch sehr schön sein bei dem Gott des Himmels. Was meinst du?" – „Was redest du da! Das wirst du so schnell nicht erfahren; wir brauchen dich doch! Aber es stimmt: Wenn man einmal zu ihm gehen darf und er uns annimmt, das stelle ich mir auch schön vor. Ich möchte gerne mehr von diesem Gott hören. Ich kann es kaum erwarten, bis Grauhaar wiederkommt." „Du musst ihn dann aber zu uns ins Tipi bringen, damit ich auch zuhören kann und diesen Gott näher kennen lerne. Wann erwartest du ihn zurück?" – „Es wird mindestens noch zehnmal die Sonne untergehen, bevor er dir die Medizin bringt. Es ist eine lange Reise. Ich denke, dass alles wieder gut werden wird." „Das glaube ich nicht, mein Mann. Manchmal fühle ich schon die Kälte des Todes in meiner Nähe. Was wirst du mit unseren Kindern machen?" Doch Großer Bär weigerte sich, solche Gedanken überhaupt ins Auge zu fassen. „Du wirst gesund! Wir wollen nun nicht mehr darüber reden. Mir macht Tapferes Herz Sorge: Er versteht uns nicht und verschließt sich völlig gegen mich." – „Weißt du, ich habe schon daran gedacht, dass Grauhaar sagte, man könne mit seinem Gott einfach reden. Wollen wir ihm nicht alle unsere Sorgen sagen und ihn um Hilfe bitten? Vielleicht erzählst du ihm auch

von deinen Zweifeln und bittest ihn, dass er unser Herz festmacht und auch unseren Kindern zeigt, dass er lebt." – „Meine kluge Frau hat sehr gut gesprochen. Nur weiß ich nicht, ob ich ihm meine Zweifel nicht lieber verschweigen sollte, sonst könnte er vielleicht zornig auf mich werden." – „Denke doch daran, dass er gesagt hat: 'Niemand hat größere Liebe als der, der für seine Freunde sein Leben lässt.' Wenn er uns liebt, versteht er uns auch." Großer Bär war überzeugt. Die beiden schütteten dem Gott, von dem sie noch so wenig wussten, ihr ganzes Herz aus.

Tapferes Herz, der auch nicht eingeschlafen war, spürte eine unerklärliche Sehnsucht in seinem Herzen. Wie gerne wäre er wieder einig mit den Eltern, und wie sehnte er sich danach, mit jemandem über alle seine Ängste zu reden! Die Worte seiner Mutter berührten ihn irgendwie. Es hatte sich alles so tröstlich angehört. Er wusste nicht, dass Gott das Gebet seiner Eltern bereits beantwortete. Endlich fiel er in tiefen Schlaf.

In einer Rekordzeit von zwei Tagen hatte Tapferes Herz die zehn Kaninchenfelle zusammen. Das machte ihn richtig stolz. Nun musste er die Felle nur noch schnell zu Schwarze Wolke bringen, damit dieser mit seinem Zauber beginnen konnte und die Mutter geheilt wurde, bevor das Bleichgesicht zurückkam. Schwarze Wolke begegnete ihm sehr reserviert. „Ich bin nicht sicher, ob der Geist des Bären mir antworten wird. Dein Vater hat ihn sehr gereizt." – „Aber ich habe dem Geist des Bären doch nichts getan. Er muss meine Mutter einfach heilen, bevor Grauhaar zurück ist. Jeder soll sehen, welche Macht er hat. Dann wird auch mein Vater wieder davon überzeugt werden."

Schwarze Wolke sah Tapferes Herz erstaunt an. Der Bursche war klug, und es klang sehr logisch, was er sagte. Er konnte es ja wirklich noch einmal versuchen. Wenn Großer Bär sich öffentlich entschuldigte, dann wäre auch seine Ehre wiederhergestellt.

„Ich werde in den Wald gehen und den Geist des Bären befragen."

„Darf ich mit?" – „Nein, du bist nicht geheiligt. Der Geist würde erst gar nicht erscheinen, wenn du dabei wärst." Tapferes Herz trat aus dem Zelt des Medizinmannes und versteckte sich nicht weit entfernt hinter den Büschen. Es schien endlos zu dauern, bis Schwarze Wolke erschien. Er hatte sich einen roten Streifen quer über das Gesicht gemalt. An seinem Gürtel hingen etliche Bärenkrallen, die ihm die Krieger gebracht hatten. Festen Schrittes ging er auf den Wald zu, ohne sich noch einmal umzudrehen. Tapferes Herz folgte ihm unauffällig, bis die Bäume des Waldes anfingen. Weiter ging er lieber nicht. Schwarze Wolke hatte gesagt, dass der Geist des Bären gar nicht erscheinen würde; so wartete er lieber in der Ferne. Es war ihm so wichtig, dass der Medizinmann Erfolg hatte, dass er sogar noch etwas zurückging. Er kletterte auf einen Baum, um die Stelle im Auge zu behalten, an der Schwarze Wolke den Wald betreten hatte. Wieder wurde seine Geduld auf eine harte Probe gestellt. Doch kurze Zeit später erschien der Medizinmann wieder. An seinem finsteren Gesicht konnte der Junge erkennen, dass er ohne Erfolg geblieben war. Eiskalt kroch die Angst in ihm hoch. Wenn die Geister auf seine Familie so zornig waren, dann war alles aus. Wer wollte sie da noch retten?! Da klang ihm die Frage seines Vaters in den Ohren: „Hast du nicht auch oft Angst vor den Geistern?" Hatte sein Vater etwa keine Angst mehr?

Grauhaar war schon sechs Tage unterwegs. Er hatte länger gebraucht, als er gedacht hatte. Es kostete viel Zeit, die Spuren sorgfältig zu verwischen. Heute hatte er damit aufgehört und ritt nun seit Stunden ohne Pause durch. Die Sonne stieg immer höher, und die Hitze trieb ihm den Schweiß aus den Poren.

Grauhaar tätschelte ab und zu sein Pferd, das ungewöhnlich nervös war. „Was ist denn los, alter Knabe? Was gefällt dir denn nicht?"

Er kannte sein Pferd. Das Tier war nicht umsonst so unruhig. Plötzlich fiel ihm die Warnung von Großer Bär wieder ein: „Du musst ganz besonders vorsichtig sein. Vielleicht schickt Schwarze Wolke jemanden hinter dir her. Er hasst dich." Konnte es sein, dass ihm immer noch ein Indianer auf den Fersen war? Es war besser, er war auf der Hut. Er konnte kaum zu vorsichtig sein.

Vor sich sah Grauhaar mehrere große Felsbrocken. Das kam ihm gelegen. Er verschwand hinter dem ersten großen Felsen und ritt ein Stück weiter. Dann wendete er vorsichtig sein Pferd und ritt in seiner eigenen Spur wieder zurück. Sein Brauner machte die Sache gut. Er kannte diese Art seines Herrn, ihre Spuren zu verwischen. Grauhaar ließ das Pferd hinter dem Felsbrocken zurück, wo es sich niederlegen musste, um für einen eventuellen Verfolger unsichtbar zu sein. Er verwischte die Spuren, die zum Felsen führten, sorgfältig und begab sich wieder zu seinem Tier: Grauhaar verharrte regungslos. Der Schweiß lief ihm in kleinen Wasserbächen über das

Gesicht. Die Hitze war unerträglich. Vielleicht hatte sein Pferd sich geirrt? Er hoffte es. Das Warten erschien ihm immer sinnloser. Doch gerade als er wieder aufbrechen wollte, vernahm er ein Geräusch. Atemlos horchte er. Hoffentlich blieb sein Pferd jetzt ruhig und verriet ihn nicht! Da ritt auch schon ein Indianer auf seinem Pferd an ihm vorbei, die Augen auf die Spur gerichtet. Höckriger Wolf! Grauhaar war so verblüfft, dass er bald einen Pfiff ausgestoßen hätte. Der Bruder von Großer Bär! Höckriger Wolf hielt plötzlich sein Pferd an und stieg ab, nur einige Schritte von Grauhaar entfernt. Der sah, wie Höckriger Wolf die Spur genauer untersuchte. Er hatte schon Verdacht geschöpft! Grauhaar trat aus dem Schutz des Felsens. Es war besser, er sprach mit Höckriger Wolf. „Wen suchst du, mein Freund?" Schnell wie ein Blitz war Höckriger Wolf auf den Beinen, das Messer in der Hand. „Nur keine Angst! Ich hätte dir unbemerkt einen Pfeil in den Rücken schießen können. Aber wir kennen uns ja, und ich bin ein Freund deines Stammes. Darum spreche ich in Frieden mit dir."

Ein Lächeln erschien auf dem Gesicht des Indianers, doch durch das kalte Glitzern in seinen Augen wurde Grauhaar gewarnt. „Es freut mich, dass du der Reiter bist, den ich entdeckt habe", grinste Höckriger Wolf Grauhaar an. „Auch mein Pfeil hätte dein Herz schon treffen können, doch ich wollte erst wissen, ob du Freund oder Feind bist. Nun bin ich froh, einem Freund begegnet zu sein." – „Was treibt dich in diese einsame Gegend, weit weg von deinem Stamm?" – „Ich bin als Kundschafter unterwegs, um eine Bisonherde ausfindig zu machen. Du hast nicht zufällig Spuren einer Herde entdeckt?"

Nun wusste Grauhaar ganz sicher, dass Höckriger Wolf ihn belog und auf seiner Spur war, um ihn zu töten. Die Cheyenne schickten nie einen einzelnen Mann als Kundschafter aus. Die Indianer gingen immer nur in Gruppen, um sich gegenseitig bei Gefahr helfen zu können.

Trotz der Hitze wurde es Grauhaar eiskalt. Höckriger

Wolf wollte ihn töten! Doch dann wurde er ganz ruhig. Er hatte keine Angst vor dem Tod. Wenn er starb, das wusste er ganz genau, dann würde er bei seinem Gott sein, und darauf freute er sich. Doch seine Gedanken gingen zu Großer Bär und Prärieblume. Sie würden vergeblich auf ihn warten und ganz allein den Anfeindungen der eigenen Stammesbrüder ausgesetzt sein. Würden sie durchhalten? Vielleicht gab es doch noch einen Ausweg, um seinen rothäutigen Freunden weiterzuhelfen.

„Was überlegt mein Bruder?" – „Ich dachte gerade daran, dass Prärieblume nun keine Medizin bekommen wird und ganz elendig zugrunde gehen muss. Die Medizin der Bleichgesichter, die ich ihr holen wollte, könnte sie vielleicht noch retten. Hast du kein Mitleid mit ihr?" – „Was redet mein Bruder für wirres Zeug? Wenn er für Prärieblume Medizin holen will, so werde ich ihn nicht daran hindern."

„Gut, dann will ich jetzt weiterreiten. Wenn ich mich beeile, kann ich schon bald wieder zurück sein. Dann sehen wir uns ja wieder. Bitte grüße Großer Bär und Prärieblume solange von mir! Ich werde den Doktor auf der Handelsstation um eine Medizin bitten." Vielleicht hatte Höckriger Wolf ja Mitleid mit der Frau seines Bruders und ließ ihn gehen. Grauhaar wusste nichts von dem Hass des Cheyenne, den dieser gerade für Großer Bär und Prärieblume empfand. „Viel Glück!", grinste ihn Höckriger Wolf an. Ruhig bestieg Grauhaar sein Pferd, das immer noch nervös herumtänzelte. Er machte das Zeichen der Indianer für Frieden und ritt, Höckrigem Wolf furchtlos den Rücken zudrehend, in aller Eile los. Er gab seinem Braunen die Sporen, doch er ahnte, dass es keinen Zweck hatte. Da hörte er auch schon das zischende Geräusch eines herannahenden Pfeiles. Bevor er in Deckung gehen konnte, fühlte er auch schon einen stechenden Schmerz im Rücken. Höckriger Wolf hatte also kein Mitleid mit seinen Verwandten. Er hatte seinen Hass nicht zügeln können... Lautlos glitt Grauhaar von seinem Pferd, das erschreckt wiehernd davonpreschte. Tiefe Ruhe erfüllte Grauhaar. Bald würde er das Ziel seines Lebens erreichen. Gott konnte für alles weitere sorgen. Es war wohl richtig so. „Meine Gedanken sind nicht eure Gedanken..." Grauhaar spürte den Tritt von Höckriger Wolf nicht mehr, der ihn mit dem Fuß umdrehte, um zu sehen, ob er auch wirklich tot war.

Als der Indianer wieder verschwunden war, kam das treue Pferd zu seinem Herrn zurück und stupste ihn mit der Nase. Doch Grauhaar rührte sich nicht mehr.

Langsam festigte sich in Großer Bär die Gewissheit, dass er Grauhaar nie mehr wiedersehen würde. Freiwillig ließ der treue Mann sie nicht im Stich, das glaubte Großer Bär ganz sicher. Aber vielleicht brauchte Grauhaar einfach länger. Das war Großer Bärs einziger Trost. Immer wieder staunte er über die Ruhe von Prärieblume. Sooft er ihr seine Bedenken mitteilte, meinte sie nur: „Es wird sicher alles richtig werden." Das konnte aber ihren Mann, den böse Ahnungen nicht loslassen wollten, nicht überzeugen. Auf einmal ging es Prärieblume schlagartig schlechter. Sie erkannte niemanden mehr und spuckte beim Husten immer öfter Blut, das sie bisher erfolgreich vor den anderen verborgen hatte. Eine völlig, ungewohnte Apathie erfasste Großer Bär. Alles hatte er falsch gemacht. Nun war nichts mehr zu retten. Seine Gedanken drehten sich im Kreis und ließen ihn nicht mehr zur Ruhe kommen. Doch in einer friedlosen Stunde fiel ihm das Wort ein, das Grauhaar ihm zum Abschied vorgelesen hatte: „Meine Gedanken sind nicht eure Gedanken, und eure Wege sind nicht meine Wege..." Er konnte es nicht erfassen, was mit ihm geschah. So wollte er aufhören, sich mit Vorwürfen zu zermürben, und versuchen, das Vertrauen auf den fremden Gott nicht fallenzulassen. Die lähmende Angst verließ ihn allmählich, und ein tiefer Friede, den er nicht verstehen konnte, überkam ihn. Kirschauge kam auf ihn zu, die Augen gefüllt mit Tränen. „Nichts kann die Mutter mehr warmhalten. Sie friert so erbärmlich, dass sie einen

Schüttelfrost nach dem anderen bekommt. Ich weiß gar nicht mehr, was ich tun soll, Vater. Ist die Mutter denn so schwer krank?" Großer Bär dachte an das Bärenfell, das Wachsamer Fuchs ihm nach erfolgreicher Jagd schenken wollte. Doch damals hatte er es großzügig der Mutter seiner Frau überlassen. Nun könnten sie es gut für Prärieblume gebrauchen. Er sprang auf und strich seiner Tochter über das Haar. "Ich werde schauen, ob ich einen Braunbären aufspüre. Das Fell wird die Mutter wärmen." Energisch rief Großer Bär seinen Sohn herein. "Komm mit mir zu den Fallen. Wenn wir etwas darin finden, kannst du es nach Hause bringen. Ich gehe anschließend auf die Jagd, um für Mutter einen Braunbären zu erledigen." Die Augen des Jungen leuchteten auf. Bestimmt wollte der Vater den Bären dem Geist opfern, damit dieser sich wieder versöhnen ließ. Zum ersten Mal seit langer Zeit lachte er seinen Vater wieder an. "Nun wird alles gut. Die Mutter kann gesund werden. Es ist gut, dass Grauhaar nicht zurückgekehrt ist." Großer Bär konnte sich die Gedanken seines Sohnes gut vorstellen. Aber jetzt wollte er die Situation nicht klären. Der Frieden, der ihn erfüllte, und die Freude seines Sohnes waren ihm zu kostbar. Er legte den Arm um Tapferes Herz, und die beiden gingen hoch aufgerichtet durch das Dorf. Kein Blick traf sie. Jeder schaute schnell weg, wenn er sie sah. Doch heute machte es ihnen nichts aus. Der Fang in ihren Fallen war nicht schlecht. Sogar einen Fuchs hatten sie erwischt. Der Vater kniete sich nieder, legte den Bogen und die Pfeile ins Gras und band zwei Kaninchen und den Fuchs an den Beinen zusammen. "Du weißt, dass es ein paar Tage dauern kann, bis ich zurück bin. Ich werde nur das Fell des Bären besorgen. Pass gut auf deine Mutter und auf deine Schwester auf. Wenn etwas passiert, dann geh zu den Großeltern und zu Wachsamer Fuchs. Sie werden euch helfen." Eine Woge von Zärtlichkeit stieg in seinem Herzen hoch, und er sah Tapferes Herz liebevoll an. "Ich bin sehr stolz auf meinen Sohn! Auf dich kann ich mich

verlassen. Beschütze deine Schwester, Tapferes Herz!"
Der Junge stand mit erhobenem Kopf vor seinem Vater.
Endlich verstanden sie sich wieder!

Der Vater verschwand zwischen den Bäumen. Tapferes
Herz setzte sich ins Gras. Er schaute zum Himmel, wo sich
ein Vogel hoch in die blaue Weite aufschwang. Sein Herz
fühlte sich so frei und glücklich wie der Vogel. Die Sonne
wärmte ihn, und ein wunderbares Hochgefühl stieg in
ihm auf. Er konnte nicht mehr sitzen. Er sprang auf und
rannte herum wie ein junges, übermütiges Pferd, bis er
völlig erschöpft war. Er ließ sich glücklich ins Gras fallen.
Doch dann fiel ihm seine kranke Mutter wieder ein, und
seine Freude wurde erheblich gedämpft. Er stand auf, um
die Tiere aufzunehmen. Doch was er sah, ließ sein Blut in
den Adern stocken: Großer Bär hatte den Köcher mit den
Pfeilen und seinen Bogen liegen lassen! Er ließ die toten
Tiere fallen und packte die Waffen, die sein Vater so notwendig brauchte. Schnell lief er in den Wald, aber dann
besann er sich. Es würde lange dauern, bis er den Vater
fand. Inzwischen sorgten sich seine Mutter und Kirschauge um ihn. Er hatte vom Vater den Auftrag bekommen,
auf sie aufzupassen.

Tapferes Herz war hin- und hergerissen. Was war
jetzt richtig? Er überlegte fieberhaft. Am Abend, wenn
Großer Bär sich mit Nahrung versorgen wollte, würde
er bemerken, dass er Pfeile und Bogen vergessen hatte.
Ganz bestimmt würde er vorher noch keinem Bären
begegnen. Es dauerte oft sehr lange, bis man auf ihre
Spuren traf. Das Beste war, wenn er die Waffen wieder
ins Gras legte, wo der Vater sie hingelegt hatte. Großer Bär
würde sie sich schon holen. Ruhiger geworden, machte
sich Tapferes Herz wieder auf den Rückweg. Unterwegs
fiel ihm ein, was der Vater so eindringlich zu ihm gesagt
hatte: „Beschütze deine Schwester, Tapferes Herz!" Wie
kam er dazu, so etwas zu sagen? Zu Hause erzählte er
niemandem von dem Vorfall, damit keiner sich sorgte.
Die Mutter saß im Bett und schlürfte eine Suppe. Das

freute Tapferes Herz, und die übermütige Stimmung kam wieder in ihm hoch. Er fasste Kirschauge an den Händen und stampfte mit den Füßen einen Kriegstanz, den der Stamm nach gewonnener Schlacht tanzte. Es war ihm auch zumute wie einem Krieger, der wieder gesund nach Hause kam. Seine Mutter bekam einen herzhaften Kuss.

„Vater jagt einen Bären, damit du ein warmes Fell bekommst. Du wirst sehen, das wird dir gut tun." – „Was machen wir aber, wenn Grauhaar bis dahin wiederkommt?", wandte Prärieblume ein. Die gute Laune von Tapferes Herz war auch schon im Schwinden begriffen. „Es ist schon oft die Sonne untergegangen, seitdem er fort ist: Er kommt nicht mehr, Mutter." – „Grauhaar lässt uns nicht im Stich. Das wirst du schon sehen." Finster machte sich der Junge am Feuer zu schaffen. Es war, als ob ein böser Geist wiederauferstehen wollte. Wenn Grauhaar wirklich wiederkäme, könnte er noch einmal versuchen, seinen Vater zu überreden.

Am nächsten Tag spürte man im Dorf eine unerklärliche nervöse Spannung. Doch Tapferes Herz war nicht fähig, eine geordnete Arbeit zu verrichten. Er lief kopflos hierhin und dorthin und war mit den Gedanken beim Vater, so dass selbst Kirschauge ungeduldig wurde. Sie hatte auch einiges von den Spannungen mitbekommen, und es gab ihr so manches zu denken. Gestern hatte sie Kleiner Bach zu einem Spiel holen wollen, doch ihre Mutter hatte sie abgewiesen: „Meine Tochter muss mir helfen. Sie hat jetzt keine Zeit." Da war Kirschauge wieder nach Hause gegangen. Während sie noch überlegt hatte, wieso sie die Frau so schroff behandelte, sah sie die Freundin zum Zelt eines anderen Mädchens laufen. Es war ihr sehr seltsam vorgekommen, aber sie hatte sich nicht weiter den Kopf darüber zerbrochen.

Doch nun führte sich Tapferes Herz auch noch wie ein nervöses Pferd auf. Alle Leute benahmen sich so ungewöhnlich! „Geh und tob dich bei einem Spiel aus", schlug sie ihrem Bruder vor. „Die Arbeit schaffe ich allein."

Tapferes Herz sah sie verschmitzt an. „Mir scheint, du vertrittst die Mutter schon recht gut. Da muss ich wohl schleunigst gehorchen." Alle Sorge schien sofort von ihm abzufallen. Er würde die Freunde zu einem Ballspiel zusammenrufen. Es kribbelte ihm schon in den Händen. Fröhlich rannte er zu dem ersten Tipi eines Freundes. Doch er bekam eine kühle Absage. Erst nach der dritten Abfuhr begriff er, dass die Freunde nur Ausreden gebrauchten, weil sie nicht mehr mit ihm spielen wollten. Diese Erkenntnis ließ ihn wie vom Donner gerührt mitten auf dem Lagerplatz stehenbleiben. Das war doch nicht möglich! Was warfen sie ihm denn vor? Da erfasste ihn grimmige Entschlossenheit. Wenn der Vater zurückkäme und er den Geist des Bären anriefe, käme alles wieder in Ordnung, und seine Spielgefährten achteten ihn bestimmt wieder so wie früher. Doch mit ihm konnten sie nicht mehr rechnen. Was waren das doch bloß für Freunde, die sich bei den kleinsten Schwierigkeiten sofort feige verzogen! Kirschauge sah ihn schon von weitem und erwartete ihn nachdenklich. Als er sie erreichte, fragte sie ihn sofort:

„Wieso kommst du schon wieder?" – „Niemand hatte Lust zum Spielen", antwortete Tapferes Herz ausweichend. „Sie mögen schon spielen, aber nicht mit dir. Habe ich Recht?" Er, schaute sie überrascht an. „Wie kommst du denn darauf?" – „Weil es mir gestern genauso ergangen ist. Kleiner Bach hatte keine Zeit für mich, aber für ein anderes Mädchen!" Kalte Wut stieg in Tapferes Herz hoch. Wie konnten sie seine liebe, kleine Schwester, die niemandem etwas zuleide tat, so bekümmern! „Das wird wieder anders werden. Du wirst schon sehen. Lass erst den Vater zurückgekehrt sein", sagte er finster zu Kirschauge.

Am nächsten Abend, bevor die Sonne unterging, rannte Tapferes Herz zum See. Wenn der Vater heute nach Hause kam, nahm er vielleicht diesen Weg. Er setzte sich hin und wartete geduldig. Plötzlich sah er von weitem eine Gestalt nahen, und sein Herz machte einen Sprung.

Doch schon bald umgab ihn wieder das alte Band der Traurigkeit. Das war nicht sein Vater!

Als der Indianer etwas näher kam, erkannte Tapferes Herz seinen Onkel Höckriger Wolf. Erst jetzt fiel ihm auf, dass er ihn schon längere Zeit nicht mehr gesehen hatte. Als Höckriger Wolf ihn erblickte, zischte er: „Was lauerst du mir auf? Hat dich dein Vater geschickt?" Erschrocken sah ihn Tapferes Herz an. Was war in Höckriger Wolf gefahren? „Nein, ich warte auf den Vater. Er ist auf Bärenjagd gegangen."

Höckriger Wolf atmete auf und ritt schweigend an Tapferes Herz vorbei. Die Sonne ging unter. Der Vater kam heute noch nicht nach Hause. Tapferes Herz ging gerade zum Tipi, als er sah, dass Höckriger Wolf zum Zelt des Medizinmannes schritt. Vorsichtig sah sich der Onkel mehrere Male um. Was war das für ein seltsames Verhalten? Tapferes Herz umschlich die Zelte und robbte von hinten an das Tipi des Medizinmannes heran. Die beiden Männer waren mitten in der Rede, als Tapferes Herz in Hörweite kam. „... er hatte einen großen Umweg gewählt und sorgfältig seine Spuren verwischt. Doch damit hätte er seine Artgenossen abschütteln können, aber nicht mich", beendete Höckriger Wolf gerade seinen Bericht. Es wurde still. „Du hast ihn also erwischt?" – „Ja, ich habe mich selbst davon überzeugt, dass er auch wirklich tot ist. Er wird niemandem mehr den Kopf verdrehen mit seinen süßen Worten." – „Das hast du gut gemacht! Der Geist des Bären hat sich an diesem Bleichgesicht gerächt." Ein Scharren im Tipi ließ Tapferes Herz zusammenzucken. War Schwarze Wolke aufgestanden? Vielleicht sagten ihm gerade die Geister, dass er hier lauschte. „Du warst sehr lange fort. Hoffentlich ist das niemandem aufgefallen. Ich möchte nicht, dass jemand davon erfährt." Schon bei den letzten Worten schlich sich Tapferes Herz davon. Er rannte wie gehetzt zum Tipi. Wie bereute er es jetzt, gelauscht zu haben! Nun war er Mitwisser von einem furchtbaren Geheimnis! Er musste an den freundlichen

Weißen denken, und Mitgefühl stieg in ihm auf. Aber doch war er unendlich erleichtert. Niemand konnte seinen Vater nun mehr beeinflussen. Wenn Großer Bär nach Hause kam, war alles gut. Aber als er ins Tipi trat und die todkranke Mutter sah, die nun nicht einmal mehr Hoffnung auf Grauhaars Medizin hatte, wurde sein Herz wieder schwer. Sie musste gesund werden, aber wie?

Nachdem zwei Tage vergangen waren, sagte Tapferes Herz zu seiner Schwester: „Ich möchte wieder einmal nach den Fallen schauen. Pass gut auf die Mutter auf. Wenn die Sonne am höchsten steht, bin ich spätestens wieder zurück." Er rannte in Windeseile zu der Stelle, an der er Pfeile und Bogen für den Vater hingelegt hatte. Waren sie fort, so hatte sie Großer Bär geholt, und er wollte sich keine Gedanken mehr machen. An der Stelle angekommen, blieb er wie versteinert stehen. Alles war so, wie er es verlassen hatte. Sein Vater war noch nicht wiedergekommen. Doch er musste inzwischen gemerkt haben, dass ihm Pfeile und Bogen fehlten! Laut aufschluchzend ließ sich Tapferes Herz in das trockene Gras fallen. „Vater, Vater, wo bist du?" So blieb er eine Weile liegen. Die Zeit stand still für ihn, und er starrte in den blauen Himmel... Doch dann bemerkte er den Stand der Sonne. Konnte es denn sein, dass er schon so lange hier lag? Kirschauge würde auf ihn warten. Er ließ alles liegen, in der Hoffnung, Großer Bär käme doch noch her, um es sich zu holen. Ohne die Fallen beobachtet zu haben, kehrte er zurück. Nun musste er den Auftrag seines Vaters, Mutter und Schwester zu beschützen, ausführen. Mit schweren Schritten kam er zu Hause an. Kirschauge war besorgt. „Ich fürchtete mich, mein Bruder. Erst kommt der Vater so lange nicht, und dann bleibst auch du weg. War etwas in den Fallen?" – „In welchen Fallen?", fragte Tapferes Herz geistesabwesend.

„Du wolltest doch nach den Fallen sehen. Wo warst du denn?" – „Ich war bei den Fallen." Kirschauge schüttelte den Kopf. Hatte Tapferes Herz einen Geist gesehen, dass er sich so unmöglich benahm?

Die Mutter fragte schwach: „Wo ist der Vater? Ich glaube, er ist schon länger fort, oder?" Sie konnte die Wirklichkeit von ihren Fieberträumen nicht mehr unterscheiden. Hatte ihr Sohn etwas von einer Bärenjagd gesagt, oder war es nur ein Traum gewesen? Sie wusste es nicht mehr genau. Immer öfter träumte sie von einem schönen, friedlichen Ort, an dem sie unendlich glücklich war. Nach diesem Traum blieb immer eine ungestillte Sehnsucht in ihr zurück. Tapferes Herz beugte sich über sie. „Vater ist auf die Jagd gegangen, das stimmt. Er wird bald wieder zurück sein." Er streichelte über ihr schweißnasses Haar. Seine Schwester kam und löffelte der Mutter etwas Fleischbrühe ein. Sie waren immer froh, wenn sie ein wenig zu sich nahm.

Da stand Wachsamer Fuchs im Zelt. „Ihr helft euren Eltern ja schon prächtig. Eure Großmutter schickt mich. Sie fühlt sich nicht sehr gut, sonst wäre sie selber gekommen. Sie sorgt sich um eure Mutter. Ich soll Großer Bär fragen, wie es ihr geht. Wo ist euer Vater?" Alle Beherrschung, die sich Tapferes Herz auferlegt hatte, fiel von ihm ab. Endlich kam jemand, der sich mit Interesse nach ihnen erkundigte. Seine Lippen bebten, und er brachte nur mühsam hervor: „Vater ist seit drei Tagen auf Bärenjagd – ohne Pfeile und Bogen." Es folgte eine atemlose Stille. Die Mutter hatte jedes Wort verstanden und richtete sich langsam auf. Ihre Blicke hingen an ihrem Sohn. „Was willst du damit sagen?" Wachsamer Fuchs schickte Kirschauge zur Großmutter. Diese folgte nur sehr widerwillig. Dann drehte er sich zu Tapferes Herz um und sagte leise: „Nun erzähl mal die ganze Geschichte." Da brach alles aus dem Jungen hervor. Er war so froh, endlich mit jemandem über seinen Kummer reden zu können. Als er geendet hatte, sah ihn Wachsamer Fuchs betroffen an. „Warum hast du mir davon nichts gesagt? Ich hätte schon am ersten Tag deinen Vater gesucht und ihm seinen Bogen und den Köcher mit den Pfeilen gebracht." Ja, wieso war er gar nicht auf die Idee gekommen, Wachsamer Fuchs zu benachrichtigen? Verzweiflung schnürte ihm die Kehle zu. „Ich dachte, dass es Vater spätestens am Abend merken würde, wenn er Hunger bekäme." Prärieblume stöhnte auf: „Bis dahin fand er vielleicht schon einen Bären..." Nein, das war sicher nicht wahr! „Mein Bruder, geh du ihn bitte suchen. Du musst ihn finden!"

„Gleich morgen gehe ich. Du zeigst mir die Stelle, Tapferes Herz, an der du dich von deinem Vater verabschiedet hast. Es wird schwer sein, jetzt noch die Spuren zu finden. Morgen früh komme ich vorbei. Bis dahin lasst uns alle noch schweigen über die Sache, bis wir Klarheit haben, was mit Großer Bär los ist. Ich gehe nun nach Hause und schicke euch Kirschauge wieder. Sie wird brennen vor Neugierde", schloss er traurig. Prärieblume nickte unter Tränen und nahm seine Hand. „Wir danken dir. Hoffentlich hast du Glück. Du musst Großer Bär wieder nach Hause bringen!" Wachsamer Fuchs nickte nur schwach.

Noch im Morgengrauen kam Wachsamer Fuchs, und Tapferes Herz, der in dieser Nacht kaum geschlafen hatte, war sofort bereit. Die beiden machten sich auf den Weg. An der Stelle angekommen, musste Tapferes Herz wieder an die glücklichen Stunden denken, die er noch vor ein paar Tagen hier erlebt hatte. Konnte er je wieder so unbeschwert und froh sein? „Hier liegen immer noch Pfeile und Bogen. Dort ging Vater auf die Jagd." – „Geh zurück zu deiner Mutter; sie braucht dich jetzt ganz besonders. Ich melde mich sofort, wenn ich etwas erfahren habe."

Nun folgte eine schreckliche Zeit des Wartens. Kirschauge sah blass und schmal aus. Lachen hörte das Tipi lange nicht mehr. Immer wieder ersann Tapferes Herz eine Möglichkeit, warum der Vater so lange unterwegs sein könnte. Vielleicht hatte er sich verlaufen? Doch das musste er gleich wieder verwerfen. Sein Vater vergaß nie, sorgfältig Zeichen zu hinterlassen, die ihm den Rückweg zeigten. Und wenn er einen Bären verfolgt hatte? Es dauerte oft viele Tage, bis man ihn stellen konnte. Aber ohne Pfeile und Bogen? Der Vater musste den Verlust bald bemerkt haben. Tapferes

Herz zwang sich, den bohrenden Gedanken nicht mehr nachzugeben. Jede Stunde ohne Nachricht wurde zur Qual. Kirschauge, die begriffen hatte, dass man sie noch nicht ins Vertrauen ziehen wollte, lief mit hängendem Kopf herum. Sie hatte genug gehört, um sich große Sorgen zu machen. So verging eine ungewisse Stunde nach der anderen.

Nach drei Tagen, als die Sonne gerade den Horizont berührte, kam Wachsamer Fuchs allein zurück. Tapferes Herz zeigte eben der Schwester, wie man ein Fell gerbt, als er seinen Onkel sah. An dem schleppenden Gang, mit dem sich Wachsamer Fuchs näherte, erkannte er sofort, dass etwas Schreckliches geschehen war. Seine Beine wurden schwer wie Blei, und er war unfähig, seinem Onkel entgegenzugehen. Kirschauge bemerkte plötzlich seine Verwirrung und schaute auf. Sie sah ihren Onkel und lief ihm entgegen. Der schloss sie fest in die Arme. Über den Kopf von Kirschauge blickte er zu Tapferes Herz hinüber und sah, dass dieser schon alles ahnte. „Ich habe ihn nicht gefunden. Nur große Blutspuren brachten mich zu dem Platz, wo euer Vater scheinbar seinen Kampf mit dem Bären gehabt hatte. Der tote Bär lag noch da, das Messer eures Vaters in seinem Fleisch. Er schien nicht einmal mehr die Kraft gehabt zu haben, es herauszuziehen. Überall habe ich Blutlachen gefunden, aber keine Spur von Großer Bär." Mit weit aufgerissenen Augen hörte Kirschauge zu. Bei den letzten Worten rannte sie ins Zelt und begann die Mutter zu schütteln. Sie musste doch nun wenigstens aufstehen und ihre Tochter trösten. Tatsächlich wachte Prärieblume auf und streichelte Kirschauge über die Haare. Das genügte, um ihr die Fassung wiederzugeben.

Draußen flüsterte Wachsamer Fuchs seinen Bericht weiter: „Ich wollte vor Kirschauge nicht alles sagen. Ich habe viele Pferdespuren gefunden. Es müsssen Indianer von einem fremden Stamm gewesen sein. Hoffentlich haben sie ihn nicht gefunden." Sie betraten das Zelt. Der Onkel sagte mit brüchiger Stimme:

„Am besten, ihr kommt zu uns. Eure Mutter muss ja auch gepflegt werden." Doch ganz aufgeregt widersprach Kirschauge sofort. Und auch Tapferes Herz meinte: „Bitte lass uns hier. Ich kann alle versorgen, und Kirschauge pflegt die Mutter, bis sie wieder gesund ist. Ich könnte es jetzt nicht ertragen, auch noch unser Tipi verlassen zu müssen." Wachsamer Fuchs schluckte. Wie taten ihm die Kinder so Leid! „Wir werden im Familienrat noch einmal darüber sprechen. Bis dahin könnt ihr hierbleiben. Ich muss auch dem Stammesrat von dem Vorfall berichten. Er wird mitentscheiden, was mit euch zu geschehen hat." Die beiden machten erschreckte Augen. Was sollte das nun wieder heißen? Aber Wachsamer Fuchs war schon beim Ausgang, verabschiedete sich schnell und verschwand. Kirschauge setzte sich neben ihre Mutter und wischte ihr den Schweiß von der Stirn. „Meinst du wirklich, dass sie wieder ganz gesund wird? Manchmal bezweifle ich das. Was soll nur aus uns werden, wenn sie sterben muss?" Heiße Tränen liefen ihr über das Gesicht. Der Gedanke war ihr unerträglich. „Die Großeltern und Wachsamer Fuchs sind auch noch da. Wir sind nicht völlig alleine", tröstete Tapferes Herz sie. Ihm war eigentlich auch mehr nach Weinen zumute, aber er erinnerte sich wieder an den Auftrag, den ihm sein Vater gegeben hatte. Nun musste er Kirschauge den Vater ersetzen. Hatte Großer Bär schon etwas geahnt? War es vielleicht der furchtbare Fluch, der ihn unsicher werden ließ? Heiße Wut auf den Medizinmann stieg in ihm auf. Mit welchem Recht sprach Schwarze Wolke diesen Fluch aus? Was hatte sein Vater denn schon getan?

Wachsamer Fuchs unterrichtete den eilig zusammen-gerufenen Stammesrat mit unsicherer Stimme von dem Geschehen. Als er seinen Bericht beendete, erkundigte sich Grauer Adler bei ihm: „Hast du nicht nach Großer Bär gesucht oder die Spuren der Indianer weiter verfolgt?" – „Doch, aber ohne Erfolg. Der Boden war felsig, so dass ich die Pferdespuren schnell verlor. Im weiten Umkreis suchte ich nach Großer Bär, aber ich fand ihn nicht. Mit seinen

Verletzungen konnte er alleine nicht weit gekommen sein." Aus dem Hintergrund des Tipis meldete sich die krächzende Stimme des Medizinmannes: „Die Geister haben Großer Bär geholt. Der Fluch beginnt zu wirken." Wütend wirbelte Wachsamer Fuchs herum. „Du scheinst darüber befriedigt zu sein. Dieser Fluch ist aus einer bösen Laune geboren. Was hatte Großer Bär denn so Furchtbares getan, dass er schlimmer als ein Verbrecher behandelt wurde? Grauhaar war der eigentlich Schuldige." – „Wenn ich einmal des Amtes müde bin, kannst du es ja übernehmen", meinte Schwarze Wolke hämisch, „du würdest es sicher besser machen." Wachsamer Fuchs schwieg. Es war nicht ratsam, mit dem Medizinmann einen Streit anzufangen. Er war ein geehrter und gefürchteter Mann, der in engem Kontakt zu den Geistern stand. Man machte ihn sich besser nicht zum Feind; das hatte auch das Schicksal von Großer Bär bewiesen. Grauer Adler fuhr ungeduldig dazwischen: „Benehmt euch nicht wie alte Weiber, die miteinander zanken! Wir haben andere Sorgen. Grauhaar kommt scheinbar nicht mehr wieder. Wir werden auch nicht traurig darüber sein. Er hat über unser Volk große Schmerzen gebracht. Großer Bär war ein beliebter und geachteter Mann. Nun haben sich die Geister an ihm rächen müssen. Mein Herz weint darüber, aber es musste wohl so sein. Ich hoffe nur, dass ihn die Indianer nicht lebend in die Hände bekommen haben. Grauhaar ist fort, und Großer Bär ist tot. Die Geister mögen nun zufrieden sein und Prärieblume mit ihren Kindern verschonen." Alle Männer nickten – außer zweien. Die Demütigung, die ihm Prärieblume zugefügt hatte, brannte tief in Höckriger Wolf. Er wünschte ihr keine Heilung! Die Ehre als Medizinmann war für Schwarze Wolke auch noch nicht wiederhergestellt. So schürte er weiter: „Wir müssen mit der Familie von Großer Bär sehr vorsichtig sein und sie im Auge behalten. Wir können dem Geist des Bären nicht vorschreiben, wann sein Hunger nach Rache gestillt sein soll. Sonst ziehen wir den Zorn der Geister auf unseren ganzen Stamm."

Die Männer schauten beeindruckt auf Schwarze Wolke. Ja, man musste aufpassen! Schließlich war mit dem Zorn der Geister nicht zu spaßen. Doch von Grauer Adler erntete der Medizinmann für seine Rede nur einen wütenden Blick. Der Älteste des Rates war mit dem Vater von Großer Bär aufgewachsen. Er konnte sich noch gut an dessen Geburt erinnern und wie er langsam, zum Stolz seines Vaters, zu einem tapferen, geachteten Mann heranwuchs. Er hatte ihn immer ganz besonders ins Herz geschlossen, und ihm gefiel die ganze Geschichte nicht. Doch ihm waren die Hände gebunden, weil sie den Geistern gehorchen mussten. Die Nachricht, dass Großer Bär von einem Braunbären getötet worden war, machte ihn sehr traurig. Wäre der Überbringer dieser schrecklichen Botschaft nicht gerade Wachsamer Fuchs gewesen, hätte er dem Ganzen misstraut. Grauer Adler traute es Schwarze Wolke zu, dass er dem Fluch ein wenig nachhalf. Er musste gut aufpassen!

Er schaute Schwarze Wolke scharf an und brummte: „Ich werde die Sache genau beobachten, sehr genau sogar. Geh du bitte noch heute zu Prärieblume und flehe um Heilung für sie. Die Kinder brauchen jetzt wenigstens ihre Mutter." – „Auch Tapferes Herz bat mich schon darum, aber der Geist des Bären erschien nicht. Er war zu zornig." – „Nun, wo er seinen Zorn an dem Vater ausgelassen hat, könnte er Mitleid mit Prärieblume und ihren Kindern zeigen." Ein eiskalter Schauer lief Wachsamer Fuchs bei diesen Worten über den Rücken. Und wieder dachte jemand an das, was Großer Bär gesagt hatte: „Hast du nicht auch oft Angst vor den Geistern?" Ja, sie waren launisch und rachgierig. Plötzlich beneidete Wachsamer Fuchs den Toten um seinen festen Entschluss, einen Gott der Liebe zu suchen. Doch sogleich überfiel ihn wieder die Furcht. Großer Bär hatte es teuer bezahlen müssen. Wo hielt er sich jetzt auf? Belohnte dieser Gott die Treue eines Menschen, indem er ihn zu sich holte? Er gönnte es Großer Bär. Schwarze Wolke erhob sich und ging achselzuckend nach draußen. An ihm sollte es nicht liegen, es noch einmal zu versuchen. Aber seinen Fluch konnte er nicht rückgängig machen. Grauer Adler ließ sich zu sehr von seiner Sympathie leiten, das war nicht gut für einen Mann in seiner Position.

Kirschauge stürzte ins Zelt: „Der Medizinmann kommt zu unserem Tipi!" Prärieblume saß gerade wieder einmal aufrecht da, und Tapferes Herz gab ihr zu trinken. Sie erschrak heftig, als sie die Nachricht hörte, und begann zu zittern. „Ich fürchte mich vor Schwarze Wolke. Er hat uns verflucht. Er ist ein schlechter Mann, der sich mit bösen Geistern unterhält und ihren Willen ausführt. Bitte sage ihm, Tapferes Herz, dass ich ihn nicht sehen will. Ich möchte an den schönen Ort kommen, von dem ich immer träume. Doch nur Grauhaar könnte mir erzählen, wie wir Menschen dahin kommen."

Schwarze Wolke war eingetreten und hatte Prärieblumes Worte vernommen. Scharf entgegnete er:

„Was soll Grauhaar dir erzählen? Eiferst du deinem Mann nach? Willst du auch noch den Zorn der Geister auf dich und deine Kinder ziehen?" – „Diesen Zorn hast du längst auf uns herab beschworen mit deinem Fluch, Schwarze Wolke", entgegnete Prärieblume, die nun ganz ruhig war. „Was willst du nun noch von mir?" – „Es war der Wunsch von Grauer Adler, dass ich noch einmal versuchen sollte, die Geister zu besänftigen und sie zu bitten, dass sie dich heilen." – „Du weißt, was mein Mann dazu gesagt hat. Ich habe nicht vor, diesen Entschluss zu ändern." Schwarze Wolke verbarg seine Wut hinter einem äußerlich gleichmütigen Gesicht. „Ich hielt dich für klüger. Nun bist du allein für das Unglück verantwortlich, das dich und deine Kinder treffen wird."

Mit diesen drohenden Worten verließ er rasch das Zelt. Die Kinder standen unglücklich um Prärieblume herum. Sie verstanden sie nicht mehr. „Mutter, hast du denn keine Angst vor der Strafe der Geister? Mutter, bitte nimm es noch einmal zurück, was du gesagt hast. Ich sage dem Medizinmann, dass du im Fieber gesprochen hast."

„Mein Sohn, dein Vater hat seine Entscheidung getroffen, und nur er kann sie wieder rückgängig machen. Wir wollen warten, bis er wiederkommt." Tapferes Herz sah die Mutter überrascht an. Sie wusste nicht mehr, was sich zugetragen hatte. Das war vielleicht auch gut so.

„Wenn Vater wiederkommt, muss er uns mehr von diesem fremden Gott erzählen. Ich fürchte, dass er mich nicht annimmt." – „Warum sollte er dich nicht annehmen? Du bist eine tüchtige Frau und uns eine gute Mutter." Prärieblume musste lächeln. „Danke, mein Sohn. Aber ich spüre irgendwie, dass das nicht reicht. Ich weiß, dass ich nicht würdig genug bin." „Hat denn dieser Gott dich nicht würdig gemacht, indem er für dich hingerichtet wurde?" Die Mutter sah ihn überrascht an. „Ich habe keinen klaren Kopf mehr. Wie konnte ich das vergessen! – Aber woher weißt du das? Hast du auch mit Grauhaar darüber gesprochen?" Da berichtete ihr Tapferes Herz, wie er oft die Gespräche der Eltern mit angehört hatte. Die Mutter sah ihn mit strahlenden Augen an. „Das ist etwas sehr Schönes, nicht wahr? Hast du diesen Gott auch schon lieb gewonnen?" Tapferes Herz schaute verlegen weg. Er wollte die Mutter nicht belügen, aber er konnte ihr auch nicht weh tun. Wenn es ihr nur ein bisschen half. Wenigstens die Mutter sollte wieder froh werden.

Tapferes Herz litt schwer am Verlust des Vaters. Er ließ es sich nicht anmerken, aber innerlich hatte er große Kämpfe. Viel zu früh verließ ihn der Vater. Wenn in diesem Jahr der Schnee wiederkam, zählte er 16 Winter. Er war noch zu jung, um die Familie allein durchzubringen. Er hätte noch sehr die Anleitung vom Vater gebraucht, an dem er so hing. Zwar liebte er auch die Mutter sehr, aber der Vater hatte seinem Herzen immer am nächsten gestanden; er hatte Großer Bär glühend bewundert. Die letzten Wochen, die sein Vater erlebt hatte, strich Tapferes Herz aus seinem Gedächtnis, als hätte es sie nie gegeben. Er wollte Großer Bär als den geachteten und geliebten Mann in Erinnerung behalten. Die plötzliche Veränderung, die in seinem Vater vorgegangen war, konnte er weder richtig einordnen noch verstehen. So versuchte er sie einfach zu vergessen. Sooft er konnte, ging er an die Stelle, an der der Vater zum letzten Mal mit ihm gesprochen und sie eine so kurze, doch glückliche Zeit miteinander verbracht hatten. Manchmal lag er da und träumte, Großer Bär hätte Pfeile und Bogen mitgenommen. Dann wäre er sicher mit dem Fell für die Mutter und den Bärentatzen als Besänftigung für die Geister zurückgekommen. Mutter wäre geheilt worden, und sie hätten wieder die glückliche Familie von früher sein können. Ein anderes Mal versetzte er sich völlig in die letzten Stunden mit dem Vater. Sein Herz schlug dann so selig wie damals.

Doch das Erwachen aus diesen Träumen machte die Wirklichkeit nur noch grausamer. Dann ging er wieder mit schwerem Herzen nach Hause und tat mechanisch seine Pflichten. Die Schwester sollte von seinem Schmerz nichts wissen, damit der ihrige nicht noch größer würde. Prärieblume erwachte immer häufiger aus ihren Fieberträumen. Dann lag sie friedlich da oder sprach mit ihren Kindern wie früher.

Jedesmal fragte sie nach ihrem Mann, und Tapferes Herz erfand immer neue Ausreden, um seine Abwesenheit zu erklären. Sie schien dann wieder zufrieden zu sein. Wenigstens für kurze Zeit. Ihr Husten quälte sie zwar immer mehr, aber sie trug es mit fröhlichem Herzen. Kirschauge wurde von der Zuversicht der Mutter angesteckt. Sie glaubte nun fest daran, dass ihre Mutter wieder gesund werden würde. Tapferes Herz fürchtete sich vor dem Augenblick, an dem die Mutter den Tod des Vaters entdeckte. Einmal musste sie es ja bemerken! Er gab sich große Mühe, Großer Bär zu vertreten, stellte Fallen, fing Fische oder sammelte mit Kirschauge zusammen Beeren und andere essbare Dinge. Manchmal schaute die Großmutter herein und freute sich, wenn es Prärieblume scheinbar etwas besser ging. Sie hörte auch nicht auf, die Kinder zu loben, die so fleißig die Pflichten von Vater und Mutter übernahmen. Jedesmal überfiel Kirschauge die Großmutter mit vielen Fragen, denn früher hatte sie den Belehrungen der Mutter zu wenig Gehör geschenkt. Nun ärgerte sie sich oft darüber. Wie gut würde sie jetzt die Kenntnisse der Mutter gebrauchen können! Auch Wachsamer Fuchs erschien oft und sparte nicht mit ermutigenden Worten und mit Rat. Bald sollte wieder eine Bisonjagd stattfinden, und er versprach auch für sie ein Tier zu erlegen. Jeder im Dorf versuchte zu helfen, und doch spürte die Familie ihre Zurückhaltung. Der Fluch war noch nicht vergessen...

„Ich sehe, Tapferes Herz, dass mein Mann wieder nicht da ist. Was ist mit ihm geschehen?" Prärieblume richtete sich von ihrem Bisonfell auf und sah ihren Sohn fest an. Tapferes Herz hob erschrocken den Kopf. Nun war es soweit, sie hatte es gemerkt! „Er wollte auf Bärenjagd gehen. Ist er nicht mehr zu uns zurückgekommen?" Tapferes Herz fühlte, wie ihm die Tränen hochstiegen, und er gab sich keine Mühe, sie zurückzuhalten. Er nickte nur verzweifelt. Die Mutter legte sich langsam wieder hin, und durch den Tränenschleier sah Tapferes Herz ihr starres Gesicht an, das von der langen Krankheit so schwer gezeichnet war. Plötzlich huschte ein zuversichtliches Lächeln über Prärieblumes Gesicht, und sie drehte sich um. Der entsetzte Junge hörte sie sagen: „Ich weiß, wo Großer Bär ist. Ich ahnte es schon lange. Nun werde ich ihm folgen." Von da an stieg das Fieber schlagartig. Als sie den ganzen Tag und die darauf folgende Nacht nicht wieder zu sich kam, setzte sich Tapferes Herz an das Krankenlager seiner Mutter. Wie um ihre Genesung zu erzwingen, weigerte er sich zu essen und blieb wie gelähmt sitzen. Er beschaffte auch keine Nahrung mehr, und Kirschauge wusste schließlich nichts anderes, als ihren Onkel um Hilfe zu holen.

Wachsamer Fuchs wollte gerade für ein paar Tage auf die Jagd, als ihn das weinende Mädchen um Rat fragte. Er war sehr froh, dass sie noch rechtzeitig kam. Im

Dämmerlicht sah er die verzweifelte Gestalt des Jungen, der bei seinem Eintritt nicht einmal hochsah. Er fühlte großes Mitleid für Tapferes Herz, der so einsam dasaß. An das Krankenlager tretend, sah er mit einem Blick, dass der Zustand seiner Schwester mehr als kritisch war. Wachsamer Fuchs legte die Hand auf die Schulter des Jungen und sagte beschwörend: „Tapferes Herz, willst du jetzt aufgeben? Ich habe dich bisher bewundert, weil du so durchgehalten hast." Doch der Junge zeigte keine Regung, als habe er ihn gar nicht gehört. Da ging Wachsamer Fuchs schnell zu seiner Mutter. Zuerst musste sie sich um Prärieblume kümmern, dann wollte er sich den Jungen vornehmen. Die Worte seines Onkels waren schon an das Ohr von Tapferes Herz gedrungen, aber er weigerte sich, die Wirklichkeit wahrzunehmen.

Stundenlang war er wieder mit dem Vater unterwegs gewesen, und sein schmerzerfülltes Herz hatte die schöne Zeit noch einmal erlebt. Er hatte das Gefühl, die grausame Härte der Wirklichkeit nun nicht mehr ertragen zu können. Die Großmutter eilte in das Zelt und schaute kurz Prärieblume an. Mit belegter Stimme sagte sie zu Wachsamer Fuchs: „Geh und hol den Medizinmann, ob sie es will oder nicht. Nur er kann ihr jetzt noch helfen." Einen Moment lang schien Leben in den Jungen zurückzukehren. Sie konnten doch die Mutter nicht einfach zu etwas zwingen, was diese niemals geduldet hätte! Aber dann versank er wieder in seinen gleichgültigen Zustand. Das war jetzt alles egal. Die Mutter musste so oder so sterben, das wusste Tapferes Herz ganz sicher; daran konnte auch Schwarze Wolke nichts mehr ändern. Wachsamer Fuchs musste seine ganze Redekunst aufwenden und außerdem dem Medizinmann ein Pferd und ein gegerbtes Bisonfell versprechen, bevor dieser endlich mitkam. Im Zelt angekommen, entwickelte er eine so geheimnisvolle Geschäftigkeit, dass Tapferes Herz für eine kurze Zeit aufmerksam wurde. Erst legte Schwarze Wolke der

Mutter einen Fetisch auf die Decke und murmelte einen unverständlichen Spruch über ihr. Dann setzte er sich ans Feuer und begann seinen einschläfernden Singsang. Sein Körper wiegte sich im Rhythmus hin und her. Alle blickten wie gebannt auf den Medizinmann, der langsam in Trance fiel. Plötzlich spürte Tapferes Herz wieder den gleichen kalten Hauch wie im Tipi des Medizinmannes. Wieder wollte er gerne davonlaufen, aber er schien wie angenagelt zu sein. Er war nicht fähig, sich zu bewegen. Stunde um Stunde blieb Schwarze Wolke in der gleichen Haltung sitzen. Alle schreckten zusammen, als seine Stimme düster durch das Tipi hallte: „Der Fluch wirkt weiter. Prärieblume ist tot."

Keiner rührte sich. Jeder hatte Angst, nach Prärieblume sehen. Tapferes Herz war nun dankbar, dass seine Großmutter und Wachsamer Fuchs dageblieben waren. Sein Herz hätte wohl ausgesetzt bei dieser unheimlichen Szene. Da erwachte der Medizinmann aus seiner Trance, nahm den Fetisch, ohne einen Blick auf Prärieblume zu werfen, und verschwand wortlos. Die lähmende Angst wich von ihnen. Zuerst wagte sich Wachsamer Fuchs zu seiner Schwester, dann folgte ihm die Mutter, und zuletzt traten auch die erschrockenen Kinder an das Krankenlager von Prärieblume. Sie lag mit einem friedlichen Lächeln da, so als hätte sie endlich einen schönen, fieberlosen Traum. Prärieblume war tot...

Tapferes Herz vergrub sich wieder völlig in seinen Schmerz. Er setzte sich an das Krankenbett seiner Mutter. Während die Verwandten und Bekannten ein und aus gingen, beobachtete er wie gelähmt das friedliche Gesicht seiner Mutter. Er begrüßte niemanden und reagierte auch nicht, wenn man ihn ansprach. Tapferes Herz flüchtete sich völlig in seine Traumwelt. Die Mutter legte wieder ihren Arm um ihn, scherzte mit ihm, und er hörte ihr fröhliches Lachen. Der Vater trat in seinen Traum, umarmte seine Frau und gab ihm einen freundschaftlichen Klaps. Er erzählte, wie er einen Fuchs beobachtet hatte, der geduldig vor einem Mausloch wartete, um die Maus zu erwischen, sobald sie ihren Kopf herausstreckte. Alle lachten, weil Großer Bär so lebendig erzählte. Dann erlebte er noch einmal das Glück, das er beim letzten Zusammensein mit dem Vater empfunden hatte; die Hoffnung, dass die Mutter wieder gesund würde. Das war zuviel für ihn. Ein lautloses Schluchzen schüttelte seinen Körper. Darauf hatte Wachsamer Fuchs geduldig gewartet. Endlich fiel die Starre von dem Jungen ab. „Deine Mutter ist nicht traurig gestorben. Sie schien sich auf etwas gefreut zu haben. Nun seid nur noch ihr zwei übrig. Kirschauge ist davongelaufen. Sie wird es sehr schwer überwinden können, dass Prärieblume nun auch noch gestorben ist. Erinnerst du dich, was dein Vater dir zuletzt wegen deiner Schwester auftrug?"

Der Junge nickte. Er hatte es eben noch einmal durchlebt. „Beschütze deine Schwester, Tapferes Herz!" Langsam erwachte er wieder zum Leben. Wenn er versagte, würde Kirschauges Herz vor Kummer brechen. Um ihretwillen musste er sich zusammennehmen. „Wo ist Kirschauge hingelaufen?" – „Ich weiß es nicht. Aber ich glaube, sie möchte jetzt alleine sein. Sie wird schon wiederkommen." Nach einiger Zeit kam Kirschauge wirklich zurück, mit völlig verweinten Augen. Die Großmutter kam und zog ihrer Tochter stumm das schönste Kleid an, das Prärieblume besessen hatte, und kämmte ihr Haar. Dann wurde sie in ein Bisonfell gehüllt. Nur noch ihr Kopf schaute heraus. Es war schon Mitternacht vorbei, als sie die Vorbereitungen beendet hatten. Schließlich legte man Prärieblume einfach in die Mitte des Zeltes. Wachsamer Fuchs und seine Brüder bewachten die Tote. Tapferes Herz setzte sich ganz selbstverständlich zu ihnen, und keiner verwehrte es ihm. Wieder gingen seine Gedanken auf die Reise, und das nächtliche Gespräch der Eltern kam ihm in den Sinn. Waren sie jetzt bei dem Gott, der Himmel und Erde gemacht hatte? Waren sie glücklich? Wenn er seine Mutter ansah, konnte er nicht daran zweifeln.

Auch Wachsamer Fuchs sah seiner Schwester nachdenklich ins Gesicht. Wie gern hätte er jetzt mehr über diesen fremden Gott gewusst, der die beiden so in seinen Bann gezogen hatte! Auch er sah das friedliche Gesicht seiner Schwester. Sie schien selbst im Tod ihr Handeln nicht zu bereuen. Aber er würde nie Klarheit bekommen.

Dann fiel ihm Grauhaar ein. Kam dieses Bleichgesicht doch noch einmal wieder? Jetzt würde er ihm viele brennende Fragen stellen. Keinen Moment ließe er sich von der Meinung anderer abhalten. Aber auch Grauhaar war verschwunden. Niemand konnte ihm mehr Antwort über diesen fremden Gott geben. Tief bekümmert senkte er den Kopf. Am nächsten Tag trugen die trauernden Verwandten Prärieblume aus dem Dorf. Die Großmutter hatte sich zum Zeichen der Trauer die Haare abgeschnitten. Es war das einsamste Begräbnis, das der Stamm je erlebt hatte. Außer ihrer Mutter, ihren vier Geschwistern und den Kindern wollte niemand Abschied von Prärieblume nehmen. Alle waren aus Angst vor den rachsüchtigen Geistern in ihren Tipis geblieben. Der wunderschöne Lagerplatz war wie ausgestorben. Nur ein Hund ließ ein klägliches Geheul ertönen. Es klang wie eine schauerliche Totenklage. Die kleine, einsame Gruppe ging weit in die Prärie hinein, wo die Brüder für ihre tote Schwester ein Gerüst gebaut hatten. Dort hinauf wurde Prärieblume gelegt. (So bestatteten die Cheyenne ihre Toten, damit die Seele frei in den Himmel klettern konnte.) Kirschauge, die den Tod der Eltern einfach noch nicht richtig erfasst hatte, wollte sich von dem Platz, an den man ihre geliebte Mutter legte, nicht trennen. Man durfte doch die Mutter hier nicht alleine liegen lassen! Sie verstand, dass Prärieblume tot war, aber was das wirklich bedeuten sollte, ging ihr nicht in den Kopf. Das war doch dieselbe Mutter, die immer ein paar tröstende Worte sprach, wenn sie einen Kummer hatte; es waren dieselben Arme, die sich um sie gelegt hatten. Es war ihre Mutter – und doch wieder nicht.

Ihre Seele war davongeflogen und nun irgendwo, wohin Kirschauge ihr nicht folgen konnte. Nie wieder würde sie die sanfte Stimme der Mutter und das zärtliche Necken des Vaters hören. Laut aufweinend rannte sie in Richtung Lagerplatz. Tapferes Herz wollte ihr sofort nachlaufen, aber die Großmutter hielt ihn zurück. „Es gibt Zeiten, da muss man allein mit dem Schmerz fertig werden. Deine Schwester wird dadurch erwachsen werden." Tapferes Herz seufzte. Sein geliebtes Schwesterchen, der lustige Wildfang, sollte durch Trauer erwachsen werden? Heiße Wut stieg in ihm hoch. Waren seine Eltern etwa schlechte Eltern gewesen, dass die Geister sie so hart straften? Hatten Vater und Mutter sie nicht immer liebevoll und gut behandelt? Nun waren beide tot, und nur ihre eigene Familie war zu dem Begräbnis der Mutter erschienen. Was war denn in die anderen gefahren? Nicht einmal Grauer Adler hatte es gewagt, zu kommen. Der Junge beschloss in seinem Herzen, die Geister nie mehr um Rat zu fragen und sie auch nicht mehr um Hilfe zu bitten. Sollten sie ihn dafür ruhig töten; er war bereit zu sterben.

Der traurige Zug erreichte wieder den schweigenden Wald, der auf den klaren See und die immer noch wie ausgestorbenen Tipis herabschaute. Wieder versuchte die Großmutter, Tapferes Herz und Kirschauge in ihr Zelt zu holen, doch der Junge weigerte sich standhaft. Sie einigten sich schließlich darauf, dass die Kinder ihr Tipi zwischen den Zelten von Onkel und Großeltern aufstellten. So brachen sie dann ihr Tipi ab, beobachtet von einigen unsichtbaren Augen. Kirschauge legte ihre kleine Hirschlederpuppe und ihr Puppentipi sorgfältig ins Gras. Tapferes Herz beobachtete sie wortlos und dachte bitter an die Worte der Großmutter. Kirschauge war erwachsen geworden. Viel zu früh! Ein zärtliches Mitleid erfasste ihn, und er schwor sich, für Kirschauge Vater und Mutter zu werden. Sie würden es gemeinsam schon irgendwie schaffen. Der Gedanke tröstete ihn.

8. KAPITEL
Die verhängnisvolle Jagd

Die Cheyenne waren in Aufregung. Kundschafter hatten die Fährte einer Bisonherde aufgespürt, und 30 der besten Krieger würden morgen den ganzen Stamm mit dem guten Fleisch der riesigen Tiere versorgen. Am Abend zeichneten Männer die Gestalt eines Bisons in die weiche Erde. Dann tanzten die 30 Jäger um den Bison und baten den Geist dieses mächtigen Tieres um eine gute Jagdbeute. Die Trommeln schlugen dazu laut und aufpeitschend. Der Medizinmann versetzte sich in Trance, um das Ergebnis der Jagd zu erfragen. Alle starrten gebannt auf ihn. „Morgen werdet ihr reiche Beute machen. Der Geist des Bisons ist euch gut gesonnen. Gleich nach Sonnenaufgang sollt ihr losziehen." Wieder setzten die Trommeln ein. Alle waren in erregter Stimmung. So eine Bisonjagd war ein nicht alltägliches Ereignis. Würden die Jäger genug Tiere erbeuten, damit sie alle den erbarmungslosen Winter überstanden? Würden auch alle Jäger zurückkommen?

Tapferes Herz und Kirschauge saßen in ihrem Tipi. Kirschauge kämmte sich mit dem Schwanz eines Stachelschweines das lange dunkle Haar. Das Haar seiner Schwester erinnerte Tapferes Herz immer schmerzhaft an das der Mutter. Kirschauge sah ihn fragend an. „Warum schaust du nicht zu? Niemand wird es dir verwehren." – „Mein Platz ist hier, nicht bei den anderen draußen." Kirschauge erschrak über den harten Ton seiner Stimme. „Leben wir denn allein? Wir gehören zu ihnen. Sonst müssen wir unser Tipi draußen in der Prärie aufschlagen. Du weißt, dass längst nicht alle mit dem einverstanden waren, was Schwarze Wolke tat, aber sie leben in Angst. Außerdem sind da noch die Großeltern und die Brüder unserer Mutter. Willst du zu ihnen auch nicht mehr gehören?" Tapferes Herz antwortete nicht. Er legte noch etwas Holz auf die Feuerstelle in der Mitte des Tipis. Dann ließ er sich so wie er war auf sein Fell fallen und stellte sich bald schlafend.

Kirschauge seufzte tief auf. Tapferes Herz konnte stur sein, das wusste sie. Aber es war unklug, seinem Hass freien Raum zu geben. Sie waren Cheyenne, ein Teil ihres Stammes, ohne den sie nicht leben konnten. Sie mussten die Vergangenheit vergessen können und ganz neu anfangen. Tapferes Herz hatte sich nur so unbeteiligt gegeben; in Wirklichkeit überlegte er sich die Worte seiner Schwester sehr genau. Beide gehörten zu ihrem Stamm, es blieb ihnen keine andere Wahl. Ausgestoßen zu werden war für einen Indianer die schlimmste Strafe. Allein auf sich gestellt, würde er nach einiger Zeit hilflos den wilden Tieren und vor allem den feindlich gesinnten Indianerstämmen ausgeliefert sein. Jeder würde gnadenlos Jagd auf ihn machen, denn keiner würde einen Geächteten in seinem Stamm aufnehmen wollen. Wenn das schon für einen erfahrenen Krieger einem Todesurteil gleichkam, wie sollten sie dann erst durchkommen? Doch der Hass und die Bitterkeit tobten in seinem Herzen, und er fragte sich, wie er denn mit ihnen leben konnte. Vielleicht hatte er zu vorschnell beschlossen, die Geister nicht mehr um Hilfe anzurufen. Sie allein konnten ihm zu Achtung in seinem Stamm verhelfen. Wenn ein Geist ihm besondere Macht verleihen würde, wäre die Schande weggewaschen. Aber ob er den Geistern nicht zu jung war? Gleich morgen Abend, wenn alle zum Dank für die gute Beute tanzten, würde er die Geister anrufen.

Der nächste Tag hüllte sich in graues Dunkel. Regentage im Hochsommer waren ausgesprochen selten, und so schauten die Indianer erstaunt zum Himmel. Als die Männer sich für die Vorbereitung zur Jagd trafen, wandte Wachsamer Fuchs ein: „Die Wolken gefallen mir nicht. Es sieht nach einem Unwetter aus. Wir sollten die Jagd vielleicht verschieben." Auch Rote Feder, der Vater von

Kleiner Bach, war skeptisch. „Ich bin auch dafür. Wenn wir in ein Unwetter geraten, könnte es sehr gefährlich für uns werden." Einige nickten. Alle standen unschlüssig da. Doch dann sagte einer der Jäger: „Sind wir denn zu Weibern geworden, dass wir auf jede kleine Wolke achten? Schwarze Wolke hat uns eine gute Beute versprochen. So lasst uns endlich aufbrechen. Wir sollen gleich nach Sonnenuntergang losgehen." Wachsamer Fuchs zuckte mit den Schultern. Niemand brauchte ihn ein Weib zu nennen, weil er vor einem Unwetter warnte. Doch wenn sie gehen wollten, an ihm sollte es nicht liegen.

Dann ritten die 30 ausgesuchten Jäger mit stolz erhobenen Köpfen auf ihren besten Pferden durch das Lager. Die Pferde waren ungewöhnlich nervös, und man brauchte einige Kraft, um sie im Zaum zu halten. Wachsamer Fuchs suchte mit seinen Augen nach den Kindern, um Abschied zu nehmen. Doch nur Kirschauge stand vor dem Tipi mit nachdenklichem, ernstem Gesicht. Als Wachsamer Fuchs sie sah, versetzte es ihm einen Stich. Dieses unternehmungslustige Mädchen war eine ernste Person geworden. Er hob die Hand zum Gruß; da verschwand Kirschauge im Zelt. Wachsamer Fuchs konnte sich denken, warum Tapferes Herz nicht erschien. Die verbitterte Haltung des Jungen war auch ihm nicht entgangen. Sogar gegen ihn wandte sich Tapferes Herz. Wachsamer Fuchs quälte sich oft mit Selbstvorwürfen, weil er die Situation damals nicht richtig eingeschätzt hatte. Nie hätte er gedacht, dass der Fluch des Medizinmannes so schreckliche Auswirkungen haben könnte. Darum war er auch so zurückhaltend geblieben, selbst nach dem geheimnisvollen Verschwinden von Großer Bär. Er war zu gedankenlos gewesen. Viele Indianer starben durch einen Braunbären, auch ohne einen Fluch. So hatte er den Tod von Großer Bär auch nicht richtig als eine Rache der Geister verstanden. Aber was hätte er ändern können? Mit diesem Gedanken zermürbte er sich seit dem Tod seiner Schwester. Doch er wusste keine befriedigende Antwort.

Nun sah er seine besondere Aufgabe darin, den Kindern ein wenig den Vater zu ersetzen. Auch wenn es nicht einfach war, heute wollte er ihnen einen Bison bringen. Einen musste er für sich und die Eltern erledigen, also brauchte er viel Jagdglück. Alle schauten den Jägern nach, bis ihre Silhouetten am Horizont verschwanden. Jeder versuchte seiner normalen Tätigkeit nachzugehen, aber immer wieder bildeten sich kleine Grüppchen, die über frühere Bisonjagden sprachen oder darüber diskutierten, wie es den Jägern erging. Fast unbemerkt wurde der Himmel von einem unheilvollen Dunkel überzogen. Erst als ein greller Blitz am Himmel zuckte, achteten die erschrockenen Indianer auf das Wetter. Donner und Blitz würden die Pferde erschrecken – das konnte auf einer Bisonjagd lebensgefährlich werden. Stimmen unter den Cheyenne wurden laut, warum man nicht früher auf die Sturmzeichen des Himmels geachtet hatte. Waren nicht schon einige der Jäger mit schweren Bedenken auf die Jagd gegangen? Doch auf die gute Voraussage des Medizinmannes vertrauend, hatten sie sich hinausgewagt.

Schwarze Wolke ließ sich nicht blicken. Die Aufregung im Stamm steigerte sich immer mehr. Schwarze Wolke saß in seinem Tipi. Auch er hatte seit einer Weile schon besorgt den Himmel beobachtet. Was war schief gelaufen? Wenn die Jäger mitten in der Jagd von diesem schweren Gewitter überrascht wurden, konnte es zu einer Katastrophe kommen.

Ihm war zugetragen worden, dass Wachsamer Fuchs heute morgen davon abgeraten hatte, loszureiten. Das verschlechterte seine Situation noch mehr. Die Jäger ritten allein auf seine gute Voraussage los. Wenn nun etwas passierte, war Wachsamer Fuchs der große Held, ihn aber würden sie zur Verantwortung ziehen. Die Zeit verging, ohne dass die Jäger zurückkehrten. Nun musste Schwarze Wolke damit rechnen, dass ein Unglück passiert war... Aber hatten ihm die Geister nicht eine gute Beute versprochen? Hatte er den Geist des Bisons falsch verstanden?

Wie konnte er seine Ehre retten? Lange saß der Medizinmann unbeweglich da. Seine Gedanken schossen ihm wirr im Kopf herum. Wenn nur einer der Jäger sein Leben bei diesem Unternehmen lassen musste, würden sie von ihm Rechenschaft fordern. Der Medizinmann überlegte sich, was sich zugetragen haben könnte. Er bereitete sich auf eine schwierige Situation vor. Er war jetzt auf einen rettenden Einfall angewiesen.

Tapferes Herz und Kirschauge saßen besorgt in ihrem Tipi. Wenn nun auch noch dem Onkel etwas passierte? Ein gewaltiger Donner ließ Kirschauge erzittern. Unwillkürlich dachte sie an den Fluch. Holten sich die Geister nun auch Wachsamer Fuchs? Tapferes Herz betrachtete die zitternde Schwester, und er erahnte ihre Gedanken. Er setzte sich dicht neben sie, legte den Arm um ihre Schultern und versuchte sie zu trösten: „Mach dir keine unnötigen Sorgen. Wachsamer Fuchs ist ein guter, erfahrener Jäger. Es wird ihm schon nichts passieren." Doch die Worte klangen ihm selbst hohl in den Ohren. War nicht der Vater ein noch erfahrenerer Jäger gewesen? Trotzdem hatte er sterben müssen. Und das, weil er durch einen seltsamen Zufall Pfeile und Bogen vergessen hatte. Waren nicht alle Jäger vorsichtige Männer, die sonst stets das schlechte Wetter beachteten? Es fröstelte ihn bei dem Gedanken. Wie konnte alles weitergehen, wenn der Fluch auch Wachsamer Fuchs das Leben kosten würde? Dann wollte auch er nicht mehr leben; dessen war er sich sicher. „Lass uns etwas essen, dann kommen wir auf andere Gedanken."

Kirschauge stand gehorsam auf und bereitete ihnen ein Rübengericht zu. Manchmal war das Essen, das sie zusammenbrutzelte, kaum genießbar. Doch Tapferes Herz sparte nie mit Lob, und Kirschauge war ihm dafür sehr dankbar. Sie würde es schon noch richtig lernen, um ihren Bruder für seine Geduld zu entschädigen. Mit hängenden Köpfen saßen die Geschwister vor ihrem Essen. Keiner von beiden hatte recht Hunger. Das Gewitter war noch

Furcht erregender geworden, und der Sturm zerrte an ihrem Tipi. Draußen war es erschreckend finster, und die Jäger waren immer noch nicht zurückgekehrt. Jeder saß angstvoll in seinem Zelt. Nun war es sicher, dass etwas Furchtbares passiert sein musste.

Plötzlich hörte man laute Schreie im Lager. Einer hatte die Jäger entdeckt! Alle rannten ihnen entgegen, doch der erste an der Spitze blieb wie angewurzelt stehen. Nur wenige Pferde tauchten aus dem Unwetter auf. Manche der Tiere trugen zwei Reiter auf dem Rücken, und alle schleiften auf Holzgestellen eine stumme Last hinter sich her. Keiner sprach ein Wort. Jeder konnte sich vorstellen, was vorgefallen war.

Die Jäger kamen näher, und nun konnte ein geübtes Auge sie schon voneinander unterscheiden. Ein Raunen ging durch die Reihen, wenn jemand eine bekannte Gestalt erspähte und es an die anderen weitergab. Tapferes Herz und Kirschauge standen am Rande der wartenden Menge. Das Herz schlug ihnen bis zum Hals. Plötzlich erfasste Tapferes Herz den Arm seiner Schwester, und während er noch angespannt in die Ferne starrte, drückte er immer fester zu. „Er ist es! Wachsamer Fuchs ist bei den Lebenden!" Tränen der Erleichterung liefen ihm übers Gesicht. Doch Kirschauge konnte ihren Blick nicht von

den starren Gesichtern derjenigen abwenden, die ihre Verwandten nicht unter den Lebenden entdeckten. Wie gut konnte sie nachfühlen, was in ihnen vorging, war doch auch ihre Wunde noch nicht verheilt! Kirschauge sah, wie die Mutter ihrer Freundin sich abrupt umdrehte und steif auf ihr Tipi zuging. Kleiner Bach, ihre jahrelange Spielgefährtin, folgte der Mutter mit gesenktem Kopf. Also war auch Rote Feder unter den Toten. Wie gerne hätte Kirschauge jetzt ihre Freundin getröstet; doch sie fürchtete sich, wieder abgewiesen zu werden.

Die Gruppe hatte das Lager erreicht. Hier und da ertönte schon lautes Wehklagen. Die Jäger hatten müde, starre Gesichter, denen man das erschütternde Erlebnis ansah. Stumm luden sie ein Bündel nach dem anderen ab und legten sie nebeneinander. Grauer Adler löste sich aus der Menge und trat auf Wachsamer Fuchs zu. „Was hat es gegeben? Berichte uns." In den Augen von Wachsamer Fuchs stand noch der ganze Schrecken der letzten Stunden. In seiner knappen Art schilderte er ihnen, was geschehen war: „Wir kamen in ein furchtbares Gewitter, gerade als wir uns der Bisonherde näherten. Die Pferde, die schon vorher außergewöhnlich nervös waren, konnten wir nun nicht mehr bändigen. Sie jagten mitten in die Herde hinein. Die Bisons, die auch völlig kopflos waren, rammten ihre Hörner in die Pferde und zertrampelten unsere Männer. Einigen von ihnen gelang es, auf andere Pferde aufzuspringen und dadurch ihr Leben zu retten. Wir verloren 18 Männer und 22 Pferde." Wachsamer Fuchs wischte sich über das Gesicht, als wolle er so ein schreckliches Bild verscheuchen. Plötzlich funkelten seine Augen, er erhob die Stimme und rief in die Menge: „Wo ist Schwarze Wolke? Reiche Beute hat er uns versprochen! Das machte alle blind für die Gefahr. Ich wollte am Morgen nicht losziehen, doch ich wurde ein Weib genannt. Der Medizinmann hatte ihre Sinne verblendet. Wo ist er?" Wachsamer Fuchs erhielt keine Antwort. Es war totenstill. Die Jäger nickten beschämt. Genauso hatte es sich zugetragen. Sie wollten nicht auf die Warnungen von Wachsamer Fuchs und Rote Feder, der nun zu den Toten zählte, hören, weil sie den Worten von Schwarze Wolke Vertrauen schenkten. Wütend schaute Wachsamer Fuchs in die Menge. Er konnte den Medizinmann nirgends entdecken. Dieser hatte allen Grund, nicht zu erscheinen! Zornig und ohne sich nach Grauer Adler umzusehen, begab sich Wachsamer Fuchs zum Tipi des Medizinmannes. Alle Stammesglieder folgten ihm. Auch sie hatten einige Fragen an Schwarze Wolke.

Der Medizinmann saß in seinem Tipi und erwartete ruhig den Ansturm. Seine Augen glitzerten. Ihm war der rettende Einfall gekommen...

9. KAPITEL
Das Urteil der Geister

Schwarze Wolke hörte die Menge herankommen. Er trat aus seinem Tipi, verschränkte die Arme und wartete geduldig, bis ihn Wachsamer Fuchs als erster erreichte. Das Gesicht dieses Mannes sagte alles. Nun brauchte Schwarze Wolke nichts mehr zu hören. Nach den wehklagenden Frauen zu urteilen, waren viele gestorben. Alles, was er sagte, musste nun besonders glaubwürdig wirken. Wachsamer Fuchs pflanzte sich fragend vor dem Medizinmann auf und wartete, damit jeder ihre Unterhaltung mithören könnte. Nun würde er mit Schwarze Wolke abrechnen. Dieser hatte zu viele Menschenleben auf dem Gewissen! Grauer Adler stellte sich neben ihn, doch bevor einer von ihnen etwas sagte, hob der Medizinmann die Hand. Er rief laut, damit jeder ihn verstand: „Mein Herz ist schwer vor Trauer. Viele Männer mussten sterben, weil die Geister auf uns zornig sind. Oder habt ihr schon einmal so Furchtbares erlebt?" Alle schüttelten beeindruckt den Kopf. Wachsamer Fuchs stand wie betäubt da. Woher wusste Schwarze Wolke von allem? Hatte er gelauscht? Oder benachrichtigten ihn wirklich die Geister? Kalte Angst schnürte ihm den Hals zu. Nach einer nervenzerreißenden Pause sprach der Medizinmann weiter: „Der Geist des Bären hat mich heute besucht. Er hat den Geist des Bisons gebeten, seine Hand von den Jägern abzuziehen, damit ihr merkt, wie zornig er auf euch ist. Ihr habt ihn nicht besänftigt. Er musste seine Rache an Großer Bär und Prärieblume selber stillen. Keiner von euch hat etwas unternommen, obwohl Großer Bär den Geist so tödlich beleidigt hat." Er machte eine bedeutungsvolle Pause. Alle lauschten gebannt seinen Worten. Grauer Adler war es, der die bange Frage aller aussprach: „Wie können wir alles wieder in Ordnung bringen und die Geister beruhigen?" Schwarze Wolke ließ sich Zeit mit der Antwort. „Der Geist des Bären fordert das Leben der Kinder von Großer Bär und Prärieblume. Um zu zeigen, wie ernst er es meint, mussten die Jäger sterben. Bringt nicht noch mehr Unglück über den Stamm, sondern tut, was der Geist fordert!"

Wie erstarrt standen die Indianer da. Wie grausam rächten sich die Geister an ihnen! Wachsamer Fuchs überlegte verzweifelt, wie er das Unglück von den Kindern abwenden könnte. Vielleicht ließ sich der Geist durch irgendetwas mild stimmen? „Hast du nicht den Geist befragt, ob wir ihn mit Opfern besänftigen könnten?" – „Natürlich habe ich das. Das Leben der Kinder ist mir auch teuer. Aber er hat das Todesurteil über die Kinder ausgesprochen. Daran kann niemand mehr etwas ändern." Da drehte sich Wachsamer Fuchs um. Er fühlte sich elend und hilflos. Am Rand sah er Tapferes Herz stehen, der fassungslos den Medizinmann anstarrte. Er ging auf ihn zu, legte den Arm um ihn und lenkte den willenlosen Jungen zum Zelt. Dort arbeitete Kirschauge ahnungslos. Sie war lieber nach Hause gegangen.

Tapferes Herz teilte ihr mit, was geschehen war. Kirschauge riss erschrocken die Augen auf. Warum waren die Geister so zornig auf sie? Was hatten sie denn getan, dass diese sogar ihr Leben forderten? Der Junge, der sich ein wenig beruhigt hatte, tröstete sie: „Unsere Brüder werden uns bestimmt nichts tun. Wir sind ja völlig unschuldig." Kirschauge warf schnell einen Blick zu dem Onkel hinüber. An seinem verzweifelten Gesicht sah sie, dass er nicht so unbesorgt war wie ihr Bruder. Wachsamer Fuchs fühlte sich, als ob ihm ein Kloß im Hals steckte. Er musste sich erst kräftig räuspern, bevor er reden konnte. „Ich gehe zu Grauer Adler und bespreche das alles mit ihm. Bleibt ihr solange hier und..." Er wurde von einer kleinen Gruppe unterbrochen, die, von Schwarze Wolke angeführt, das Tipi betrat. Der Medizinmann ging auf die Kinder zu, die entsetzt vor ihm zurückwichen. Würdevoll sagte er: „Tapferes Herz und Kirschauge, hiermit erteile ich euch im Namen des ganzen Stammes das Verbot, euer Tipi zu verlassen, bis wir beschlossen haben, was mit euch geschehen muss." Schwarze Wolke drehte sofort wieder um, und alle verließen mit ihm das Zelt. Da kam der Medizinmann noch einmal zurück. „Komm du mit uns, Wachsamer Fuchs; wir wollen zur Beratung gehen." Der Angeredete folgte ihm, doch er drehte sich noch einmal zu den Kindern um, nickte mit dem Kopf und zwinkerte mit den Augen. Dann verschwand auch er. „Was wollte er damit andeuten?", fragte Kirschauge. „Vielleicht sollen wir keine Angst haben." – „Warum hat er das denn nicht gesagt?" – „Weil er genauso große Angst vor dem Medizinmann hat wie alle anderen", antwortete Tapferes Herz bitter. „Du darfst nicht so böse reden von ihm. Er hat uns die ganze Zeit liebevoll versorgt. Es verging kaum ein Tag, an dem er nicht hereinschaute. Natürlich hat er vor den Geistern Angst. Ich fürchte mich auch." – „Du bist ein Mädchen und kein erwachsener Mann." „Haben unsere Männer nicht auch großen Respekt vor den Geistern? Sogar Vater hat ganz genau getan, was sie verlangt haben, damit sie nicht zornig wurden." – „Nur zuletzt nicht mehr", murmelte Tapferes Herz. Nun war er plötzlich stolz auf seinen Vater. „Das kostete ihn ja auch das Leben", antwortete ihm Kirschauge. Tapferes Herz sah überrascht auf. Was hatte Kirschauge alles mitbekommen? Er unterschätzte sie wohl ein wenig. Immer noch war sie für ihn die kleine Schwester. Er wollte in Zukunft mehr mit ihr besprechen. Es ging schließlich auch um ihr Leben. „Nun reden sie im Stammesrat darüber, was mit uns zu tun ist. Wir werden es bald erfahren." Tapferes Herz hatte Recht.

Im Stammesrat ging es wieder ungewöhnlich lebhaft zu. Wachsamer Fuchs hatte sich von seinem ersten Schrecken erholt und kämpfte nun um das Leben der Kinder. Er bekam unerwartet Hilfe. Grauer Adler und Übermütiges Pferd, der auch ein Freund und Bewunderer von Großer Bär gewesen war, stellten sich auf seine Seite. Doch der

Medizinmann, ihr Mittler zur Geisterwelt, hatte die Macht im Stamm. Er blieb ganz ruhig und beharrte auf der Forderung, die der Geist des Bären angeblich gestellt hatte. Schwarze Wolke wollte sich nicht mit weniger zufriedengeben, denn sein Ansehen musste ja schließlich wiederhergestellt werden. Grauer Adler wusste keinen Rat mehr. Er wollte den Tod der Kinder um jeden Preis verhüten. Sein Herz trauerte immer noch um Großer Bär. Dann musste Prärieblume sterben und nun noch 18 erfahrene Krieger und Jäger. War das nicht genug? Forderte der Geist des Bären wirklich noch mehr Opfer? Es musste ihm als Hauptverantwortlichen noch eine Lösung einfallen.

„Die Sonne ist schon lange schlafen gegangen, und wir kommen zu keinem Ergebnis. Ich schlage vor, dass ein jeder von uns sein Tipi aufsucht. Morgen werden wir unsere Brüder zu ihrer letzten Ruhestätte tragen. Am Abend, wenn die Sonne sich wieder rot färbt, wollen wir unsere Entscheidung treffen." Alle waren einverstanden, und so gingen sie auseinander. Tapferes Herz dachte lange nach. An welchen Geist sollte er sich um Hilfe wenden? Es gab so viele, und Tapferes Herz ängstigte sich, etwas Falsches zu tun. Dann fiel ihm ein, dass sein Vater vom Geist des Windes immer besondere Hilfe erwartet hatte. So manches opferte er dem Geist. So entschied auch er sich für den Wind, obwohl ihm nicht ganz wohl dabei war. Der Vater hatte zuletzt keine Hilfe von ihm bekommen. Er teilte Kirschauge seinen Plan mit, doch sie wehrte erschrocken ab: „Nein, mein Bruder, das darfst du nicht! Der Stamm hat uns verboten, das Zelt zu verlassen. Wenn sie dich ertappen, steht es noch schlechter um uns." – „Aber ich muss diesen Versuch machen. Der Wind hat alles gehört. Er kannte Vater und weiß doch, dass er kein schlechter Cheyenne war. Ihn haben wir auch nie beleidigt. Er kann uns helfen, indem er mir besondere Macht verleiht. Willst du weiter in unserem Stamm als Ausgestoßene leben oder vielleicht sogar ganz ausgestoßen werden?" Kirschauge dachte wieder an die verzweifelten Augen ihres Onkels. Er hatte Angst um sie gehabt. Vielleicht war es doch nicht so dumm, was Tapferes Herz sagte. Irgendetwas mussten sie tun! Kirschauge hob die Zeltwand ein wenig hoch, und Tapferes Herz kroch auf dem Bauch hinten aus dem Zelt. Das Tipi stand nahe am See. Schnell robbte er dorthin und ließ sich lautlos ins Wasser gleiten. Das Ufer des Sees war am Rand ziemlich flach, und Tapferes Herz konnte nur mit Mühe unter Wasser bleiben. Dann wurde es tiefer, und er stieß sich kräftig ab. Er wollte den See durchtauchen, damit er völlig sicher sein konnte, nicht entdeckt zu werden. Nach einiger Zeit dröhnten seine Ohren, und auch seine Lungen schienen zu platzen. Dennoch tauchte er weiter. Die Angst zwang ihn dazu.

Plötzlich begann er kleine Sterne zu sehen. Sein Kopf leistete Widerstand. Schnell versuchte er wiederaufzutauchen. Die Zeit schien stehenzubleiben. Das Dröhnen in seinem Kopf wurde immer stärker. Wie ein Blitz durchschoss ihn der Gedanke: Du bist zu weit unten. Du schaffst es nicht mehr!

Hatte ihn nun die Rache der Geister eingeholt? In dem Moment spürte er klare, reine Luft. Nun sah er schon tausend bunte Sterne, und seine Arme ruderten, einen festen Halt suchend, in der Luft. Da spürte er etwas: Ein paar Äste ragten ins Wasser, an die er sich sofort klammerte. Er hatte das andere Ufer erreicht. Das war seine Rettung! Mit schnellen, flachen Atemzügen kam der so notwendige Sauerstoff wieder in die Lunge. Nach einigen Minuten schwang er sich an den Ästen hoch zum Ufer. Er durfte keine Zeit mehr verlieren. Er wusste nicht, wie lange der Geist des Windes sich mit ihm unterhalten würde, und er musste vor Sonnenaufgang wieder im Tipi sein, damit niemand seine Abwesenheit bemerken konnte. Langsam kletterte er durch den steilen, dunklen Wald bergauf. Ganz oben gab es einen Felsvorsprung, den wollte er erreichen. Die Zeit wurde ihm viel zu lang, doch endlich tat sich der Wald auf. Da lag der schroffe Felsen friedlich im silbrigen Mondlicht. Das Herz schlug ihm bis zum Hals, doch tapfer kletterte er auf den Felsen. Oben richtete er sich auf. Er hatte ein paar Dinge mitgenommen, die ihm besonders lieb waren, um sie dem Geist zu opfern. Fast alles waren Erinnerungen an die Eltern. Der Geist würde es besonders schätzen, da sein Herz sehr daran hing. Wehmütig warf er ein paar Adlerfedern, ein Geschenk seines Vaters, in die Luft; dann folgte ein Messer, das Großer Bär ihm geschnitzt hatte. Anschließend machte er eine Pause und lauschte angestrengt auf eine Antwort. Doch der Wind säuselte nur leise, sonst drang kein Laut an sein Ohr. Vielleicht achtete der Wind seine Opfer noch zu gering. Mit einem tiefen Seufzer nahm der Junge die Bärenkrallenkette, der ganze Stolz von Großer Bär, und die bunte Perlenkette seiner Mutter vom Hals und schleuderte sie kurz entschlossen dem schweigenden Wind entgegen. Dann horchte er wieder angespannt, den Atem anhaltend, damit ihm nichts entging. Aber nur eine einsame Eule schickte ihren Ruf in die Nacht; sonst blieb es totenstill. Vielleicht, so dachte Tapferes Herz, muss ich ihn erst ansprechen. Er wird wissen wollen, was ich möchte. „Du ehrwürdiger Geist des Windes, höre auf meine Stimme, auch wenn es die Stimme eines unerfahrenen Jungen ist. Doch ich bin in großer Not, darum rufe ich dich schon so früh an. Wie du gesehen hast, sind Vater und Mutter gestorben. Und nun wird auch noch unser Leben gefordert. Du weißt, dass Großer Bär ein guter Mann war und Prärieblume eine Mutter, wie wir sie uns besser nicht wünschen konnten. Wir waren ihnen nicht immer gehorsam und darum keine guten Kinder. Doch mögen sie es uns verzeihen, und auch du vergib und höre trotzdem weiter auf meine Stimme. Mein Vater hat dich sehr verehrt, darum möchte auch ich dich zu meinem Schutzgeist erwählen. Willst du mich annehmen?"

Tapferes Herz wurde es heiß vor Aufregung. Antwortete der Wind jetzt? Aber nur eine kräftige Böe fuhr ihm in die nassen Kleider. War das alles? „Du Geist des Windes, der du im heißen Sommer uns zärtlich kühle Lüfte bringst oder der du im Zorn uralte Tannen zum Umsinken zwingst, weise mich nicht ab! Du kennst all mein Elend und meine Trauer. Mach mich wieder zu einem geachteten Glied meines Stammes. Ich kann nicht glauben, dass du mir nicht helfen willst. Hab doch Mitleid mit mir und meiner Schwester. Gib mir eine Vision, damit ich weiß, wie ich dir dienen soll." Er hockte sich auf den Felsen und starrte in die sternenklare Nacht. Mehrere Stunden blieb er völlig reglos sitzen, war wie ein Teil des Felsens. Seinen Körper konnte er beherrschen, doch seine Gedanken liefen ihm davon. Immer wieder erregte der Anblick des endlosen Sternenhimmels große Ehrfurcht in ihm. Wer hatte dies alles geschaffen?

Seine Gedanken wanderten wieder zu seinem Vater. Er hatte geglaubt, den Gott des Himmels und der Erde gefunden zu haben. Stimmte das? Gab es einen liebenden Gott? Nach dem, was alles passiert war, fiel es ihm schwer, daran zu glauben.

Plötzlich erschrak er über seine Einfälle. Hoffentlich konnte der Wind seine Gedanken nicht erkennen, sonst würde er ihn nie anhören. Er versuchte sich ganz auf den Wind zu konzentrieren. Dessen Säuseln war in ein stärkeres Pfeifen übergegangen. Oft hatten Kirschauge und er im Tipi gelegen und angstvoll daran gedacht, dass es ja ein Geist war, der so machtvoll an ihrem Zelt zerrte, als wollte er es als Beute mitnehmen. Großen Schrecken verursachte der Wind bei allen Indianern, wenn er gewaltige Staubdecken vor sich herjagte. Doch sie ertrugen es geduldig, denn er konnte auch ihr Freund sein. Wenn er in der brütend heißen Hitze Kühlung brachte oder den Kindern die Wollgrasbüschel vor die Füße rollte, um sie als Spielzeug wieder fortzublasen. Wieder lauschte Tapferes Herz angestrengt in die Nacht. Doch noch immer gab der Wind keine Antwort. Dies war die letzte Hoffnung des Jungen gewesen, und Tränen der Verzweiflung rannen ihm über das Gesicht. Dann fiel ihm wieder die Schwester ein. Sie wartete und machte sich sicher große Sorgen um ihn. Sie hatte er ja noch, und wenn sie fest zusammenhielten, war alles halb so schlimm. Er stand schnell auf und machte sich an den Abstieg. Diesmal würde er nicht durch den See tauchen, sondern sich vom Wald aus an das Lager heranschleichen. Sicher schliefen alle, und er konnte unbesorgt sein. Trotzdem war er sehr vorsichtig, und schließlich kroch er erleichtert wieder in das Tipi. Kirschauge schreckte hoch. Sie war gerade ein wenig eingenickt. „Hab keine Angst, ich bin es nur", flüsterte er ihr zu. Dann erzählte er ihr von seinem Misserfolg. Kirschauge richtete sich auf und sagte: „Ich habe in dieser Nacht auch viel nachgedacht. Warum wollten Vater und Mutter diesen fremden Gott kennen lernen?" – „Vater hatte gehört, dass dieser Gott die Menschen liebt, und das kennen wir von den Geistern nicht. Deshalb wollte er mehr darüber wissen." – „Das kann ich gut verstehen", flüsterte Kirschauge leise.

Tapferes Herz schwieg. Nach dieser unheimlichen Nacht, in der er die liebsten Andenken von den Eltern umsonst geopfert hatte, würde er auch lieber einen Gott der Liebe suchen gehen. Aber wie sollte man ihn finden? Sein Vater musste die Suche mit dem Leben bezahlen. Ob er zuletzt wenigstens diesen Gott hatte sehen können? Das friedliche Gesicht der Mutter ließ keinen Zweifel darüber offen, dass sie glücklich gestorben war. Hatte sie etwa eine Begegnung mit diesem Gott gehabt?

Schweren Herzens dachte er daran, dass er diese Fragen wohl nie würde beantworten können. „Komm, lass uns noch ein wenig schlafen", bat er sie schließlich. Sie legten sich hin, doch es dauerte lange, bis sie schlafen konnten.

Schon der erste Sonnenstrahl weckte Tapferes Herz wieder auf. Seine Glieder waren noch schwer vor Müdigkeit, aber die Unruhe ließ ihn nicht weiterschlafen. Draußen hantierten schon ein paar Leute, obwohl es noch sehr früh war. Sicher waren sie dabei, die Gestelle für die Toten zu bauen.

Achtzehn Männer mussten eines furchtbaren Todes sterben, weil die Geister zornig auf eine Familie waren. Tapferes Herz fröstelte bei dem Gedanken. Hatte der Geist des Windes deshalb nicht geantwortet? Was sollte aus ihnen werden, wenn die Geister sie hassten? Mussten sie auch sterben? Plötzlich stöhnte es in seinem gequälten Innern: „O du Gott des Himmels und der Erde, wenn es dich gibt, so rette uns aus der Macht und dem Zorn unserer Geister!" Aber schon legte sich wieder die bleierne Traurigkeit auf ihn. Es gab keinen Gott, der die Menschen liebte. Sie waren verloren! Da fielen ihm die Worte ein, die er von den Eltern gehört hatte: „Niemand hat größere Liebe als der, der für seine Freunde sein Leben lässt." Seltsam getröstet sprang er auf und bereitete etwas zum Essen für sie zu. Kirschauge schlief noch. Sie träumte scheinbar einen schönen Traum, denn sie lächelte vor sich hin. Tapferes Herz dachte, dass sie von den Eltern träumte. Er schüttelte sie kräftig, damit sie durch das jähe Erwachen den Traum vergessen sollte, sonst wäre sie bestimmt wieder den ganzen Morgen traurig. Kirschauge erhob sich schlaftrunken und half ihm schnell bei der Arbeit. Zufrieden stellte er fest, dass es geklappt hatte. Sie wusste nichts mehr von ihrem Traum.

Sie hörten Schritte auf das Tipi zukommen und sahen sich erschrocken an. Holte man sie jetzt schon? Doch es war Wachsamer Fuchs, der mit übernächtigten Augen bei ihnen hereinschaute. Er sah mit einem Blick, dass auch die Kinder nicht viel geschlafen hatten. Er versuchte seine alte, muntere Art wiederzufinden, um sie ein wenig zu ermutigen: „Es ist heute ein schöner Morgen. Habt ihr genug zu essen? Kann euer alter Onkel etwas für euch tun?" Kein Lächeln huschte über die Gesichter der Kinder. Ernst fragte ihn Tapferes Herz: „Heute morgen ist doch das Begräbnis der Jäger, nicht wahr? Dürfen wir nicht mitgehen?" – „Nein, glaub mir, das wäre unklug. Die

Verwandten der Toten sind bestimmt nicht gut auf euch zu sprechen." – „Aber was haben wir ihnen denn getan?", unterbrach ihn Tapferes Herz heftig. „Du hast gehört, was Schwarze Wolke gesagt hat. Sie meinen nun, eure Familie habe den Tod der Jäger verursacht. Aber wenn sie ihre Toten in der Prärie gelassen haben, beruhigen sie sich bestimmt wieder." Tapferes Herz schoss seinem Onkel einen wütenden Blick zu. Für wie dumm hielt er ihn eigentlich? Jeder wusste, dass die Hassgefühle erst beim darauf folgenden Totentanz völlig aufbrachen. Er hatte das manchmal miterlebt, wenn Krieger von Feinden getötet wurden.

Mit wilden Drohungen peitschten die Verwandten ihre Gefühle auf; es waren Drohungen, die dann aber meistens doch nicht ausgeführt wurden. Bei dem Gedanken, dass sich der ganze Zorn nun gegen sie richtete, war es Tapferes Herz gar nicht wohl.

Die Bestattung begann. Unter lautem Wehklagen trug man die Toten aus dem Dorf. Immer zwei Männer trugen auf ihren Schultern einen in ein Bisonfell gewickelten Jäger. Ein anderer führte das Lieblingspferd hinterher. Auch Pfeil und Bogen, Pfeifen und Messer, die den Toten gehört hatten, wurden zum Begräbnisort gebracht.

Schon gestern Abend schnitten sich die Mütter und Frauen der Toten ihre langen Haare ab und brachten sich selbst Verwundungen bei, um ihren Schmerz und ihr Mitgefühl auszudrücken. Mit lautem Schreien und Wehklagen begleiteten sie den trauernden Zug.

Tapferes Herz und Kirschauge schauten bang aus ihrem Zelt zu. Was würden die nächsten Stunden bringen?

Langsam und würdevoll schritten die Männer mit ihrer stummen Last in die Prärie. An den Totengestellen angekommen, bahrte man die Jäger auf. Rundherum legte man ihre Sachen. Tödlich getroffen sank ein Pferd nach dem anderen an den Todesstätten nieder. Die Indianer glaubten, dass die Seele des Toten seine Waffen und sein Pferd wieder brauchte. Danach standen alle noch schweigend da. Sogar die Klagen verstummten. Das ganze Dorf war erschienen, und diese Minuten der Ruhe nutzte Schwarze Wolke für seinen Plan. Laut erscholl die krächzende Stimme des Medizinmannes in die unheimliche Stille hinein: „Hoffentlich waren das die letzten Toten, die der Geist des Bären sich zu seiner Rache holt!" Mit diesen schweren Worten verließ er die Menge und schritt hochaufgerichtet zum Lagerplatz zurück. Jeden machte dieser drohende Ausspruch betroffen. Wer konnte der Nächste sein? Einer von ihnen? Plötzlich löste sich ein Mann aus der schweigenden Menge und lief hinter Schwarze Wolke her. Andere folgten ihm. Zuletzt scharten sich fast alle Männer um den Medizinmann, und so gab es eine öffentliche Diskussion um die Kinder. Innerlich befriedigt genoss Schwarze Wolke die Ratlosigkeit der ängstlichen Menge. Sein Plan ging in Erfüllung. Jetzt konnte er die Unterredung leiten und nicht Grauer Adler.

Tapferes Herz und seine Schwester verfolgten beklommen die Aufregung im Dorf, denn sie ahnten, um was es ging. Der Junge sah, dass die Hände von Kirschauge zitterten. Sie griff nach der Hand ihres Bruders. „Ich werde es nicht zulassen, dass dir ein Leid geschieht. Vater hat mir den Auftrag gegeben, dich zu beschützen." Er machte eine Pause, denn er dachte daran, wie er sie wohl beschützen sollte. „Immer öfter denke ich daran, ob es diesen Gott wohl gibt, der uns liebt. Wenn ja, dann möchte ich ihn unbedingt finden", sprach Tapferes Herz vor sich hin. „Wir könnten ihn suchen gehen", meinte Kirschauge schwach. „Aber wo?" Sie zuckte die Achseln. Vielleicht ließ man sie ja nie mehr aus ihrem Tipi hinaus...

Wildes Wiehern schreckte sie aus ihren Gedanken hoch. Tapferes Herz zuckte zusammen. Schneller Pfeil! Da, wieder! Sein Pferd war in Not. Doch schon war alles wieder still. Das Herz des Jungen raste. Schneller Pfeil war ein schönes, gefühlvolles Tier, das er sehr liebte. Wenn er doch nur nachschauen könnte! Er steckte den

Kopf aus dem Eingang und schaute in Richtung der Pferde. Ihr Zelt lag zu weit entfernt; er konnte nichts Besonderes entdecken. Da sah er etwas, was ihm das Blut in den Adern gefrieren ließ: 30 bis 40 Männer kamen aus der Richtung, in der die Pferde lagerten, an der Spitze Schwarze Wolke. Sie gingen direkt auf ihr Tipi zu. Tapferes Herz zog seinen Kopf schnell wieder zurück. „Es kommen einige von unserem Stamm zu uns", sagte er so ruhig wie möglich zu Kirschauge. „Nun werden wir bald wissen, was man mit uns machen will. Wir wollen Vater und Mutter Ehre erweisen. Lass uns tapfer sein und halte die Tränen zurück. Was immer sie auch wollen, sie sollen nicht merken, dass wir uns fürchten." Kirschauge riss sich nach der Rede ihres Bruders zusammen. Sie verschränkte die zitternden Hände hinter dem Rücken, damit sie niemand sähe. Schon verdunkelte sich der Eingang des Tipis. Schwarze Wolke pflanzte sich vor ihnen auf und musterte sie finster. Kirschauge umfasste ihre Arme noch fester, denn nun zitterte sie am ganzen Körper: „Alles, was in diesem Zelt ist, muss verbrannt werden. Nichts darf übrigbleiben." Ohne die Kinder zu beachten, ging er weiter, raffte einige Sachen zusammen und wollte hinaus. Tapferes Herz verstellte ihm zornig den Weg. „Was habt ihr mit Schneller Pfeil gemacht?" Der Medizinmann wollte ihn zur Seite schieben, doch der Junge wehrte sich standhaft, und Schwarze Wolke, der seine Hände voll hatte, bekam ihn nicht vom Eingang fort. Draußen standen die Männer und sahen fassungslos zu. Sie waren wie versteinert und dachten nicht daran, dem Medizinmann zu helfen. Was war in den Jungen gefahren, dass er sich Schwarze Wolke in den Weg stellte? Er war wirklich der Sohn eines rebellischen Vaters! „Was habt ihr mit meinem Pferd gemacht?" – „Wir haben es getötet. Die Geister wollten es so", entgegnete Schwarze Wolke kalt. Mit starrem, hasserfülltem Gesicht ließ der Junge den Medizinmann durch. Er stand eine Weile völlig regungslos da. Doch dann kam Leben in ihn. „Kirschauge, wache am Eingang. Wenn sich jemand nähert, komm sofort zu mir." Das Mädchen gehorchte wortlos. Sie vertraute ihrem Bruder. Ohne Hast suchte Tapferes Herz mehrere Sachen aus. Zuerst den Pemmikanvorrat, das konservierte Bisonfleisch, das seine Mutter noch zubereitet hatte, dann feste Mokassins für beide, Messer, Pfeile und Bogen, Umhänge und noch vieles andere mehr. Er brachte alles zusammen in eine dunkle Ecke und legte ein großes Bisonfell darüber. Da berichtete Kirschauge aufgeregt: „Jetzt haben sie in der Mitte des Lagers ein Feuer gemacht. Sie werfen unsere Sachen hinein!"

Sie konnte kaum weitersprechen. Tapferes Herz rannte zum Eingang. Tatsächlich! Vielleicht war schon alles zu spät. Er hatte die Sache bisher zu wenig ernst genommen. Da kam der Medizinmann wieder auf ihr Tipi zu. Tapferes Herz riss seine Schwester aufgeregt zurück. „Geh zu dem Bisonfell. Setz dich dagegen und weine laut vor dich hin. Ich werde mich danebensetzen und dich trösten." Verständnislos folgte sie ihm. Was war in ihren Bruder gefahren? Was bezweckte er damit? Als der Medizinmann wieder das Zelt betrat, fiel es ihr nicht schwer, ihre Rolle zu

spielen. Laut schluchzte sie auf, und Tapferes Herz sprach beruhigend auf sie ein. Schwarze Wolke maß sie nur mit einem verächtlichen Blick. Wieder packte er einen Arm voll Dinge und verschwand. Sofort zog Tapferes Herz ein Messer aus der Hose und begann wild den Boden vor ihnen aufzuhacken. „Geh wieder und schau. Wenn sich der Medizinmann wieder zu uns umdreht, komm sofort." Kopfschüttelnd ging Kirschauge zu ihrem Beobachtungsposten zurück. Was wollte er nur? Tapferes Herz hatte inzwischen die Erde locker gemacht und scharrte mit den Händen ein Loch. Sofort verstaute er zuerst den Pemmikanvorrat darin. Dann erst kamen die weniger wichtigen Sachen. „Er kommt wieder!" Hastig schaufelte er das Loch zu. Kirschauge wurde herumgerissen und auf die frische Öffnung gelegt. Tapferes Herz sprach wieder tröstend auf sie ein, und prompt weinte sie auch. Schwarze Wolke trat ein und sah sich um. Einen Moment fiel sein Auge auf die dunkle Ecke, doch weil die Kinder davor hockten, sammelte er erst die übrigen Dinge ein. Kirschauge begann zu begreifen und rannte gleich wieder zum Eingang. Tapferes Herz machte neben dem ersten noch ein zweites Loch und vergrub die anderen Sachen. Aufgeregt berichtete Kirschauge: „Jeden unserer Gegenstände scheint er den Geistern zu opfern, bevor er sie den Flammen übergibt. Du hast genügend Zeit."

Schweren Herzens musste Tapferes Herz einiges zurücklassen. Der Medizinmann hatte die Ansammlung in der Ecke schon bemerkt. Er musste sofort Verdacht schöpfen, wenn diese leer wäre. Sorgfältig scharrte Tapferes Herz die Löcher zu. Kirschauge legte sich wieder quer darüber, und Tapferes Herz bedeckte sie mit dem Bisonfell. Da kam Schwarze Wolke schon zum dritten Mal. Nun steuerte er sofort die dunkle Ecke an. Immer noch wortlos riss er auch die Bisondecke von Kirschauge und verschwand. „Wer immer auch kommt, selbst wenn es Wachsamer Fuchs ist, leg dich auf die zugemachten Löcher. Niemand darf sie entdecken!"

Sie schauten nach draußen. Das Feuer loderte hell auf. Es würde einige Zeit brauchen, bis es abgebrannt war. Nur die Männer, die auch Schneller Pfeil getötet hatten, standen um das Feuer herum. Alle anderen hockten in ihren Zelten. Hier und da sah Tapferes Herz ein ängstliches Gesicht, das dem Treiben vom Zelt aus zuschaute. Das Tipi ihres Onkels schien leer zu sein, und bei den Großeltern ließ sich niemand sehen. Verbittert nahm Tapferes Herz immer deutlicher wahr, dass sie völlig auf sich gestellt waren.

Er merkte sich die Gesichter und Namen der Männer am Feuer gut. Vielleicht konnte er sich einmal an ihnen rächen. Doch zuerst mussten sie wenigstens ihr eigenes Leben retten können. Erst als er vom Ende seines Pferdes hörte, begriff er völlig, dass es um Leben und Tod ging. Sie vernichteten alles von ihnen, dann schließlich wären sie selbst an der Reihe. „Nun musst du mir aber sagen, was du vorhast", flüsterte Kirschauge leise, obwohl sie niemand hören konnte. „Wir müssen fliehen, wenn wir noch dazu kommen", antwortete ihr Tapferes Herz ebenfalls flüsternd. „Ich habe ein paar wichtige Dinge für die Flucht versteckt, damit wir durchkommen können."

Kirschauge riss erschrocken die Augen auf. „Wohin durchkommen? Wer wird uns schon aufnehmen? Niemand! Wenn wir flüchten, wird jeder wissen, dass wir ausgestoßen wurden, und das wäre unser sicherer Tod. Außerdem haben wir keine Chance, wegzukommen. Sie werden uns wieder einholen."

„Du hast mit allem Recht. Aber wenn wir hierbleiben, müssen wir auf jeden Fall sterben. Oder glaubst du, dass sie sonst alles von uns verbrannt hätten?" Kirschauge senkte wortlos den Kopf. „Ja, du weißt es auch. Wir müssen fliehen. Vielleicht haben wir noch heute Nacht Zeit dazu. Dann gehen wir diesen fremden Gott suchen. Er wird uns wohl nicht fortschicken, weil wir ihm dienen wollen. Wenn wir nicht mehr wegkommen, dann soll es geschehen, wie die Geister es wollen." Kirschauge weinte leise. Tapferes Herz tröstete sie: „Wir werden es schaffen!

Als Schwarze Wolke zum ersten Mal das Zelt verließ, da dachte ich: Wenn es dich gibt, du Gott des Himmels und der Erde, so zeig mir jetzt, wie wir fliehen können, und gib mir Gelingen dazu. Da kam mir augenblicklich die Idee, dass wir für die Flucht einige Dinge brauchen. Ich wusste auch gleich, wie wir sie verstecken würden, und Schwarze Wolke hat sie nicht entdeckt. Der erste Teil des Planes ist geglückt; nun muss dieser fremde Gott nur noch den zweiten Teil bewachen, dann wollen wir uns auf die Suche nach ihm machen." Ein leiser Hoffnungsschimmer glimmte in den Augen seiner Schwester auf. Vielleicht gab es für sie beide doch noch eine Rettung!

Das Feuer erlosch. Einer der Männer stocherte darin herum, um auch die letzten noch glühenden Reste zu ersticken. Sie gruben ein Loch und verscharrten darin die Asche. „Sie wollen alles von uns vom Erdboden verschwinden lassen, damit keine Spuren von unserer Familie mehr übrigbleiben", kommentierte Tapferes Herz das Geschehen düster. Sie setzten sich in das Halbdunkel des Tipis und warteten. Dumpf und dröhnend ließ plötzlich eine Trommel ihr Klagelied ertönen. Mehrere andere fielen ein. Die Totenfeier begann!

10. KAPITEL
Die Flucht

Während draußen die Trommeln ihre schwermütigen Weisen ertönen ließen, tagte im Versammlungstipi der Stammesrat. Grauer Adler beendete gerade seine Rede, indem er sich an Schwarze Wolke wandte: „Du weißt, dass ich nicht damit einverstanden war, dass ihr die Sachen der Kinder vernichtet. Für mich ist das alles noch nicht abgeschlossen. Ich überlege immer noch, wie man das Leben der Kinder retten kann." Gleichmütig sah ihm der Medizinmann ins Gesicht. „Willst du gegen die Geister ankämpfen?", fragte er herausfordernd. Er war sich seiner Sache sicher. Der Stamm zitterte vor der Strafe der Geister. Sie wollten alle wieder ihre Ruhe. In die Stille hinein sagte einer von ihnen: „Lieber die Kinder als wir alle. Zwei Leben für unser aller Leben."

Grauer Adler sank in sich zusammen. Er wusste, dass er verloren hatte. Wachsamer Fuchs beteiligte sich gar nicht mehr an der Diskussion. Er hatte schon seit dem Feuer begriffen, dass das Leben der Kinder verwirkt war. Er sann nur noch darüber nach, wie er ihnen zur Flucht verhelfen konnte. Ihre Chance, allein durchzukommen, würde sehr gering sein. Aber hier waren sie dem sicheren Tod ausgeliefert. Er musste wenigstens diese Nacht gewinnen. „Unser Volk ist in großer Trauer. Achtzehn gute Männer mussten sterben, weil die Geister es so wollten. Wir dürfen sie nicht noch mehr zum Zorn reizen. Ihr alle wisst, meine Brüder, dass ich die Kinder sehr liebe. Doch ich liebe auch mein Volk. So sehr es mein Herz schmerzt, wir müssen die Kinder opfern, um unser Volk zu retten. Doch nicht heute, meine Brüder, wo die Trauer sich gerade auf unseren Stamm gelegt hat wie der Nebel auf einen Fluss. Wer wollte heute noch mehr Leid ertragen? Morgen ist ein neuer Tag. Da lasst uns das Schreckliche, das wir tun müssen, erledigen."

Er erntete erstaunte und misstrauische Blicke für seine Rede. Den größten Widerstand hatte Schwarze Wolke bei Wachsamer Fuchs erwartet. Nun musterte er ihn mit einem durchdringenden Blick. Was hatte er vor? Doch Wachsamer Fuchs saß mit einer versteinerten, trauernden Miene da, als wären die Kinder schon tot. Der Medizinmann beschloss, sehr vorsichtig zu sein. Mit schwerem Herzen beendete Grauer Adler die Sitzung. Die Würfel waren gefallen: Die Kinder mussten sterben. Die Familie von Großer Bär bestand dann nicht mehr. Alle ihre Spuren würden verwehen, nicht einmal ihre Namen durften dann noch erwähnt werden. Er hatte als Führer dieses Stammes versagt. Gleich morgen würde Grauer Adler seine Häuptlingswürde ablegen. Er war nicht mehr wert, ihr Häuptling zu sein.

„Lasst uns diese Nacht die Toten betrauern und die Geister anflehen, uns wieder anzunehmen. Wir wollen den morgigen Tag fasten. Dann werden die Geister merken, dass wir alles wieder gutmachen wollen, und wir können in Frieden weiterleben", rief der Medizinmann in die Stille hinein. Alle nickten. Wachsamer Fuchs freute sich innerlich. Er hatte einen Aufschub für die Kinder erreicht. Er würde dafür sorgen, dass sie nach dieser Nacht nicht mehr auffindbar wären. Die Trauernacht passte großartig in seinen Plan. Alle wären beschäftigt, und die ganze Nacht würde im Dorf keine Ruhe herrschen. Zufrieden ging er zu seinem Tipi.

Tapferes Herz trauerte nicht nur aus Anhänglichkeit um sein Pferd. Wie gut könnten sie es auf der Flucht gebrauchen! Es war sehr schnell und außergewöhnlich intelligent gewesen. Mit Schneller Pfeil wären sie zu einem großen Vorsprung gekommen, bevor der Stamm ihre Flucht bemerkt hätte. Ein anderes Pferd zu nehmen war viel zu riskant. Das Tier könnte sich wehren und die Aufmerksamkeit des ganzen Dorfes auf sie ziehen. Nein, sie mussten zu Fuß gehen, auch wenn damit die Chancen, ihren Verfolgern zu entkommen, sehr schlecht waren.

Alle Männer des Stammes setzten sich in einem Kreis zusammen. Die Trommeln begannen wieder ihren eintönigen, trauernden Klang auszusenden. Keiner kümmerte sich um die Kinder. Schwarze Wolke nahm seinen Platz neben Wachsamer Fuchs ein und wich nicht von seiner Seite. Doch Wachsamer Fuchs wusste, dass der Medizinmann um Mitternacht zu den Tanzenden ging und ihn bis zum Morgen nicht mehr beobachten konnte.

„Die Feierlichkeiten fangen an. Jetzt kommt niemand mehr zu uns. Nicht einmal Wachsamer Fuchs hat uns noch einmal besucht. Du weißt, was das bedeutet, meine Schwester. Wir warten bis Mitternacht, wenn der Medizinmann sein Spektakel anfängt; dann gehen wir los. Schlaf jetzt noch ein wenig. Du musst nachher noch lange laufen." Kirschauge gehorchte und legte sich auf den nackten Boden. Doch wie sollte sie in einer solchen Stunde schlafen? Tapferes Herz konnte gut reden. Überhaupt schien er vor nichts mehr Respekt zu haben. Wie konnte er den heiligen Tanz des Medizinmannes ein Spektakel nennen? Ihre Gedanken wanderten zu ihrem Onkel. Auch sie war tief enttäuscht darüber, dass er nicht mehr zu ihnen kam. Gerade heute hätten sie ihn besonders gebraucht. Der eintönige Rhythmus der Trommeln tat sein Werk. Ihre Gedanken zerflossen; Kirschauge schlief ein. Tapferes Herz freute sich, als er ihre ruhigen Atemzüge vernahm. Er hatte nicht damit gerechnet, dass Kirschauge wirklich einschlafen würde. Sie war der schwächere Teil von ihnen. Es war sehr wichtig, dass sie wenigstens einige Stunden ruhig schlief.

Mit verschränkten Armen setzte sich Tapferes Herz an den offenen Eingang. Es war eine wunderschöne Nacht. Tausend Sterne glitzerten am samtschwarzen Himmel. Der Mond tauchte alles in ein silbrig warmes Licht. Plötzlich fiel ihm wieder der Vers ein, den er von den Eltern gehört hatte: „Niemand hat größere Liebe als der, der für seine Freunde sein Leben lässt."

Eine unerklärliche, warme Geborgenheit erfasste ihn. Er

wäre am liebsten gleich losgegangen, um diesen Gott, der sein Leben für seine Freunde gelassen hatte, zu suchen. Nach all den Enttäuschungen und den traurigen Erlebnissen sehnte sich sein junges Herz wieder so sehr nach Liebe und Beständigkeit. Er wurde ganz ruhig. Ein wenig wollte er noch schlafen.

Wachsamer Fuchs brauchte seine ganze, in langen Jahren angelernte Beherrschung, um seine äußere Gelassenheit zu bewahren. Sein Plan stand fest: Er würde zwei seiner Pferde, Proviant und Waffen den Kindern zur Verfügung stellen und sie über die Berge führen. Den Pferden wollte er die Füße einwickeln, um unbemerkt aus dem Lager zu kommen und auch gleichzeitig ihre Spuren zu verwischen. Die Hauptarbeit bestünde darin, neue, falsche Spuren zu legen. Sie würden die Kinder in der völlig verkehrten Richtung suchen, und bis sie ihren Irrtum erkannt hatten, waren diese in Sicherheit. In Sicherheit? Hier stockten seine Gedanken. Es war eine trügerische Sicherheit, in die er sie schickte! Doch was konnte er sonst machen? Mit ihnen flüchten? Schwarze Wolke würde auch seine Familie verfluchen und alles von vorne beginnen lassen. Außerdem hatten die Kinder eher eine Chance, Mitleid zu erregen und von einem anderen Stamm aufgenommen zu werden, wenn sie allein unterwegs waren.

Langsam, viel zu langsam wurde es Mitternacht. Da erhob sich der Medizinmann. Er begab sich in den Kreis, und der Höhepunkt der Zeremonie begann. Wachsamer Fuchs wartete noch eine ihm unendlich erscheinende Zeit; dann stand er langsam, mit gleichmütiger Miene auf. Unauffällig huschte er durch die Reihen, und endlich ließ er alle hinter sich. Er steuerte geradewegs auf das Tipi der Kinder zu, als eine Stimme ihn herumfahren ließ. Höckriger Wolf stand hinter ihm!

Tapferes Herz hatte tatsächlich etwas schlafen können. Erfrischt und ermutigt begann er seine Arbeit. Erst holte er aus den Löchern ihre Sachen und knüpfte sorgfältig zwei Bündel aus ihnen. Das von Kirschauge wurde viel leichter, weil sie nicht sehr kräftig war. Sein Messer steckte er in seine Hirschlederhose, Pfeil und Bogen wollte er in der Hand behalten. Von nun an musste er immer bereit sein, ihr Leben zu verteidigen. Dann wurde es Zeit, Kirschauge zu wecken. Das tat ihm weh, denn sie schlief ruhig und fest. Doch es nützte nichts. Er schüttelte sie, und Kirschauge brauchte einige Zeit, bis sie begriff. Schlaftrunken kam sie auf die Beine. Noch nie war sie um diese Zeit aufgestanden. Und nun hatten sie auch noch einen langen Weg vor sich. Sie hätte gern ein wenig geweint, doch sie wollte es ihrem Bruder nicht noch schwerer machen, als es schon war. Sie krochen hinten aus ihrem Tipi heraus.

„Willst du schon gehen?", fragte Höckriger Wolf ironisch. Ein öliges Lächeln lag auf seinem Gesicht. „Wir alle bleiben doch heute Nacht zusammen. Komm, mein Bruder, wir gehen zurück. Sonst denkt Schwarze Wolke noch, du hast etwas anderes vor." Der letzte Satz war eine Drohung. Wachsamer Fuchs ging wortlos zurück. Es war alles umsonst. Der Medizinmann ließ ihn bewachen. Er misstraute ihm. Als er sich wieder setzte, nahm Höckriger Wolf neben ihm seinen Platz ein. Nun musste sich Wachsamer Fuchs etwas anderes einfallen lassen...

Da sie ohne Pferd waren, wählte Tapferes Herz den Wald als Fluchtweg. Dort mussten die Cheyenne ihnen zu Fuß folgen, denn im Wald konnten sie ihre Pferde nicht gebrauchen. Doch auch ohne Pferde wären die Männer viel schneller als sie.

Kirschauge lief mehr im Traum als in wachem Zustand. So stolperte sie oft, und die Zweige der Bäume zerkratzten ihr Gesicht. Mehr als einmal biss sie sich auf die Lippen, um keinen Schmerzenslaut von sich zu geben. Sie fürchtete sich sehr vor den Tieren des Waldes, vor allem vor den Bären. Wenn sie in dieser Dunkelheit auf einen trafen, waren sie verloren. Woher nahm Tapferes Herz nur die Zuversicht und den Mut? Die Geschwister marschierten Stunde um Stunde. Das geübte Auge des Jungen erkannte die ersten Zeichen des neuen Morgens. Hier und da erwachte auch schon ein Vogel aus seinem Schlaf. Sie brauchten unbedingt ein gutes Versteck! Bald mussten sie so gut verborgen sein, dass sie niemand finden konnte. Tapferes Herz wusste, dass es in der Nähe eine Höhle gab. Doch er wollte lieber noch weitergehen. Die Höhle kannten sicher auch die anderen, und sie würden vielleicht gerade dort nach ihnen suchen. Das Risiko, nichts Geeignetes zu finden, war natürlich groß. Aber sie mussten es wagen! Durch einen verhaltenen Schrei schreckte er aus seinen Gedanken auf. Blitzschnell drehte er sich um, und im nächsten Moment saß er bei Kirschauge, die über eine Wurzel gestolpert war. Nun saß sie mit schmerzverzerrtem Gesicht da und versuchte vergeblich aufzustehen. „Bleib noch ein wenig sitzen. Der Schmerz muss erst nachlassen, dann geht es sicher wieder", tröstete sie Tapferes Herz.

Aber die Schmerzen wurden stärker. Kirschauge stand trotzdem auf und versuchte den Fuß aufzusetzen. Ihre Hand verschloss schnell ihren Mund, sonst hätte sie laut aufgeschrien. Weinend sank sie wieder zusammen. Tapferes Herz schaute erschrocken ihren Fuß an. Der war in kurzer Zeit schon dick angeschwollen. Kirschauge konnte nicht mehr laufen!

Die ersten Strahlen der aufgehenden Sonne umspielten den in tiefer Trance versetzten Medizinmann. Unermüdlich hatten die Trommeln ihre monotonen Weisen von sich gegeben. Zwischendurch stimmte einer der Männer ein Lied an, das er von seinem persönlichen Schutzgeist übermittelt bekommen hatte. Andere wieder sangen eine schwermütige Trauerklage. Es war eine feierliche Stimmung, zu der die Sonne, die nun immer mehr Vorboten schickte, nicht recht passen wollte. Die ganze Nacht hindurch versuchte Wachsamer Fuchs verzweifelt einen Ausweg zu finden. Doch immer, wenn er einen Ausbruchversuch machte, heftete sich Höckriger Wolf an seine Fersen. Die ganze Nacht war er beobachtet worden, und nun wurde es Morgen. Das Leben der Kinder war verspielt...

Aus der tiefen Trauer seines Herzens stimmte Wachsamer Fuchs ein Klagelied an, und alle schauten auf ihn.

Tapferes Herz band sich sein Bündel auf den Bauch. Dann nahm er Kirschauge auf den Rücken. Nun hatten sie keine andere Wahl mehr; sie mussten zu der nahen Höhle gehen. Einen weiteren Weg, mit seiner Schwester aufgeschultert, schaffte er nicht. So machte er sich auf und stolperte mit seiner Last durch den Wald. Die Zeit wurde ihm endlos. Durch die hohen Bäume konnte er die Sonne nicht sehen, und daher hatte er auch kein Zeitgefühl mehr. Einige Male spielte seine überreizte Phantasie Tapferes Herz einen Streich, und er hörte deutlich Fußtritte nahen. Doch wenn er aufgeregt horchte, blieb alles still. Dann trieb er sich jedesmal zu noch größerer Leistung an, um den Männern nicht in die Hände zu fallen. Der Schweiß lief in großen Bächen an seinem Körper herunter. Als er einfach nicht mehr konnte und Kirschauge gerade absetzen wollte, sah er, dass der Wald fast zu Ende war. Das gab ihm neue Kraft, und er ging schnell auf die Lichtung zu.

Vor ihnen tauchte ein nackter, schroffer Felsen auf. Die dunkle Höhle, die weit oben zu sehen war, wirkte wie der hässliche Mund eines Riesen.

Langsam erwachte Schwarze Wolke aus seiner Trance. Die Trommler holten aus ihren Instrumenten noch einmal alles heraus. Dann folgte Totenstille. Der Medizinmann stand schwankend auf. „Geht nun alle in eure Tipis. Wenn die Sonne über diesem Baum dort steht, dann wollen wir uns wieder versammeln und die Kinder holen." Noch eine Stunde Frist! Wachsamer Fuchs überlegte fieberhaft, wie er in dieser kurzen Zeit doch noch etwas für die Kinder tun konnte. Aber nun eine Flucht zu wagen, würde für alle den sicheren Tod bedeuten. Damit war niemand geholfen. Mit dem erbärmlichen Gefühl, versagt zu haben, ging er zu dem Tipi der Kinder. Er wollte ihnen wenigstens Mut zusprechen, damit sie nicht dachten, auch er hätte sich von ihnen abgewandt. Doch auf dem Weg holte Höckriger Wolf ihn wieder ein. Er zeigte auf den Medizinmann, der gerade von der anderen Seite kam und denselben Weg wie er einschlug. „Überlass das Schwarze Wolke. Er wird nun mit viel Zartgefühl das Urteil überbringen. Das kann er besser." Gereizt sah Wachsamer Fuchs sein Gegenüber an. Was ging in diesem Kopf vor? War denn der Hass auf Großer Bär und Prärieblume so groß gewesen, dass er sich über deren Tod hinaus sogar auf ihre unschuldigen Kinder übertragen konnte? „Pass auf, Höckriger Wolf, dein Hass wird große Löcher in deinen Bauch fressen." Ihre Unterhaltung wurde durch einen wütenden Schrei unterbrochen. Schwarze Wolke erschien am Eingang des Zeltes der Kinder. Außer sich vor Zorn blieb er dort einen Moment fassungslos stehen. Wachsamer Fuchs grinste innerlich. Tapferes Herz hatte ihm wohl einige ungehörige Dinge gesagt. Oder war er sogar handgreiflich geworden? Dem schneidigen Burschen konnte man alles zutrauen. „Sie sind weg! Das Tipi ist leer! Sie sind geflüchtet!"

Diese laut hinausgeschriene Botschaft ließ alle, die es hörten, erzittern. Wie konnten sie nun die Geister besänftigen? Höckriger Wolf zischte Wachsamer Fuchs an: „Wie hast du das gemacht?" Das Herz von Wachsamer Fuchs machte einen Sprung, als er die Worte hörte. Dieser prächtige Kerl hatte selbst erkannt, dass sie ohne Chance waren und die Flucht ergriffen. Wenn er nur die Spuren gut genug verwischt hatte, dann konnten sie lange nach ihnen suchen!

Vergnügt drehte er sich nach Höckriger Wolf um. „Wie sollte ich den Kindern zur Flucht verholfen haben? Hält mich mein Bruder Höckriger Wolf für einen Zauberer, dass ich die ganze Nacht neben ihm sitzen und meine Seele an einem anderen Ort sein kann?"

Höckriger Wolf sah das schalkhafte Glitzern in den Augen von Wachsamer Fuchs. Kalte Wut stieg in ihm auf, und er trat ganz nah an ihn heran und fauchte ihn wütend an: „Sieh dich vor!" Schwarze Wolke trommelte inzwischen alle Männer zusammen. Das ganze Dorf stand in heller Aufregung. Der Medizinmann fasste sich wieder. Kalten Herzens suchte er sich ein paar ausgezeichnete Spurenleser und Jäger aus. Sie würden die Kinder schnell wiederfinden!

Tapferes Herz stand vor dem Felsen. Es gab nur einen einzigen, schwer begehbaren Steg zu der Höhle; sein Vater hatte ihn entdeckt. Aber auch dieser war außerordentlich gefährlich. Der Steg war schmal, und man kletterte immer über loses Geröll, das sich fast bei jedem Schritt löste und unheilvoll donnernd in die Tiefe sauste. Von oben her war der Weg wesentlich kürzer. Doch Tapferes Herz fiel rechtzeitig ein, was der Vater ihm darüber gesagt hatte: „Der kurze Weg ist der kürzeste Weg in den Tod." So machte er sich, mit Kirschauge auf dem Rücken, an den schweren, gefährlichen Aufstieg. Je höher sie kamen, desto kürzer ging der Atem von Kirschauge. Sie erfasste die Gefahr schnell. Doch Tapferes Herz konnte nicht auf seine Schwester achten. Sie mussten die Höhle so schnell wie möglich erreichen. Fanden die Männer ihres Stammes sie hier, dann würde ein gutgezielter

Pfeilschuss reichen, um sie beide herunterzuholen. Sie kamen höher und höher. Die Hitze erschien Tapferes Herz langsam unerträglich. Kirschauge, normalerweise ein Federgewicht, lastete ihm von Minute zu Minute schwerer auf dem Rücken. Da löste sich ein größerer Felsbrocken unter seinen Füßen. Ein winziges Stück rutschte Tapferes Herz mit ab, dann sprang er wieder auf den Steg und konnte das Gleichgewicht halten. Ein Schrei, der sich unwillkürlich von den Lippen des Mädchens löste, hallte vom Felsen zurück. Mit schwerem Gepolter stürzte eine ganze Lawine von Felsbrocken den Abhang hinunter. Der Junge horchte. Sonst blieb alles still. Der Gedanke, dass sie mit den Steinen dort unten liegen könnten, jagte den beiden einen eiskalten Schauer über den Rücken. Das war noch einmal gut gegangen!

„Hier!", gellte ein triumphierender Schrei bis ins Lager zurück. Stumpfes Messer, ein guter Spurenleser, hatte etwas gefunden. „Sie sind in den Wald geflohen!" Schwarze Wolke konnte zufrieden sein. Nun wussten sie schon die Richtung. Es ging ziemlich rasch. Weit konnten die Kinder nicht gekommen sein. Trotzdem nahmen die Männer Proviant mit. Wachsamer Fuchs hatte darum gekämpft, in den Suchtrupp zu kommen. Doch Schwarze Wolke wollte sich nicht einen Moment erweichen lassen. Dafür nahm er lieber Höckriger Wolf mit; auf ihn war Verlass. Die kleine Truppe verabschiedete sich. Vielleicht dauerte es doch ein paar Tage, bis sie wiederkämen. Aber zuversichtlich glaubten alle, bis zum Abend mit den Kindern zurück zu sein. Wachsamer Fuchs schaute ihnen ratlos hinterher. Jetzt konnte er den Kindern endgültig nicht mehr helfen. Der Medizinmann misstraute ihm. Ein zermarterndes Warten begann! Nur sehr langsam bewegten die Indianer sich vorwärts. Man brauchte schon erfahrene Männer, um die gut verwischten Spuren im Wald zu erkennen und noch richtig vorwärts zu kommen. Missbilligend nahm Schwarze Wolke dies zur Kenntnis. Immer wieder hingen Haare von Kirschauge in den Zweigen – das sicherste Erkennungszeichen ihres Fluchtweges. Sie kamen an einen Platz, an dem die beiden scheinbar gesessen hatten. Plötzlich waren keine Spuren mehr verwischt. Gut sichtbar gingen Fußstapfen weiter – aber nur von einer Person! Alle stutzten. Aus welchem Grund? Doch das Gesicht von Stumpfes Messer hellte sich bald auf. „Die Spur ist zu tief für den Jungen. Er wird das Mädchen getragen haben." Schwarze Wolke grinste zufrieden. Gleichgültig, ob Tapferes Herz sie damit in die Irre führen wollte oder das Mädchen zu müde zum Laufen wurde. Jetzt konnten sie die beiden ganz sicher einholen. Rastlos hasteten die Verfolger der gut sichtbaren Spur nach. Da durchzuckte Höckriger Wolf ein verhängnisvoller Gedanke: „Die Felsenhöhle! Hier in der Nähe ist eine Höhle. Großer Bär hat sie einmal gefunden, und er erzählte mir von ihr. Dort wollen sie sich vielleicht verstecken."

Oben angekommen, setzte Tapferes Herz seine Schwester ab und ließ sich einfach fallen. Nun war wieder eine schwere Strecke geschafft. Sie konnten dankbar sein. „Wie sieht dein Fuß aus?" – „Fast noch ein wenig schlimmer", antwortete ihm Kirschauge bekümmert, als sie ihren Fuß betrachtete. „Wir sollten Wasser haben, um ihn zu kühlen. Aber nun sind wir ja erst einmal sicher."

Ihren Bruder konnte sie davon nicht so schnell überzeugen. Er wusste nicht, wem sein Vater von der Höhle erzählt hatte, aber ein paar Leute kannten sie bestimmt. Tapferes Herz kämpfte mit dem Schlaf. Der Weg mit Kirschauge auf dem Rücken war für ihn sehr anstrengend gewesen. Nun, als die innere Spannung nachließ, wäre er am liebsten sofort eingeschlafen. Aber er wusste genau, dass die Gefahr noch lange nicht vorbei war. Vielleicht gab es im hinteren Teil der Höhle ein gutes Versteck? Der Gedanke ließ ihn wieder auf die Beine kommen. „Kirschauge, komm, ich setz dich an den Eingang. Du musst aber im Schatten bleiben, was immer sich unten auch tut. Niemand darf dich sehen. Ich versuche ein sicheres

Versteck für uns zu finden." – „Könnten wir nicht etwas essen? Ich habe furchtbaren Hunger."

„Zuerst möchte ich ein Versteck suchen, Kirschauge. Es kann sehr wichtig für uns werden. Wenn du etwas hörst, ahmst du ein Rotkehlchen nach. Ich werde dir dann antworten."

Der Suchtrupp der Indianer eilte weiter durch den Wald. Die Spur ließ sich gut lesen. Dann sahen auch sie die Lichtung. „Dort vorne muss der Felsen sein, in dem die Höhle ist. Sie liegt ziemlich weit oben; man kann sie aber von unten schon sehen. So hat es mir Großer Bär jedenfalls erzählt. Ich schlage vor, dass wir den Felsen von der Seite erklimmen, wenn es möglich ist. Dann klettert einer zur Höhle hinunter, und wenn er die Kinder findet, können zwei andere Männer nachkommen, um sie herauszuholen." Alle nickten. Das war ein vernünftiger Vorschlag. Dem Medizinmann lag ein ablehnendes Wort auf den Lippen. Es gefiel ihm nicht, dass der Plan von Höckriger Wolf kam und nicht von ihm. So würde ein anderer den größeren Ruhm ernten. Aber, so dachte er, als sie sich an den Aufstieg machten, sein Ansehen war wenigsten wieder völlig hergestellt. Nun konnte Höckriger Wolf auch etwas von der Ehre abbekommen. Er hatte sich als ein gewissenhafter Mann erwiesen, den man gut gebrauchen und der auch ein Geheimnis für sich behalten konnte.

Schläfrig saß Kirschauge vor dem Eingang. Von Zeit zu Zeit riss sie gewaltsam die Augen auf, damit sie der Schlaf nicht überraschte. Sie fühlte sich grenzenlos einsam. Für immer aus ihrem Volk herausgerissen und in eine fremde, abweisende Gegend versetzt, das war zu viel für sie. Lautlos ließ sie die Tränen fließen. Wenn nur die Eltern dabei wären, dann könnte sie das gewiss ertragen; aber so? Nun ließ sie Tapferes Herz auch noch allein und kroch in dieses dunkle, gähnende Loch. Unvermittelt fiel ihr wieder die Höhle ein, die sie zusammen gefunden hatten. Der Schreck saß ihr sofort in allen Gliedern. In Gedanken sah sie ihren Bruder in einen schwarzen Abgrund fallen, tiefer und tiefer. Vielleicht würde er zerschmettern oder in einem unterirdischen See ertrinken! Keinen Schrei würde sie hören, denn Tapferes Herz wusste sich zu beherrschen. Mit aller Gewalt unterdrückte sie den Impuls, aufzuspringen und ihren Bruder zu suchen. Wenn sie einfach den vereinbarten Vogelschrei imitierte, um zu hören, ob alles in Ordnung mit ihm war? Doch das könnte ihr Tapferes Herz sehr übel nehmen, wenn sie seine Suchaktion auf diese Weise jäh beendete. Da hörte sie plötzlich einen Stein abgehen und in die Tiefe fallen. Das Herz blieb ihr fast stehen, und sie hielt den Atem an. Wenn sie nur schauen dürfte! Es konnte nur ein Tier sein, aber lieber rief sie den Bruder. Dann war sie auch nicht mehr so allein. Erleichtert ließ sie den vereinbarten Vogelschrei ertönen.

Lautlos huschten die Indianer den schmalen Pfad hinauf. Keinen Ton vernahm man von ihnen. Höckriger Wolf hatte es besonders eilig. Seiner Sache ganz gewiss, versuchte er als erster die Höhle zu erreichen. Bestimmt durfte er hinuntersteigen, denn die Idee stammte ja von ihm, und er würde die Kinder finden. Großen Ruhm konnte er sich dadurch erwerben, dass er seinen Stamm vom Fluch der Geister befreite. Stolz rührte sich in seiner Brust. Nun, wo Großer Bär tot war, konnte er den Ruhm seines Bruders erlangen. Wie lange hatte er darauf warten müssen! Nun war es so weit! Die Träumereien vernebelten seine Sinne, und einen Moment lang achtete er zu wenig auf das lose Geröll. Da löste sich auch schon ein Stein und rollte geräuschvoll in die Tiefe. Er erntete einen bösen Blick von dem Kundschafter, der vor ihm ging.

Alle hörten den einsamen Schrei eines Rotkehlchens. Der Kundschafter runzelte die Stirn.

Tapferes Herz tastete die Wände ab. Vorsichtig setzte er Schritt vor Schritt. Selbst seine guten Augen konnten nichts mehr wahrnehmen. Ein unheimliches Gefühl beschlich ihn, als er so völlig in die Leere tappte. Er bemerkte, dass der Gang eine kleine Kurve machte.

Das bewirkte, dass auch der letzte Lichtschimmer vom Eingang fortblieb und es stockdunkel wurde. Einen zweiten Gang oder ein Versteck konnte er nicht finden. Wenn die Cheyenne sie hier suchten, konnten sie nicht unbemerkt bleiben. Er musste weitersuchen, auch wenn sich Kirschauge sicher schon Sorgen machte. Aber sie brauchten unbedingt ein Versteck.

Da ertönte das verabredete Zeichen. Betroffen blieb Tapferes Herz stehen. Nun hatte er nicht mehr viel Zeit. Er antwortete seiner Schwester und ging noch etwas weiter. Doch es änderte sich nichts. Die Höhle entpuppte sich nur als ein schmaler Schlauch. Wenn man hier nach ihnen suchte, konnten sie nicht entkommen. Und Kirschauge hatte vielleicht schon die Männer gehört. Entmutigt tastete er sich so schnell wie möglich zurück. Kirschauge war glücklich, ihn wohlbehalten wiederzusehen. Doch das Glück währte nicht lange. Von oben ertönte die verhasste, krächzende Stimme des Medizinmannes: „Tapferes Herz und Kirschauge, wir wissen, dass ihr in der Höhle versteckt seid. Die Geister selber haben uns den Weg zu euch gezeigt. Ihr seht nun, dass ihr euch nicht vor uns verbergen könnt. Also, Tapferes Herz, verhalte dich wie ein angehender Mann und komm mit deiner Schwester heraus. Sonst müssen wir euch holen." Der Atem stockte den beiden Geschwistern. Ja, die Geister sahen alles. Es schien zwecklos, vor ihnen fliehen zu wollen. Tapferes Herz erinnerte sich, wie mühevoll er ihre Spuren verwischt hatte. Und doch holten sie die Verfolger innerhalb einer verhältnismäßig kurzen Zeit ein. Da kam ihm die Lösung des Rätsels in den Sinn: Er vergaß nach dem Sturz seiner Schwester, ihre Spuren zu verwischen. Nun konnten die Männer natürlich bequem seinen Fußstapfen folgen und sie darum so schnell erreichen. Schwarze Wolke wollte ihnen nur Angst einjagen.

Die Worte seines Vaters kamen ihm wieder in den Sinn: „Der kurze Weg ist der kürzeste Weg in den Tod." Sie sollten es nur wagen, sie zu holen! „Kommt nur runter zu uns! Freiwillig ergeben wir uns nicht. Auf jeden, der am Eingang erscheint, schieße ich meinen Pfeil."

Es war eine Verzweiflungstat, aber er wollte sich wehren bis zum letzten Atemzug. „Vater, du hättest es genauso gemacht", flüsterte er vor sich hin.

Der Kundschafter hörte den Antwortschrei des Rotkehlchens und gab den anderen ein Zeichen. „So manche könnten sie mit diesem Vogelschrei täuschen, aber nicht mich. Die Kinder sind in der Höhle, und sie haben den fallenden Stein gehört. Offensichtlich warnen sie einander."

Stolz sah er in die Runde. Die anderen machten ehrfurchtsvolle Gesichter; auch er würde einen Teil des Ruhmes ernten. Schwarze Wolke knurrte: „Wir werden versuchen, sie einzuschüchtern. Vielleicht geben sie von alleine auf. Sie haben gar keine andere Wahl."

So kam es zu der eindrucksvollen Rede, die Tapferes Herz aber durchschaute. Als sie die Antwort des Jungen hörten, empörten sich alle Männer. So etwas war noch nie dagewesen: Ein Junge aus ihrem Stamm, noch keine 16 Winter alt, bedrohte sie!

Schwarze Wolke richtete sich in seiner ganzen Würde auf. Das durfte nicht durchgelassen werden! Diese ganze Familie war eine rebellische Brut. Gut, wenn es sie bald nicht mehr gäbe!

„Erst bietet uns Großer Bär die Stirn, und nun macht sein Sohn dasselbe. Das ist eine weitere Beleidigung der Geister und muss gerächt werden", sagte er unheilvoll. „Höckriger Wolf, willst du als erster hinuntersteigen?" Darauf wartete der Angeredete nur. Und ob er wollte! Diese Kinder meinten wohl, gegen ihre erfahrenen Krieger ankommen zu können. Das war ja lächerlich! Er allein wollte sie überwinden!

Er sah sich den Abstieg an. Das konnte ganz schön gefährlich werden. Es gab keinen Weg, nur loses Geröll. Wie waren die Kinder nur hier heruntergekommen? Es musste doch einen besseren Weg zur Höhle geben. Er überlegte, ob Großer Bär etwas davon gesagt hatte, doch es fiel ihm so schnell nichts ein. „Hast du das Herz eines Weibes bekommen, dass du dich plötzlich nicht mehr vorwagst? Sollen wir einen anderen Mann schicken?"

Für diese Rede erntete der Medizinmann einen bitterbösen Blick von Höckriger Wolf. „Auch ein Mann darf nachdenken, bevor er etwas tut. Oder weiß das mein Bruder Schwarze Wolke nicht?", entgegnete er scharf.

Der Medizinmann machte einen Schritt auf ihn zu, als wolle er sich auf ihn stürzen. Dann besann er sich eines Besseren und sagte einlenkend: „Wir sind Brüder und Männer, die eine verantwortungsvolle Aufgabe haben. Lass uns nicht streiten. Also geh jetzt, mein Bruder Höckriger Wolf." Da begann Höckriger Wolf den gefährlichen Abstieg. Vorsichtig machte er einen Schritt nach dem anderen. Wenn er sich an einem der vorstehenden Felsbrocken festhalten wollte, brach dieser ab. Das warnte ihn, noch vorsichtiger zu sein. Einen Moment fiel ihm ein, dass sie die Spuren der Kinder am Felsen nicht mehr weiter verfolgt hatten. Wie dumm von ihnen! Sicher wusste Tapferes Herz von seinem Vater einen besseren Zugang zu der Höhle. Eine Sekunde blieb er stehen und dachte daran wieder aufzusteigen und diesen Weg zu suchen. Doch dann fielen ihm die höhnischen Worte von Schwarze Wolke ein, und er kletterte weiter. Es war dem Medizinmann zuzutrauen, dass er einfach einen anderen schickte. Zentimeter für Zentimeter arbeitete er sich vorwärts. Unter ihm fiel der Felsvorsprung steil in die Tiefe. Steine, die sich lösten, polterten in den Abgrund. Er holte sein Messer heraus. Wenn dieser verrückte Bursche auf die Idee käme, ihn hier oben abzuschießen, wäre er ihm wehrlos ausgeliefert. Gerade setzte er seinen Fuß auf einen vorstehenden Stein, um zu versuchen, ob er sein Gewicht tragen würde, da gab dieser nach. Höckriger Wolf verlor einen Moment lang das Gleichgewicht, fing sich aber wieder und griff entsetzt nach einem Felsstück vor ihm. Doch auch das hielt er sofort wieder in der Hand. Er merkte, wie der Boden unter ihm ins Rutschen kam. In panischer Angst versuchte er wieder hochzusteigen, aber es war schon zu spät. Eine ganze Lawine von Steinen löste sich unter seinen Füßen...

Tapferes Herz griff nach seiner verzweifelten Rede nach Kirschauge und zog sie in den Tunnel. Doch Kirschauge wehrte sich. „Willst du gegen alle kämpfen, sogar gegen die Geister? Wir sind verloren! Lass uns aufgeben." – „So spricht nur ein zaghaftes Mädchen", zischte er leise durch die Zähne. Unbeirrt zog er sie weiter, bis er den Eingang gut überblicken, selbst aber nicht gleich gesehen werden konnte. Er wusste, dass sie verloren waren. Er hatte nur sechs Pfeile. Aber er wollte sich wehren und sie damit zum Zorn reizen. Dann würden sie ihn und die Schwester schon hier töten und sie nicht wieder ins Dorf zurückschleppen. Diese große Demütigung wollte er ihnen ersparen. Steine schossen vorbei in den Abgrund. Der erste war also unterwegs. Nun wurde auch Kirschauge ganz still und starrte auf den Eingang. Da – wieder ein paar Steine. Würde es der Mann schaffen, abzusteigen? Es war eine fast unerträgliche Spannung! Tapferes Herz hielt es nicht mehr aus. „Du Gott des Himmels und der Erde, wenn es dich gibt, dann rette uns jetzt", flüsterte er vor sich hin. Kirschauge tastete nach seinem Arm. Sie drückte ihn fest, um ihm zu zeigen, dass sie doch zu ihm hielt. Plötzlich spürte Tapferes Herz wieder diese seltsame Hoffnung in sich aufsteigen. Da flogen mehr Steine vorbei. Der Steinhagel wurde immer dichter und verdunkelte sogar den Eingang. Sie hörten einen Schrei, der ganz unvermittelt abriss. Der Eingang der Höhle wurde völlig mit Steinen zugeschüttet; kein Laut drang mehr in ihr Versteck. Es war stockfinster. Nun waren sie lebendig begraben!

Die Männer, die oben geblieben waren, hatten genau den Vorgang beobachtet, ohne jedoch Höckriger Wolf helfen zu können. Entsetzt mussten sie zuschauen, wie dieser in die Tiefe gerissen wurde. Lange starrten sie schweigend in den Abgrund. Schwarze Wolke ging ein wenig zurück und legte sich auf den Bauch, um nach der Höhle zu schauen. Zufrieden sah er, dass der Eingang von einem hohen Steinwall zugeschüttet war. Die Entscheidung war ihnen abgenommen worden. Er winkte den anderen. „Lasst uns schauen, ob wir Höckriger Wolf noch irgendwie helfen können." Schnell hasteten sie den Abhang hinunter, den sie vorher so geräuschlos bestiegen hatten. Unten war die Steinlawine zu einem riesigen Berg gewachsen. Nichts regte sich mehr. Sie wühlten in dem Geröll. Einer von ihnen fand das Messer von Höckriger Wolf, Ihn selber bekamen sie nicht zu Gesicht. Höckriger Wolf war unter den Steinen begraben. Da rief plötzlich Stumpfes Messer überrascht: „Hier geht die Spur von dem Jungen weiter!" Tatsächlich! Sie führte direkt zum Felsen. Da entdeckten sie auch schon den schmalen Steg, den die Kinder benutzt hatten. „Warum haben wir die Fußstapfen des Jungen nicht weiter verfolgt? Dann würde Höckriger Wolf noch leben. Dieser schmale Weg ist der eigentliche Zugang zur Höhle. Tapferes Herz hat ihn bestimmt von seinem Vater gekannt", meinte Stumpfes Messer.

Alle sahen sich an. Ja, warum waren sie von der Spur abgekommen und den Felsen hochgeklettert? Höckriger Wolf selber hatte das vorgeschlagen, ohne zu ahnen, dass er sich damit selbst in den Tod schicken würde. „Wer geht hoch und schaut nach den Kindern?", fragte Schwarze Wolke. Keiner meldete sich. „Niemand wird mehr sterben. Mit Höckriger Wolf haben sich die Geister auch noch den letzten aus der Familie Großer Bär geholt. Die Kinder sind lebendig begraben. Ich habe es gesehen. Doch ich möchte ganz sicher gehen, dass sie uns nicht mehr entkommen können." Daraufhin meldeten sich zwei Männer freiwillig und machten sich gleich auf den Weg.

Schritt für Schritt näherten sie sich der Höhle. Oben versuchten sie den Eingang frei zu bekommen. Doch das erwies sich als zu gefährlich. Nahmen sie einige Steine weg, sackten gleich viele andere nach, und die Gefahr bestand, dass auch sie in die Tiefe gerissen wurden. Einer von ihnen legte den Mund an die Steine und rief, so laut er konnte, die Namen der Kinder. Doch der Fels gab keine Antwort. Alles blieb so ruhig, als wäre nichts geschehen. Die beiden Cheyenne machten sich wieder an den Abstieg. „Die Geister selbst haben sich die Geschwister geholt. Wir haben unsere Pflicht getan. Keine Schuld wird uns treffen. Lasst uns zurückkehren und unseren Brüdern die traurige Nachricht bringen", so kommentierte der Medizinmann das Geschehen, nachdem die zwei Männer unten berichtet hatten. Still machten sie sich auf den Heimweg.

Pechschwarz und totenstill war es in der Höhle. Tapferes Herz und Kirschauge hörten die Stimme nicht, die ihre Namen gerufen hatte. Kein Laut drang in ihr Gefängnis. Die beiden, nicht fähig, etwas zu sprechen, saßen lange Zeit nach dem Unglück einfach da und ließen ihren Gedanken freien Lauf. Tapferes Herz war tief enttäuscht. Das also sollte die Antwort auf seinen Hilferuf an diesen fremden Gott sein? Damit hatte er nur gezeigt, dass er ebenso böswillig und rachgierig war wie ihre Geister. Auch diese Hoffnung zerschellte also.

Ob sie wohl die Eltern wiedersehen würden? Dann könnte er noch Gefallen am Tod finden. Er wusste nicht, dass die Gedanken von Kirschauge auch in diese Richtung gingen. Sie sehnte sich nach Vater und Mutter, und der Tod war ihr nur willkommen. Sicher würden sie dann die Eltern wiedertreffen, und sie konnten glücklich miteinander leben. Es war zwar kein schöner Tod, den sie erleben mussten, doch da keine andere Wahl blieb, wollten sie es tapfer ertragen.

Die kleine, schweigsame Truppe erreichte das Lager. Regungslos standen neugierige Kinder und wartende Frauen Spalier. Die Männer folgten sofort der Gruppe, um das Neueste zu erfahren. Grauer Adler trat ihnen entgegen. Jeder sah, dass sie ohne die Kinder kamen. Vor allem aber fehlte auch Höckriger Wolf, und er erwartete eine Erklärung. Grauer Adler stand schweigend da. Tiefe Furchen hatten die schrecklichen Ereignisse der letzten

Zeit in seinem Gesicht hinterlassen. Seine ruhige, gütige Art wurde in bitteren Selbstvorwürfen erstickt. Was für eine furchtbare Nachricht würde nun sein Volk wieder treffen?

Schwarze Wolke trat hervor und berichtete in die angespannte Stille hinein. Unbeweglich, das Gesicht wie gemeißelt, hörte Grauer Adler zu. Wieder mussten drei Menschen von ihrem Stamm ihr Leben lassen. Wortlos ging er am Ende des Berichtes zu seinem Tipi, holte den langen Federkopfschmuck, der seine Häuptlingswürde darstellte, und legte sie vor dem ganzen Stamm nieder. Dann drehte er sich einfach um und verschwand in seinem Tipi. Er wollte nicht mehr ihr Häuptling sein. Mit versteinerter Miene hatte Wachsamer Fuchs die schlimmen Nachrichten vernommen, und er stimmte einen monotonen Klagegesang an, um seinem schweren Herzen etwas Luft zu machen. Nie mehr würde er lachen können!

Als Tapferes Herz den ersten Schreck überwunden hatte, überlegte er fieberhaft. Erst wollte er noch ein wenig warten. Die Männer ihres Stammes mussten sicher den Heimweg angetreten haben. Vielleicht versuchten sie es noch ein zweites Mal, sie einzuholen. Aber nein, der Eingang war völlig zugeschüttet. Bestimmt waren sie mit dem Ergebnis zufrieden. Kalter Zorn auf alle stieg in ihm auf. Er gab so schnell nicht auf! Er versuchte schließlich, die Steine abzutragen. Doch wenn er einen fortnahm, fielen mehrere andere nach.

Kirschauge rief zu Tode erschrocken: „Lass es sein, Tapferes Herz, sonst werden wir noch erschlagen!"

So ging es nicht. Er legte sein Ohr an das Geröll, um irgendeinen Lufthauch zu spüren. Aber es kam nichts. Da nahm er einen Anlauf und rammte mit den Schultern den Steinhaufen. Doch er kam sich vor wie eine Ameise, die versuchte, einen Felsbrocken wegzurollen. Kurz entschlossen ging er zu Kirschauge. „Wir durchforschen einmal die Höhle. Vielleicht gibt es ja einen anderen

Ausgang." – „Das ist doch sinnlos. Außerdem schmerzt mein Fuß bei jeder Bewegung." „Ich werde dich tragen", beharrte Tapferes Herz auf seinem Plan.

Er hockte sich hin und zog Kirschauge auf seinen Rücken. Sie ließ es seufzend über sich ergehen. Dann kroch er auf allen vieren, seine Schwester auf dem Rücken, den Tunnel entlang.

Die völlige Finsternis war zum Verzweifeln. Der Schlauch nahm kein Ende. Immer wieder tastete Tapferes Herz die Wände ab, doch scheinbar gab es keinen zweiten Gang. Nach einiger Zeit hatte er sich die Knie blutig gerieben. Der Rücken schmerzte unerträglich, und brennender Durst quälte ihn. Er blieb stehen und ließ Kirschauge von seinem Rücken rutschen. Endlich konnte er eine andere Stellung einnehmen, und ein Seufzer der Erleichterung kam von seinen Lippen, der gespenstisch von den Wänden widerhallte. „Wollen wir etwas essen?", fragte er schwach. „Mir ist der Hunger vergangen", antwortete Kirschauge düster.

Das sollte ihm auch recht sein. Er wollte lieber weiter. Irgendwo musste der Schacht zu Ende sein oder einen anderen Ausgang haben. Bevor sie das nicht genau wussten, wollte er nicht aufgeben! Als er weiterkroch, biss er sich auf die Lippen. Seine aufgerissenen Knie brannten wie Feuer. Plötzlich ertasteten seine Hände wieder eine Kurve. Die Höhle wurde höher, und bald konnte er aufrecht gehen. Da – der Tunnel war zu Ende. Er stand vor einer Wand. Konnte das denn wirklich sein? Verzweifelt fuhren seine Hände über die feuchten, kalten Wände. Ein Durchgang! Er fühlte einen schmalen Durchlass. Würden sie sich durchzwängen können? Zuerst schob er Kirschauge vor. Sie jammerte vor Schmerzen, aber sie schaffte es. Nun kam er an die Reihe. Er schnallte die Bündel ab und reichte sie der Schwester. Das Herz schlug ihm bis zum Hals. Er hatte plötzlich das Gefühl, der Rettung nahe zu sein. Dann presste auch er sich mit viel Mühe durch die Öffnung. Doch nichts als wieder nur tiefe Dunkelheit empfing ihn, und eiskalt legte sich die Angst auf sein Herz. Waren sie wirklich lebendig begraben? Doch es drängte ihn weiter. Nachdem sie wieder einige Zeit unterwegs waren, meinte er mit einem Mal einen kleinen, hellen Punkt zu erkennen. Ruckartig blieb er stehen. Bestimmt täuschte er sich. Da hob Kirschauge den Kopf und sagte ungläubig: „Ich spüre Luft, und dort sieht es so aus, als wenn es hell würde."

Nun wusste Tapferes Herz, dass er sich nicht irrte. Neue Hoffnung stieg in ihm auf. Jetzt rannte er, mit der schweren Last auf seinem Rücken, dem Licht entgegen. Tatsächlich, ein zweiter Ausgang! Vor ihnen tat sich ein wunderbarer Ausblick auf: Ein blassroter Himmel über dem Dunkelgrün eines dichten Waldes, im Hintergrund wellige, rosa angehauchte Hügel. Unter ihren Füßen schäumte ein klarer Wildbach.

11. KAPITEL
Reise zu dem fernen Gott

Andächtig sahen die Geschwister auf das wunderbare Bild. Die Natur zeigte sich ihnen in ihrer ganzen verschwenderischen Schönheit. In die Stille hinein schickte Tapferes Herz ein paar schlichte Worte an ein Gegenüber, das er nur erahnte: „Du Gott des Himmels und der Erde, der du alles so herrlich gemacht hast, höre auf die Rede von Tapferes Herz. Du hast uns gerettet, und wir waren nicht weise genug, um deine Pläne zu verstehen. Vergib mir meine Gedanken des Unverstandes. Nun führe uns auch weiter. Wir wollen nie mehr an dir zweifeln. Zeige uns, wo wir dich finden können und wie wir dir dienen können." Kirschauge nickte heftig zu diesem Redefluss ihres Bruders, damit der fremde, wohlmeinende Gott auch sehen konnte, dass sie mit seinen Worten voll und ganz einverstanden war. So gerne sie ihre Eltern auch wieder gesehen hätte, so sehr atmete sie nun begeistert die klare, reine Luft ein. Das Leben war schön, und der quälende Durst würde auch bald gestillt sein. Tapferes Herz musste der Freude in seinem Inneren einfach Luft machen. Er zog Kirschauge hoch und drückte sie glücklich an sich. Doch er erntete nur einen empörten Schmerzensschrei, denn er hatte für einen Moment ihre Fußverletzung vergessen. „Ich geh hinunter und hole Wasser. Vielleicht finde ich auch etwas Essbares." Er nahm das von der Mutter gewebte Band, das er zum Tragen der Bündel benutzt hatte, um für Kirschauge einen feuchten Umschlag daraus zu machen. Dann zog er aus ihrem Gepäck die kleine Büffelhornschüssel der Mutter. Gutgelaunt winkte er seiner Schwester zu und machte sich an den Abstieg. Kirschauge konnte ihn die ganze Zeit beobachten, und darüber freute sie sich richtig. Sie fühlte sich nun nicht mehr so elend. Langsam versuchte sie die

Sachen aus ihren Bündeln auszupacken. Gerne würde sie ihr Lager ein wenig häuslich einrichten, aber sie kam nur kriechend vorwärts. Bestimmt dauerte es einige Tage, bis sie wieder richtig laufen konnte. Sie schaute hinaus. Tapferes Herz erreichte gerade den Wildbach. Er tauchte in den angrenzenden Büschen unter. Dann nahm er ein Bad. Sie sah, wie er übermütig mit dem Wasser spritzte. Wie gerne wäre sie jetzt auch in dem erfrischenden Bach!

Tapferes Herz tauchte und kam prustend an die Oberfläche. Er trank und trank. Konnte das Leben ihm je etwas Besseres bieten als dieses eiskalte Bad nach dem furchtbaren Erlebnis und diesen wunderbaren Geschmack des reinen Wassers nach Stunden quälenden Durstes? Doch dann fiel ihm die Schwester ein, die immer noch durstig war. Schnell verließ er das Wasser und zog sich wieder an. Jetzt erst bemerkte er, dass es Forellen im Bach gab. Das Wasser lief ihm im Mund zusammen. Ruhig spannte er seinen Bogen, ein Pfeil surrte ab, und ein Fisch gab die letz-

ten Zuckungen von sich. Stolz watete Tapferes Herz durch das Wasser. Mit Pfeil und Bogen Fische fangen konnten nur die besten Bogenschützen ihres Stammes. Sein Vater hatte nicht geruht, bis auch er diese Kunst erlernt hatte. Die Forelle, die er erwischte, war sehr groß. Sie würde für beide ein köstliches Abendbrot geben. Jetzt füllte er noch die Schüssel mit Wasser, machte das Band nass und sah auf. Er konnte Kirschauge oben sitzen sehen und winkte ihr zu. Sie winkte aufgeregt zurück und gab ihm ein Zeichen, nach oben zu kommen. Unruhig stieg er hoch, vorsichtig die Schüssel balancierend, damit kein Tropfen für seine Schwester verlorenging. Der Himmel hatte inzwischen ein phantastisches Dunkelviolett angenommen. Bald würde die Dunkelheit kommen. Er beeilte sich. Warum winkte Kirschauge wohl so aufgeregt? Oben angekommen, nahm seine Schwester zuerst gierig die Schüssel entgegen, und mit kleinen Schlucken trank sie das kalte Wasser. Er wartete geduldig, bis sie ausgetrunken hatte. „Was war los? Was wolltest du mir sagen?" Wortlos zeigte ihre Hand zu den Hügeln. Weißer Rauch zeichnete mehrere Spuren in den brombeerfarbenen Himmel. „Lagerfeuer!", entfuhr es ihm. „Dort ist ein anderer Stamm." Er nahm den Fisch und warf ihn bedauernd weg. „Wir können kein Feuer machen. Das wäre viel zu gefährlich. Sie würden es gleich sehen und nachschauen, wer hier lagert. Also essen wir Pemmikan." Hätte er sich doch bloß nach Beeren umgeschaut! Das würde er aber gleich morgen nachholen. Die übermütige Stimmung war nun gedämpft, aber die zwei blieben zuversichtlich. Tapferes Herz machte seiner Schwester einen Verband. Das kühlte herrlich! „Wann werden wir weiterkönnen?", fragte sie ihn. Seine Gedanken waren bei dem Lagerfeuer, und er dachte, so schnell wie möglich von hier fortzugehen. Doch er beruhigte sie: „Wir werden sehen. Sobald dein Fuß nicht mehr schmerzt, können wir weiterziehen. Bis dahin sind wir hier in der Höhle am sichersten." Sie würgten das fettige Abendbrot hinunter. Es würde sie kräftigen, das war wichtig. Tapferes Herz fertigte ein bequemes Nachtlager aus Laub und Moos, und schon nach ganz kurzer Zeit schliefen sie beide ein.

Das erste Dämmerlicht weckte Tapferes Herz. Er steckte vorsichtig den Kopf nach draußen. Noch war die Sonne nicht über dem fernen Horizont aufgestiegen. Doch das Licht, das ihr vorauseilte, erfüllte schon Himmel und Erde. Tapferes Herz saß da, die Beine verschränkt, und ein tiefer Friede zog in sein Herz ein. Seit dem Tod der Eltern hatte er sich nicht mehr so geborgen gefühlt. Es war ihm, als wollte dieser fremde Gott die Vaterstelle für sie übernehmen. Nun färbte die aufgehende Sonne den Himmel, und die im Dunst liegenden Hügel erglühten in zartem Rosa. Im Nu verwandelte sich die liebliche Landschaft in ein flammendes Feuermeer. Die Sonne war wieder neu da und wurde von dem Jubelchor unzähliger Vögel begrüßt. Nie hätte er gedacht, dieses herrliche Schauspiel noch einmal so voll Freude zu erleben. In dem Moment begannen sich auch schon so manche Wunden zu schließen. Er musste an seinen Onkel Wachsamer Fuchs denken, der sie nun schon zu den Toten zählte. Hatte er ein trauerndes oder ein erleichtertes Herz? Ganz egal, der Gott des Himmels und der Erde sollte ihn dafür segnen, dass er sie so oft getröstet hatte. Seine Freunde, die ihn so schnell und so schmählich verlassen hatten, hinterließen am ehesten noch bittere Gefühle. Er hätte sich gerne vor ihnen gerechtfertigt. Doch er würde sie sicher nie wiedersehen, und das machte seine Wünsche irgendwie unwichtig.

Der Frieden in seinem Herzen vertiefte sich. Doch dann schweiften seine Gedanken in die Zukunft, und die friedliche Ruhe wich der Unrast. Sie waren im Gebiet eines anderen Indianerstammes. Das konnte für sie gefährlich werden. Die Höhle bot einen umfassenden Ausblick, und sie konnten Herannahende schnell erkennen. Doch ein geübtes Auge bemerkte auch ebenso schnell ihre Anwesenheit, und sie präsentierten sich hier oben allzusehr den Späherblicken fremder Indianer. Von nun an mussten sie besonders vorsichtig sein. Es tat ihm Leid, dass auf ihre ungetrübte Freude, die sie nach der Entdeckung des Ausgangs empfunden hatten, gleich ein dunkler Schatten gefallen war. Da sah er wieder den unheilvollen, krausen Rauch aufsteigen. Auch drüben erwachte man. Die roten Brüder hinter den Hügeln fühlten sich sicher genug um ein Feuer anzufachen. Ein wenig beneidete er sie darum.

Kirschauge regte sich, und bald kroch sie zu ihm. „Ich gehe was Essbares suchen, damit wir uns nicht nur von Pemmikan ernähren müssen. Diesen Vorrat brauchen wir vielleicht noch einmal dringender." Bei diesen Worten verdüsterte sich sein Gesicht. Schon fielen ein paar welke Blätter von den Bäumen. Noch ein oder zwei Neumonde, und der Winter würde einziehen. Bis dahin brauchten sie ein festes Quartier. Doch wo sollte das sein? Kirschauge schien seine Gedanken zu lesen. Sie legte ihre Hand auf seinen Arm und sagte: „Wir wollen uns nicht jetzt schon darum sorgen, was noch in weiter Ferne liegt. Geh und hol etwas zu essen." Sie hatte ja Recht. Er gehorchte ihr sofort. „Lass dich nicht zu weit am Eingang sehen. Bleibe möglichst im Schatten, meine Schwester, damit dich nicht das Falkenauge eines anderen sieht. Spätestens wenn die Sonne am Höchsten steht, bin ich wieder da. Sollte ich aus irgendeinem Grund nicht wiederkommen, warte, bis dein Fuß wieder gesund ist. Dann geh zu diesem Stamm dort drüben. Mit einem einsamen Mädchen werden sie Mitleid haben und es aufnehmen." Sie nickte. Er dachte an alles! Kirschauge setzte sich hin und wartete. Doch Tapferes Herz kam bald zurück mit reicher Beute und frischem Wasser. Sonnenblumenkerne, Hagebutten, Hickorynüsse und etwas Wasserkresse lagen vor ihr. Ein fürstliches Essen! „Morgen sammle ich Erdbeeren. Ich habe eine gute Stelle gefunden."

Die Nüsse und die Hagebutten aßen sie zuerst. Danach kauten sie ein bisschen Wasserkresse, und zuletzt machten sie sich über die Sonnenblumenkerne her. Die zwei veranstalteten daraus ein Wettspiel, das sie früher oft mit den Freunden gespielt hatten: Die Sonnenblumenkerne wurden ganz in den Mund gesteckt und dort erst von der Schale befreit. Dann spuckte man in hohem Bogen die Schale aus. Bewertet wurden Schnelligkeit und Weite. Die gefährliche Situation war vergessen, und die Geschwister trieben sich gegenseitig lachend zu Höchstleistungen an. Am Nachmittag wurde es drückend schwül. Kirschauge versuchte Tapferes Herz zu überreden, sie an den Bach zum Baden zu tragen. Doch ihr Bruder blieb hart. Das war viel zu riskant. Kirschauge, die sich schon auf ein kühles Bad gefreut hatte, entgegnete ziemlich heftig: „Ich kann nicht einsehen, was daran so gefährlich sein soll. Du gehst ja auch jeden Tag nach unten." Fast hätten sie gestritten. Doch alle Argumente des Mädchens nützten nichts. Tapferes Herz ließ sich nicht erweichen. Kirschauge zog sich schmollend zurück. Seine Schwester hatte Recht, das wusste Tapferes Herz schon. Natürlich war es genauso gefahrvoll, wenn er den Abstieg wagte, doch er wollte sie nicht auch noch gefährden. Besorgt beobachtete Tapferes Herz den Himmel. Dunkle Wolken ballten sich am Horizont zusammen.

In der folgenden Nacht wurden sie von einem Sturmwind geweckt, der die schweren Regentropfen bis in ihre Höhle blies. Die beiden krochen tiefer in die Höhle und schliefen wieder ein. Draußen tobte sich die Natur aus. Am Morgen verdeckten ihnen dichte Regenwände die Sicht. Die Temperatur war merklich abgekühlt, und so fröstelten sie. Der dichte Regen verbarg sie völlig vor den Augen fremder Indianer. Tapferes Herz zog seine Schwester nach draußen, und begeistert streckte sie ihr Gesicht den prasselnden Tropfen entgegen. Der Junge ging trotz des unangenehmen Regens unbekümmert zum Beerensammeln, denn nun fühlte er sich sicher. Was machte es aus, wenn er bis auf die Haut nass wurde? Tapferes Herz und Kirschauge verbrachten die meiste Zeit draußen, glücklich über die unverhoffte Freiheit.

Am nächsten Morgen regnete es mit unverminderter Heftigkeit weiter. Die Sonne war nicht mehr zu sehen, und es wurde unangenehm kühl. Gegen Mittag verschlimmerte sich das Unwetter. Die Schleusen des Himmels öffneten sich, um Unmengen von Wasser auf die Erde zu gießen. Dann ertönte im Hintergrund ein Grollen. Ein Gewitter war im Anmarsch. „Jetzt kannst du baden gehen, wenn dir danach zumute ist", meinte Tapferes Herz lächelnd. Zu seiner großen Verwunderung stimmte Kirschauge begeistert zu. Kein Indianer würde sich bei diesem Gewitter aus dem Tipi wagen. Denn nun tobten die Geister des Donners und des Blitzes – gefürchtete Geister, denen man besser nicht begegnete. Tapferes Herz lud seine Schwester auf den Rücken und trug sie zum Bach. Er konnte sich nicht genug darüber wundern, dass sie beide keine Angst mehr vor den Angst erregenden Geistern hatten. Wenn er sich daran erinnerte, wie Kirschauge früher bei einem Gewitter zitternd seine Nähe suchte, freute er sich über ihre jetzige Furchtlosigkeit. Der Bach war um einiges angeschwollen. Kirschauge tauchte und spritzte munter wie ein Fisch im Wasser herum. Man konnte nicht erkennen, was sie mehr durchnässte, der Regen oder der Bach.

Tapferes Herz ging gleich wieder auf die Suche nach etwas Essbarem. Er bedauerte es sehr, dass es ihnen immer noch nicht möglich war, ein Feuer zu machen. Draußen war es natürlich zu nass, und drinnen gab es keinen Rauchabzug. Ein Feuer würde ihnen nur die Höhle verräuchern. So mussten sie sich mit dem begnügen, was man roh essen konnte. Aber deshalb war ihr Speiseplan noch lange nicht eintönig. Tapferes Herz bemühte sich sehr um Abwechslung. Als er genug eingesammelt hatte, schien das Gewitter direkt über ihnen zu sein. Die Blitze sausten herab in fast ununterbrochener Folge, und ein ohrenbetäubender Donner folgte dem anderen.

Schnell machte er sich auf den Rückweg. Aber was war mit seiner Schwester los? Völlig verstört saß Kirschauge am Bach und wartete auf ihn. Er hatte sich getäuscht; die Furcht war noch nicht ganz vergessen. Es würde noch eine Weile dauern bis alle Angst vor den Geistern völlig überwunden sein würde.

Der nächste Tag brachte kein besseres Wetter, und nun trugen sie schon seit drei Tagen ihre feuchten Sachen auf dem Körper. Am Nachmittag begann Kirschauge zu husten. Für jeden anderen wäre das bei diesem Wetter nichts Besonderes gewesen, doch Tapferes Herz fuhr herum, als sie zum ersten Mal hustete, und sah sie entsetzt an. Kirschauge saß ganz schuldbewusst da. Nun machte sie ihrem Bruder auch noch diese Sorgen! Sie wusste, dass er an die Mutter dachte. Angestrengt bemühte sie sich nun, jeden Hustenanfall zu unterdrücken, aber es gelang ihr nur selten.

Der Indianerjunge überlegte fieberhaft. Er musste sie aus diesem nassen Klima herausbringen: Zumindest brauchten sie einen Ort, an dem sie unbesorgt ein Feuer machen konnten. Kirschauge benötigte dringend Wärme. Als er ihr seinen Plan mitteilte, versuchte sie ihn zu beruhigen. Ihr Fuß schmerzte immer noch zu sehr, um weiterzuwandern. Doch in seiner hartnäckigen Art, die sie immer an den Vater erinnerte, suchte er nach einem Ausweg. Plötzlich hellte sich sein Gesicht auf. Ohne ihr sein Vorhaben mitzuteilen, machte er alles für eine Abreise am nächsten Morgen bereit. Tapferes Herz packte ihre Sachen zusammen. Kirschauge half ihm, so gut sie konnte. Sie würde früh genug erfahren, was er im Sinn hatte. Sie vertraute ihrem Bruder fast grenzenlos, und er enttäuschte sie selten.

Tapferes Herz schleppte Kirschauge zum Bach hinunter, der nun zu einem respektablen Fluss angewachsen war. Dort setzte er sie ab und verschwand sofort. Immer wieder erschien er mit armdicken Ästen, die er zusammenlegte. Dann band er die Äste mit den Webbändern der Mutter aneinander. Diese Bänder hatten nun schon einige gute Dienste getan. Plötzlich begriff Kirschauge entsetzt:

Er wollte auf diesem wild gewordenen Bach mit einem Floß fahren. Jetzt wusste sie, warum er ihr sein Vorhaben verschwiegen hatte! Tapferes Herz lächelte gerade zu ihr herüber. Sie schluckte ihre Gegenargumente hinunter. Er würde doch nicht auf sie hören. Aber das war auch egal. Sie waren sowieso verloren.

Ihr Bruder trug das Floß zum Ufer, packte ihre Sachen darauf und winkte ihr. Sie musste selbst kommen; er durfte das Floß jetzt nicht mehr loslassen. Sie stand auf und versuchte den Fuß aufzusetzen. Es ging schon wesentlich besser als gestern, bereitete ihr aber immer noch unangenehme Schmerzen. So humpelte sie zum Floß und setzte sich mit Todesverachtung auf das wacklige Gefährt. Ihr Bruder drückte ihr beide Bündel in die Hand und sprang selbst auf. Mit einem Ast, der ihn um einiges überragte, versuchte er das Floß in die richtige Lage zu bringen. Erst drehte es sich nur im Kreis, so dass Kirschauge die Orientierung ganz verlor. Doch dann bekam Tapferes Herz ihr Gefährt in den Griff, und nun schoss es auf dem Wasser davon. Kirschauge klammerte sich mit einer Hand verzweifelt an einem der Äste fest, mit der anderen hielt sie die Bündel an ihre Brust gedrückt. An seinem Ast erkannte Tapferes Herz, wie tief der Fluss oft wurde. Er fragte sich, wie sie das Floß jemals wieder zum Stillstand würden bringen können. Die Fahrt im Stehen auf den immer glitschiger werdenden Ästen wurde langsam zu gefährlich. Tapferes Herz ließ sein Ruder fallen, damit auch er sich setzen konnte. Er musste es dem Zufall überlassen, wo es sie hintrug. Jedenfalls hatten sie nun sicher das gefährliche Indianergebiet hinter sich. Der Regen wurde spärlicher. Es stellte sich als richtig heraus, dass er auf eine Weiterfahrt gedrängt hatte. Besorgt hörte der Junge Kirschauge immer wieder husten. Er versuchte sich damit zu beruhigen, dass sie sich nur ein wenig erkältet habe. Sein Herz schlug aber bei jedem Hustenanfall Alarm. Er kroch zu ihr hin und wollte ihr gerade die Bündel aus der Hand nehmen, damit sie sich besser festhalten konnte, da machte der Bach eine Biegung, und vor ihnen tauchte plötzlich ein Damm aus wild durcheinanderliegenden Baumstämmen auf. Mit einem heftigen Ruck kam das Floß zum Stehen. Nur mit Mühe gelang es ihnen, nicht abgeworfen zu werden. Eines der Bündel verlor das Mädchen aus den Händen und es wollte im Wasser verschwinden. Tapferes Herz konnte es gerade noch retten.

Jetzt war es also entschieden: Hier mussten sie bleiben. Sie brachten das Floß ans Ufer, und Tapferes Herz sah sich um.

Vor ihnen lag das durch die heiße Sommersonne gelblich gefärbte Büffelgras. Im Hintergrund sah er ein „Geistergebirge", wie es die Indianer nannten, das in weitem Bogen fast bis zu ihrem Bach führte. (Geistergebirge gab es überall in ihrem Land. Das waren tote Berge, deren Boden jedes tierische und pflanzliche Leben abwies. Die Indianer glaubten, dass sich in diesen menschenunfreundlichen Gebieten die Geister sicher wohl fühlten. So kamen diese Landstriche zu ihrem Namen.) Tapferes Herz betrachtete die schroffen, kahlen Felsspitzen, die wie drohende Finger in den Himmel ragten; die Legenden der Indianer erschienen ihm glaubwürdiger denn je. Der Platz wäre für sie ein guter Zufluchtsort, auch wenn der trostlose Eindruck dieses Gebietes ihn fast niederdrückte. Jedenfalls würde kein Indianer ohne besonderen Grund seinen Fuß in diese öden Berge setzen. So waren sie dort vor Menschen sicher. Nur die wilden Tiere konnten ihnen noch gefährlich werden. Seit Tagen sahen sie auch zum ersten Mal die Sonne wieder, und ihre Wärme drang durch bis in ihre Herzen.

Tapferes Herz band das Floß, das ihnen so gute Dienste geleistet hatte, wieder auseinander. Als er die Äste ins Wasser warf, sah er, dass dort viele Forellen schwammen. Diesmal erlegte er gleich einige, damit sie sich wieder einmal an einer guten, warmen Mahlzeit richtig satt essen konnten und auch für später noch etwas Vorrat hatten.

Sie entfachten am Ufer ein prasselndes Feuer. Ihre nassen Sachen begannen endlich zu trocknen. Sie aßen den köstlichen Fisch, bis sie nicht mehr konnten. Aber ganz zufrieden war Tapferes Herz trotzdem nicht, denn Kirschauge hustete fast ununterbrochen. Es fiel wie ein düsterer Schatten auf seine wohlige Stimmung. Dann hatte er es plötzlich eilig. Bis zur Dunkelheit wollte er in den Bergen sein. Dort würden sie die ganze Nacht ein Feuer brennen lassen können, und niemand würde sie stören. Er teilte Kirschauge seine Pläne mit, und sie sah ihn entsetzt an. Er wollte in das Geistergebirge! Sie setzte ein entschlossenes Gesicht auf: „Ich bin mit dir in die Höhle gegangen, obwohl ich schreckliche Angst hatte; dann habe ich diese furchtbare Fahrt mitgemacht. Aber in die Berge, in denen die Geister hausen, bekommst du mich nicht!" Tapferes Herz redete auf sie ein. Er teilte ihr alle seine Argumente mit, doch sie blieb hart. Lieber wollte sie hier sterben als eine Nacht mit den Geistern verbringen. Der Junge setzte sich hin und überlegte, welche Möglichkeiten sie sonst hätten. Es gab keinen Wald oder irgendwo andere Berge. Durch die offene Prärie konnten sie nicht ziehen, denn sie würden meilenweit gesehen werden. Es blieb also keine andere Wahl.

Die Zeit lief ihnen davon. Da begann Tapferes Herz ruhig und wortlos zusammenzupacken. Störrisch sah ihm Kirschauge zu. Zum ersten Mal in ihrem Leben war sie wirklich wütend auf ihren Bruder. Was wollte er ihr noch alles zumuten? Tapferes Herz schulterte die beiden Bündel auf und ging in Richtung Geistergebirge, ohne noch einmal mit seiner Schwester zu sprechen. Er kannte Kirschauge. Sie würde sich jetzt nicht mehr freiwillig umstimmen lassen. Kirschauge sah ihm aus den Augenwinkeln nach. Ohne sie ging er bestimmt nicht. Er bluffte nur. Doch seine Gestalt wurde kleiner und kleiner. Er konnte sie doch unmöglich alleine hier sitzen lassen! Nein, er wusste, sie würde ihm folgen; darum ging er einfach los. In hilfloser Wut schrie sie seinen

Namen und humpelte langsam hinterher. Erleichtert blieb Tapferes Herz stehen. Endlich gab ihr Dickkopf nach! Bei ihm angekommen, nahm er sie wieder wortlos auf den Rücken und beschleunigte das Tempo. Sie mussten noch vor Einbruch der Dunkelheit einen Lagerplatz finden. Unter freiem Himmel wollte er in dieser Gegend, in der es vor Schlangen wimmelte, nicht gerade übernachten. Es dämmerte schon, als Tapferes Herz erleichtert aufatmete. Er hatte eine Höhle gesichtet. Sie hatten wieder einmal Glück!

Er entfachte sofort ein Feuer, um Tiere fernzuhalten. Dann nahm er vorsichtshalber einen brennenden Scheit aus dem Feuer und durchleuchtete die Höhle, bevor seine Schwester sie betrat. Da schnellte plötzlich etwas heraus, und Kirschauge stieß einen Schrei aus. Am ganzen Körper zitternd stand sie da. Ein aufgescheuchter Skorpion war an ihr vorbei geflohen und suchte seine Zuflucht woanders. Ein böser Blick traf Tapferes Herz, der ausdrückte: Siehst du, ich wollte ja nicht hierher! Der Junge sah den Vorwurf in ihren Augen, und es traf ihn hart. Bisher waren sie immer einig gewesen. Dadurch war das schwere Los, das sie getroffen hatte, etwas einfacher geworden. Stritten sie nun miteinander, wäre ihr Schicksal nicht mehr zu ertragen. Wieder bereiteten sie einen Fisch zu, der ebenfalls sehr gut schmeckte. Morgen wollte er sich nach Kaninchen umschauen, die in dieser Gegend bestimmt noch anzutreffen waren. Wenn sie weiter in die Einöde eindringen würden, gäbe es sicher kein Fleisch mehr, denn dort existierten nur noch Schlangen und Skorpione. Tapferes Herz hatte früher von Indianerstämmen gehört, die Schlangen aßen und sich sogar von Ratten und Mäusen ernährten, doch ihn schüttelte es bei diesem Gedanken.

Es wurde ein schweigsames Abendessen. Widerwillig kroch Kirschauge in die Höhle. Sie konnte lange nicht einschlafen. Auch Tapferes Herz fiel nur mit Mühe in einen unruhigen Schlaf. Doch schon bald wurde er wieder geweckt. Kirschauge hustete heftig. Dann schrie sie laut auf. Ein Traum quälte sie. Furchtbare Fratzen verfolgten sie, und Kirschauge erwachte schweißgebadet. Dann bekam sie Schüttelfrost, und Tapferes Herz deckte sie mit allem ihm zur Verfügung Stehenden zu. Es wurde eine schlechte Nacht, und der Junge kam am Morgen kaum hoch. Kirschauge fieberte, und Tapferes Herz war verzweifelt. Sollte sie der Schatten der Geister doch noch einholen, wo sie all diesen Gefahren nun mühsam entronnen waren? Kirschauge sank immer wieder in leichten Schlaf, und so ging Tapferes Herz fort, um etwas Essbares zu suchen. Bald würden sie Flüssigkeit nur noch aus einer bestimmten Kaktusart bekommen, die viel Wasser in sich speicherte. Er ging zurück in Richtung Bach. Dort konnte er am ehesten Tiere antreffen.

Das verzerrte Gesicht von Höckriger Wolf näherte sich Kirschauge. Er kam dicht auf sie zu. „Dieses Gebiet gehört uns!", drohte er mit hohl klingender Stimme. „Flieht, sonst werden wir euch töten!" – „Töten, töten, töten!", klang es in ihren Ohren weiter. Sie schrie entsetzt auf und versuchte hochzukommen. Doch ihr Kopf hämmerte heftig, und sie ließ sich gleich wieder fallen. Ein Hustenanfall nahm ihr auch noch die letzte Kraft, und sie verfiel wieder in einen halbwachen Zustand. Hatte die Krankheit ihrer Mutter sie befallen? Oder holte sie die Rache der Geister ein? Mit Schaudern dachte sie an ihren Traum. Oder war es gar kein Traum gewesen? Laut rief sie nach ihrem Bruder.

Tapferes Herz hörte sie schon von weitem rufen und rannte, so schnell er konnte, zur Höhle. Er fand Kirschauge völlig aufgelöst und verängstigt. Sie erzählte ihm den schrecklichen Traum, und er nahm sie fest in seine Arme und tröstete sie. Er spürte, wie heiß ihr Körper war, und wieder durchfuhr ihn ein eisiger Schreck. Hatte seine Schwester die Hustenkrankheit? Musste auch sie sterben? Ein lähmender Schmerz erfasste ihn, und er lehnte sich gegen die warme Felswand. Kirschauge fest an sich ziehend, blieb er regungslos sitzen. Dumpf brütete er vor sich hin. Er dachte an die lange, schwere Krankheitszeit seiner Mutter. Die Angst, dass vielleicht auch Kirschauge so etwas würde mitmachen müssen, durchfuhr sein Herz wie ein spitzer Pfeil. Die alte Bitterkeit stieg in ihm hoch. Mehrere Stunden saß er völlig regungslos da. Kirschauge empfand die Nähe ihres Bruders als sehr tröstend. Immer wieder schlief sie zufrieden seufzend ein. Am Abend ging die Sonne unter, ihr verschwindendes Licht verwandelte die wirre, unheimliche Gegend in eine phantastisch anmutende Landschaft. Die geheimnisvoll düsteren Schluchten wurden in ein warmes Rot getaucht und boten einen seltsam einladenden Anblick. Etwas wie Trost breitete sich im Herzen des Jungen aus. Erschrocken erinnerte er sich an sein Versprechen, das er vor gar nicht so langer Zeit dem Gott des Himmels und der Erde gegeben hatte: „Wir wollen nie mehr an dir zweifeln." Da schämte sich Tapferes Herz. Schon die erste Prüfung bestand er nicht. Nun war dieser fremde Gott sicher zornig auf ihn. Doch die wunderbar friedliche Stimmung in ihm sprach dagegen. Hoffnung keimte wieder in ihm auf, dass doch noch alles gut werden könnte. Kirschauge schlief in der Nacht tief und traumlos. Am Morgen war das Fieber immer noch da, doch Tapferes Herz hatte nun seinen Mut wiedergefunden. Es dauerte nur noch einige Tage, dann war sie wieder völlig hergestellt. An einem Nachmittag setzte sie sich auf. Ihr Gesicht war ein wenig schmaler geworden und erinnerte Tapferes Herz nun noch mehr an die Mutter. Sie sah ihn mit großen, ausdrucksvollen Augen an und begann eine feierliche Rede: „Kirschauge muss ihrem Bruder etwas sagen. Ich habe mich sehr dumm benommen. Wir wollen nun nie wieder streiten. Als ich dachte, die Krankheit meiner Mutter zu haben, sah ich ein, wie unwichtig diese Dinge waren. Jetzt will ich dem gehorchen, was mein Bruder sagt." Tapferes Herz lachte sie an. Er war so froh, dass sie wirklich nur eine schwere Erkältung gehabt hatte und dass alle Unstimmigkeiten verflogen waren. Ihr Fuß hatte sich auch völlig erholt, und sie konnten wieder aufbrechen. Auf dem Weg beobachtete er sie hin und wieder argwöhnisch, ob sie auch wirklich nicht mehr hustete. Doch es schien alles wieder in Ordnung zu sein.

Nach langer Wanderung durch nackte Erdhügel und steile Felsklippen kamen sie plötzlich in eine Gegend, die vor ihren Augen wie ein Paradies erschien: Eine grüne Wiese, ein paar Bäume und unzählige bunte Blumen! Sie sahen sich an und rannten wie auf Befehl los. Dann, als sie die Wiese erreichten, hüpften sie darauf herum wie wilde, übermütige Ziegen. Ein erschreckter Präriehund schaute sie aus seinen schwarzen Knopfaugen an, die Nase schnüffelnd in der Luft. Gleich darauf ließ er einen pfeifenden Warnton los, um sofort zu verschwinden. Die Geschwister lachten sich an. Endlich wieder ein harmloses Lebewesen! Sie durchstreiften die kleine grüne Insel und fanden auch die Ursache für das üppige Wachstum: Aus einer kleinen Quelle sprudelte frisches, klares Wasser hervor. Die beiden liefen zu ihr hin und tranken und tranken. Außer dem drolligen kleinen Kerl und einer Mäusefamilie schien es hier keine Tiere zu geben. Enttäuscht packte Tapferes Herz gerade ihr Pemmikan aus, als Kirschauge ihn am Arm fasste. Wortlos zeigte sie auf die Bäume. Dort machte sich gerade eine Schar Wachteln breit. Lautlos robbte Tapferes Herz zu Pfeil und Bogen. Hoffentlich verscheuchte er die Vögel nicht! Drei Pfeile hielt er bereit, die er sofort hintereinander abschoss. Den ersten Vogel traf er am Boden, die beiden anderen im Flug. Es gab zwar keine große, dafür aber eine schmackhafte Mahlzeit. Sie konnten sich nicht entschließen, diese schöne Oase mit der kargen, menschenfeindlichen Gegend zu vertauschen, und so blieben sie ein paar Tage dort. Sie hatten es ja nicht eilig, niemand wartete auf sie. Doch Tapferes Herz machte sich Sorgen. Immer öfter brachen sie ihren Pemmikanvorrat an, der sie eigentlich durch den Winter bringen sollte.

An einem Abend brutzelte er geheimnisvoll am Feuer. Auf die Fragen von Kirschauge hüllte er sich in Schweigen. Schließlich servierte er ihr ein zartes, in kleine Streifen geschnittenes Fleisch. Es schmeckte ausgezeichnet! Als sie nachher alles zusammenräumten, meinte Kirschauge gutgelaunt: „Nun lass mich aber dein Geheimnis wissen. Wie soll ich eine gute Köchin werden, wenn du mir deine Spezialrezepte nicht verrätst?"

Tapferes Herz grinste sie an: „Also gut, wenn du darauf bestehst. Es waren unsere Nachbarn, die Familie Maus." Kirschauges Augen wurden rund, und ihr Gesicht bekam einen angewiderten Ausdruck. Schnell verschwand sie hinter den Bäumen. Als sie zurückkam, sah sie ziemlich elend aus. „Das darfst du nicht noch einmal machen!", war ihr einziger Kommentar zu seiner eigenwilligen Ausweitung des Speiseplanes.

Schweren Herzens nahmen sie Abschied von ihrer kleinen Oase. Glückliche, unbeschwerte Tage hatten sie hier verbracht. Doch ihr Pemmikanvorrat neigte sich langsam dem Ende zu, und sie brauchten eine winterfeste Unterkunft!

12. KAPITEL
Die Bleichgesichter

„Die Vögel ziehen fort. Der Winter kommt bald." Besorgt schaute Tapferes Herz zum Himmel. Noch immer hatten sie keinen geeigneten Unterschlupf gefunden. „Wir müssten uns eine Hütte bauen", brummte Kirschauge vor sich hin. Sie wusste gut, dass Tapferes Herz das nie gelernt hatte. Zum ersten Mal wünschte sich der Junge, in einem anderen Indianerstamm groß geworden zu sein. Viele Indianer konnten derartige Hütten bauen, in denen sie gefahrlos den unbarmherzigen Winter verbrachten. Sein Vater hatte ihm vieles beigebracht, aber sie wohnten immer nur in Tipis. Häuserbauen hatte nicht auf Großer Bärs Lehrprogramm gestanden. Unbeholfen machte sich Tapferes Herz an die Arbeit, aber er brachte nur ein paar missratene Versuche zustande. Kirschauge meinte trocken, dass das Überwintern im Freien nur halb so gefährlich werden würde wie in einem von ihm konstruierten Bau. Tapferes Herz war nicht zum Lachen zumute. Die Winter bei ihnen waren lang und hart. Wenn sie nicht eine gute Unterkunft fanden, würden sie ganz sicher erfrieren. So hielt er die Augen immer offen, um wenigstens eine geeignete Höhle zu finden – doch ohne Erfolg.

Eines Tages erwachte Tapferes Herz, weil eine klamme Kälte ihn weckte. Er schaute sich um, und ein eisiger Schreck durchfuhr seine Glieder. Es hatte geschneit! Schnell sprang er auf. Die Nacht schien zu leuchten. Alles war in eine weiße Decke gehüllt. Entmutigt setzte er sich hin. Nun war der Winter schon so früh hereingebrochen. Doch die immer noch warme Sonne ließ am Tage den Schnee verschwinden. Es war wie ein Spuk. Aber sie waren nun gewarnt. Sie mussten ein Winterquartier finden! Das Glück schien sie verlassen zu haben. Wehmütig dachte Tapferes Herz an die schöne geräumige Höhle, in der sie die ersten Tage ihrer Flucht verbracht hatten. Schließlich fanden sie nichts als einen engen Felsvorsprung, der sie nur notdürftig vor der Kälte schützte. Jedenfalls konnten sie dort wenigstens nicht einschneien und in der Nacht ein kleines Feuer anzünden, das sie wärmen würde.

Dann kam der gefürchtete Tag. Die Geschwister kletterten auf ihren Felsvorsprung und schauten in die Landschaft, die in ein leuchtend weißes Kleid getaucht war. Die Temperaturen sanken augenblicklich, und in dieser Nacht froren sie jämmerlich. Jeden Tag machten sie weitere Vorstöße in das Land, um Nahrung und eine neue Unterkunft zu suchen. Immer wieder trafen sie auf verirrte Tiere, doch nirgends entdeckten sie ein brauchbares Quartier. Traurige, niederdrückende Tage folgten. Immer wieder schneite es, und die Schneedecke wuchs mit jedem Tag. Die klirrende Kälte war fast nicht mehr zu ertragen. Eines Tages erlegte Tapferes Herz einen kleinen Hirsch. Sie trockneten und gerbten das Fell und machten sich daraus warme Schuhe, indem sie sich das Fell einfach um die Füße wickelten und mit Bändern befestigten. Es ergab auch einen respektablen Fleischvorrat, den sie dringend brauchten. Tapferes Herz achtete nun streng darauf, dass in der Nacht das Feuer nicht ausging; sonst liefen sie Gefahr zu erfrieren.

„Morgen suchen wir den ganzen Tag. Wir müssen eine bessere Unterkunft finden!", entschied Tapferes Herz an einem Abend.

Der scharfe Wind nahm ihnen fast den Atem. Es war noch kälter geworden. Mit ihrer ganzen Habe auf dem Rücken machten sie sich am Morgen früh auf. Mit der Bisonhornschüssel schaufelte Tapferes Herz den tiefverschneiten Weg vor ihnen frei. Dies würde ihnen auch den Rückweg erleichtern, falls sie wieder keinen brauchbaren Unterschlupf fanden. Sie waren schon einige Stunden unterwegs, als Tapferes Herz besorgt zum Himmel hinaufschaute. Es lag Sturm in der Luft, das war sicher. Sie befanden sich in einer flachen Landschaft, die nur hin und wieder von kleinen weißen Hügeln unterbrochen wurde. Wenn der Sturm sie hier erreichte, würde nichts seine schreckliche Macht brechen. Sie mussten sofort den Rückweg antreten, um wenigstens den rettenden Felsvorsprung zu erreichen. Er spornte Kirschauge zu größter Eile an.

Hastig machten sie sich auf den Rückmarsch. Schneeflöckchen begannen ihr Gesicht zu kitzeln. Doch der wirblige Tanz wurde schon bald zum Sturm. Dann wuchs der noch harmlose Schneesturm zu einem der gefürchteten Blizzards an. Sie stemmten sich verzweifelt gegen die losgelassenen Elemente. Bald fegte der Sturm meterhohe Schneeverwehungen an. Den schmalen Weg, auf dem sie gekommen waren, fanden sie bald nicht wieder. Kirschauge verlor völlig die Orientierung. Der weiche Boden unter ihren Füßen gab ihr keinen Halt, und sie konnte nicht mehr erkennen, was ein natürlicher Hügel oder eine Schneeverwehung war. So rutschte sie immer wieder bis zum Bauch in den eiskalten Schnee. Die Stärke des Sturmes nahm ihr fast den Atem, und das Laufen in dem hohen Schnee strengte sie schrecklich an. Kirschauge merkte, wie ihre Knie wankten. Ein unbändiges Bedürfnis nach Schlaf packte sie. Immer wieder sank sie ein. Jedesmal wurde es noch mühsamer, sich wieder aufzuraffen. Plötzlich verloren ihre Füße jeden Halt. Immer tiefer rutschte sie in den Schnee, und ihr Schrei wurde vom Sturm geschluckt. Diesmal würde sie nicht ohne fremde Hilfe aus dem tückischen Loch kommen. Erschöpft hockte sie sich nieder. Sie wollte nichts weiter als schlafen. Auch Tapferes Herz schien die Kraft zu verlassen. Er kämpfte mit dem Schlaf, doch er wusste, dass es ihr sicherer Tod war, wenn sie ihrem Bedürfnis nach Schlaf nachgaben. So trieb er sich weiter vorwärts. Der Himmel verdunkelte sich, und Tapferes Herz verlor jedes Zeitgefühl. Wohin er sie führte, wusste er schon lange nicht mehr. Sie mussten irgendwo unterschlüpfen können! Da sah er auf der Seite einen kleinen, schwarzen Fleck im Schnee. Vorsichtig näherte Tapferes Herz sich, und sein Herz hüpfte, dass er ein Stachelschwein entdeckt hatte, das sich nicht mehr aus dem Schnee befreien konnte. Er brauchte nur in aller Ruhe zielen, und schon hatten sie ein schmackhaftes Essen. Das Fleisch ließe sich im Schnee bestimmt gut konservieren. Sie hatten Nahrung für Tage!

Aber nun mussten sie erst einmal eine Unterkunft haben. Tapferes Herz stapfte zurück, um Kirschauge diesen herrlichen Fund zu zeigen; doch er konnte sie nirgends erblicken. Sein Blut erstarrte. Ging er den falschen Weg zurück? Doch ganz undeutlich erkannte er noch seine Fußspuren, die schon fast zugeschneit waren. Er hatte seine Schwester verloren! Diese Erkenntnis traf ihn wie ein Keulenschlag. Wie er noch so tief erschrocken dastand, hörte er Hundegebell. Entsetzt bemerkte er einen großen, schwarzweiß gefleckten Hund, der sich zwar mühsam, aber doch erstaunlich schnell durch die Schneeverwehungen direkt auf ihn zubewegte. Das Tier war riesengroß. Flucht schien ihm zwecklos. Resigniert blieb er stehen. Diesem Hund würden sicher Menschen folgen, und davor fürchtete er sich am meisten. Und wo war Kirschauge? Ein schriller Pfiff ertönte, und der Hund blieb augenblicklich stehen. Da tauchte auch schon ein Mann aus dem heftigen Schneegestöber auf. Ein Bleichgesicht! „Sei still, Tasso! Der Junge erschreckt sich ja zu Tode", schalt der Mann den Hund. Bart, Haare und Augenbrauen des Fremden waren schneeweiß: Das gab ihm ein unheimliches Aussehen. Tapferes Herz fürchtete sich vor ihm, doch da sprach der Mann mit beruhigenden Worten, die er nicht verstand, auf ihn ein. Der Junge meinte am Tonfall zu hören, dass dieses Bleichgesicht es gut mit ihm meinte. Heiß fiel ihm wieder Kirschauge ein! „Ich habe noch ein Mädchen dabeigehabt, meine Schwester. Ich habe sie im Schneesturm verloren und muss sie sofort suchen gehen", versuchte er dem Fremden zu erklären. Doch er sah an dessen fragendem Blick, dass er ihn nicht verstand. Da versuchte es Tapferes Herz mit der Zeichensprache der Indianer, und nun begriff der Mann, was er meinte. „Tasso, da muss noch irgendwo ein Mädchen sein. Das wollen wir jetzt ganz schnell suchen, damit es nicht erfriert." Der Hund wedelte mit dem Schwanz und zog sofort ab. Es brauchte nicht lange, da hörten sie Gebell und einen erschreckten Schrei. Tapferes Herz sah den Mann vorsichtig von der Seite an. Kein Zweifel, das war Kirschauge! Seltsam, wie schnell er Vertrauen zu diesem fremden Bleichgesicht fasste! Er schulterte sich das Stachelschwein auf und folgte dem Mann. Der Sturm ließ merklich nach, doch das Gehen durch den Schnee war noch genauso beschwerlich. Der Fremde hatte Schneeschuhe an. Sie sahen wie breite, ganz kurze Skier aus, mit denen man nicht mehr in den tiefen Schnee einsinken konnte. Er hatte sie von den Indianern erworben; es war eine Erfindung von ihnen.

Sie fanden Kirschauge, die halb erfroren und zu Tode geängstigt in ihrem Loch hockte, über sich den riesigen Hund. „Ja, ist das denn möglich?", rief der Mann aus. „Zwei Kinder völlig allein. Ob sie sich verirrt haben?" Er zog Kirschauge vorsichtig aus ihrem Gefängnis. Sie sah ihren Bruder fragend an. Was war das für ein Mann? Er nickte ihr beruhigend zu. „Kommt mit mir nach Hause. Dort wollen wir etwas Warmes essen."

Diesmal schaute ihn Tapferes Herz verständnislos an. Der Mann lachte auf. Wie konnte er auch vergessen, dass dieser Indianer ihn nicht verstand! Ein paar der über 400 Handbewegungen, die die Zeichensprache der Indianer ausmachte, beherrschte er auch. So machte er das Zeichen für Haus und Essen. Tapferes Herz überlegte. Durften sie diesem Bleichgesicht wirklich trauen? Doch es gab kaum eine andere Wahl. Entweder sie erfroren in den Schneeverwehungen oder vertrauten ihr Leben diesem Fremden an. Also nickte er. Als wäre sie eine Feder, so leicht hob der Mann Kirschauge auf seine Schultern, um schneller vorwärts zu kommen. Tapferes Herz stapfte hinterher. Seine Gefühle stritten miteinander. Von Kind an hatte ihn jeder vor den Weißen gewarnt. Es gab einige traurige Geschichten über blutige Begegnungen mit ihnen. Auch die Episode mit Grauhaar hinterließ einen bitteren Nachgeschmack. Doch andererseits machte der Fremde einen vertrauenswürdigen Eindruck, und Tapferes Herz fühlte sich seltsam zu ihm hingezogen. Sie mussten einfach sehr vorsichtig sein und so bald wie möglich weiterziehen. Der große Hund rannte ausgelassen vor ihnen her, als freute er sich über die unerwarteten Gäste. Immer wieder sank er in dem tiefen Schnee ein, doch er schien nicht zu ermüden. Sie kamen zu einem großen Schlitten. Der Mann ließ Kirschauge von den Schultern gleiten, setzte sie auf ein Fell, das auf dem Schlitten ausgebreitet war, und wickelte sie sorgfältig darin ein. Dann kramte er noch ein paar Schneeschuhe hervor, die er immer als Ersatz bei sich hatte, und gab sie Tapferes Herz. Nun konnte sich auch dieser schnell und leichtfüßig bewegen.

Das tote Stachelschwein wurde ebenfalls aufgeladen. Der Sturm näherte sich seinem Ende. Die Sonne färbte sich langsam rot, und der Fremde trieb Tapferes Herz zur Eile an. „Spring nur vor, Tasso. Dann setzt Anne schon das Teewasser auf." Der Hund gehorchte laut bellend. Die weißen Hügel begannen zu glühen. Sie boten einen überwältigenden Anblick. Viele kleine, farbige Wolken trieben am roten Himmel dahin. Bis zum Horizont konnte man die Ebene sehen, über die eine wilde Brandung zu toben schien. Kirschauge kuschelte sich in die Decke, lehnte sich an ein Bündel und schloss die Augen. In wenigen Minuten war sie eingeschlafen. Auch Tapferes Herz kämpfte mit dem Schlaf. Aber heute Nacht wollte er wach bleiben, denn er musste auf der Hut sein.

Da sah er ein Blockhaus, aus dessen Kamin weißer Rauch kräuselte. Tasso begrüßte sie mit freudigem Gewinsel. Sie betraten das gemütlich warme Blockhaus. Eine Frau, die an einem Herd aus rohbehauenen Steinen stand, drehte sich überrascht um. Obwohl sie nicht mehr jung war, hatte sie ein hübsches, mütterliches Gesicht. Schweres, braunes Haar lag in einem Kranz um ihren Kopf – eine Frisur, die den Kindern völlig unbekannt war. „Wen bringst du denn da?", rief sie erstaunt aus. Kirschauge, die kaum ihre Augen aufhalten konnte, kuschelte sich an den Mann, der sie ins Blockhaus trug. Er legte sie auf einen mit Laub gefüllten Sack und wollte sie zudecken. Aber seine Frau blickte ihn strafend an und holte schnell ein Handtuch, mit dem sie Kirschauge erst einmal kräftig abrieb. In einen Pullover gehüllt, schlief diese dann sofort ein.

Verlegen stand Tapferes Herz am Eingang und wäre am liebsten davongelaufen. Alles war ihm so fremd! Doch die freundliche Frau kam lächelnd auf ihn zu, führte ihn zu einem Tisch, der in der Mitte des großen Raumes stand, drückte ihn auf einen Schemel und sagte mitleidig:

„Bestimmt hast du großen Hunger. Jetzt wärme dich erst einmal ein bisschen auf, dann gibt es etwas zu essen und heißen Tee."

Tapferes Herz hörte auch bei ihr nur den freundlichen Klang der Stimme und blieb ruhig sitzen. „Er versteht dich doch gar nicht, Anne. Schade, dass wir nur so wenig Indianerworte können. Aber wer weiß, von welchem Stamm sie kommen! Jeder spricht ja eine andere Sprache. Wenn nur Gray hier wäre; der könnte uns sicher helfen." Die Frau hantierte geschäftig herum, und bald roch es appetitanregend. Überall begann das Eis und der Schnee an ihren Körpern zu schmelzen, und in dem Blockhaus bildeten sich kleine Wasserbäche. Nun erst konnte Tapferes Herz das Gesicht des fremden Mannes richtig erkennen. Was er sah, ließ ihm das Blut in den Adern gerinnen. Das war ja Grauhaar – oder? Nein, seine Haare hatten noch ein dunkles Braun. Er war auch einige Jahre jünger, und doch war es, als ob Grauhaar vor ihm stände. War sein Geist zurückgekehrt? Aber Geister wohnten doch nicht in Blockhäusern! Oder taten das vielleicht die Geister der Bleichgesichter? Grauen packte ihn. Hier wollte er nicht essen und trinken. In diesem Moment stellte die lächelnde Frau dampfenden Tee auf den Tisch. Dann folgte das Essen. Doch Tapferes Herz saß steif auf seinem Schemel und ließ alles unberührt.

„Er wird unsere Nahrung nicht mögen. Was können wir ihm denn zu essen geben?", fragte Anne besorgt. Sie überlegten. Da fiel dem Mann das Stachelschwein ein, das Tapferes Herz mitbrachte. Wenn er es jagte, dann würde er es auch sicher gerne essen. Er holte es ins Haus und gab dem Jungen mit ein paar Zeichen zu verstehen, er solle es selber zubereiten. Vielleicht konnte der Indianerjunge damit seine Befangenheit überwinden. Das ließ sich Tapferes Herz nicht zweimal sagen. Der Magen knurrte ihm schrecklich, und gegen eine selbst gekochte Mahlzeit hatte er nichts einzuwenden. Nach einiger Zeit fiel er heißhungrig über den Braten her.

Der Mann und seine Frau schauten zufrieden zu.

„Das war eine gute Idee von dir, Rod. Nun fühlt er sich auch bestimmt bald heimischer", meinte Anne aufatmend. Sie freuten sich beide darüber, dass die Geschwister zu ihnen gefunden hatten. Nun musste Rod erzählen, wie er sie gefunden hatte. Anne schauderte bei dem Gedanken, was den beiden wohl zugestoßen wäre, wenn Tasso sie nicht aufgestöbert hätte.

Erst nachdem Tapferes Herz völlig gesättigt war, aßen Rod und Anne ihre inzwischen kalte Mahlzeit. Vor dem Essen senkte Rod den Kopf und dankte für die Rettung der Kinder und für das Abendessen. Tapferes Herz schaute verblüfft zu. Er wusste gar nicht, was die beiden da machten, und wieder kam er sich sehr fremd vor. Plötzlich hörte er den Namen Jesus Christus. Wie elektrisiert horchte er auf. Diesen Namen hatte er von seinem Vater gehört! Das war dieser fremde Gott, den sie suchen wollten! Alles Misstrauen wich, und er glaubte sicher, dass ihr Zusammentreffen nicht zufällig geschehen war. Hatte er nicht diesen Gott gebeten, ihm zu zeigen, wie sie ihm dienen konnten? Nun lernte er Menschen kennen, die ihnen bestimmt weiterhelfen konnten.

Er griff zu dem Blechnapf, den Anne mit Tee gefüllt hatte. Doch Anne schüttete schnell den schon kalten Tee fort und goss neuen, heißen ein. Der Tee schmeckte vorzüglich, und eine wohlige Behaglichkeit durchströmte ihn. Zum ersten Mal, seitdem er die Blockhütte betreten hatte, lächelte er. Anne hätte ihn am liebsten umarmt, doch sie hielt sich lieber zurück, aus Angst, dies könnte ihn befremden. Kirschauge wachte den ganzen Abend nicht auf, und so beschlossen sie, das Mädchen einfach schlafen zu lassen. Sie wollten auch dem Jungen einen Laubsack für die Nacht überlassen, doch Tapferes Herz sah sofort, dass es nur zwei Säcke gab, und den einen besetzte schon Kirschauge. Daher lehnte er ab und machte es sich auf einem der Felle, die im Raum lagen, bequem. Da sie sahen, dass er sich nicht überreden ließ, legte sich Anne auf den zweiten Laubsack nieder und Rod ebenfalls auf ein Fell. Das Vorhaben, nicht einzuschlafen, war schnell vergessen. Tapferes Herz fiel bald in tiefen Schlaf.

Am Morgen erwachte der Indianerjunge durch das ungewohnte Geklapper von Töpfen. Seit Wochen war er es gewohnt, auf der Hut zu sein, und so sprang er sofort auf. Verwirrt stand er im Raum, und es dauerte einige Zeit, bis er sich wieder zurechtfand. Anne, die am Herd das Frühstück richtete, schaute ihn erschreckt an. Was mussten diese zwei alles durchgemacht haben! Tiefes Mitgefühl durchzog ihr Herz, und beruhigend sprach sie auf den Jungen ein. Auch Kirschauge erwachte und schaute sich fassungslos um. Als sie Rod erblickte, floh sie mit einem Schrei in die Arme ihres Bruder, der sie zu beschwichtigen versuchte.

Nun war die Verwirrung vollkommen. Verständnislos sahen Rod und Anne die Geschwister an und dachten sich, dass es mit den beiden nicht so einfach sein würde. Mit beruhigenden Worten sprach Tapferes Herz auf seine Schwester ein, und langsam fasste sie sich wieder. Wenn ihr Bruder sich vor dem Mann, der wie Grauhaar aussah, nicht fürchtete, dann wollte auch sie keine Angst haben.

Doch ihr Vorsatz war nicht einfach auszuführen. Als sie am Tisch saßen, hielt sie den Kopf gesenkt, um nicht wieder Furcht hochkommen zu lassen.

Rod brachte das ein wenig aus der Ruhe, denn er konnte sich nicht erklären, was an ihm so schreckenerregend sein sollte. Vorsichtig versuchte er zu erfahren, aus welchem Stamm sie kamen. Nach einigen Mühen verstand Tapferes Herz ihn, und er antwortete in ihrer Sprache: „Von den Cheyenne." Das wurde sofort verstanden, und jetzt war es an Tapferes Herz und Kirschauge, sich zu wundern, denn nun kam plötzlich Leben in die beiden Fremden. Aufgeregt unterhielten sie sich, und Rod sprang auf. Er wühlte in seinen Sachen und zog endlich eine abgegriffene, zerknitterte Zeichnung hervor. Liebevoll strich er sie glatt und legte sie Tapferes Herz vor, der vor Überraschung nach Luft schnappte. Das war Grauhaar! Eine ausgezeichnete, sehr lebendige Zeichnung von Grauhaar lag vor ihm. Gerade wollte er sagen, dass er den Mann auf dem Bild kannte, als ihm einfiel, dass es einer seiner Stammesgenossen war, der Grauhaar getötet hatte. Wenn den Bleichgesichtern das zu Ohren käme, mussten sie den Mann auf der Zeichnung rächen. Es sah ganz so aus, als wäre Grauhaar ein Verwandter von Rod und Anne. Er konnte sogar ein Bruder von Rod sein, da sich die beiden so ähnlich sahen. Die Cheyenne glaubte, dass eine ungerächte Seele nicht zur Ruhe kommen würde; deshalb war es die erste Pflicht der Verwandten eines Ermordeten, Blutrache zu üben. Die Rache traf nicht immer nur den Mörder. Deshalb fürchtete Tapferes Herz um ihr Leben.

Als er aufsah, verriet kein Muskel in seinem Gesicht die innere Aufregung. Mit versteinerter Miene schüttelte er den Kopf. Um auch Kirschauge zu warnen, sagte er in der Sprache der Cheyenne: „Wir kennen diesen Mann nicht. Wir haben ihn nie gesehen."

Die Fremden verstanden ihn nicht, aber Kirschauge bekam von ihm einen Wink. Sie wusste nun, was sie zu tun hatte. Seine Schwester machte ein verschüchtertes, ängstliches Gesicht. Auch sie kannte natürlich den Brauch der Blutrache und hatte schreckliche Angst. Tapferes Herz machte ein paar Handzeichen. Rod verstand ihn und sah Anne eindrücklich ein. Die Erregung des Jungen beim Anblick der Zeichnung war ihnen beiden nicht entgangen. Sie kannten den Mann von der Abbildung, davon war Rod überzeugt. Was hatte es daher zu bedeuten, dass sie es leugneten? Rod ahnte nichts Gutes. Wenn die Geschwister ihnen einmal mehr vertrauten, wollte er sie nochmals darauf ansprechen. Im Moment war es sicher besser, die Sache ruhen zu lassen.

„Kommt mit, ich zeige euch unseren Stall." Er deutete nach draußen. Es dauerte eine Weile, bis sich die beiden steif erhoben. Was wollte dieses Bleichgesicht von ihnen? Er ging voraus zu einem weiteren kleinen Gebäude. Tasso sprang ihnen mit Freudengeheul entgegen. Hinter ihm her tapste eine drollige Kleinausgabe von Tasso. Die Geschwister vergaßen für einen Moment die Gefahr und beobachteten begeistert den possierlichen Hund. Rod sah ihnen lächelnd zu, dann betrat er vor ihnen den Stall. Ein paar Hühner, Ziegen, Schafe und zwei Pferde gab es da. Die Ziegen kamen gleich zutraulich auf sie zu, sprangen an ihnen hoch und leckten ihre Hände in der Hoffnung, einen Leckerbissen zu erhaschen. Über ihr lustiges Gemecker mussten Tapferes Herz und Kirschauge laut lachen. Es war ein Augenblick, in dem sie sich richtig zu Hause fühlten und alle Sorgen von ihnen abfielen. Kirschauge tollte mit dem kleinen tapsigen Hund herum, der begeistert mit dem neuen Mädchen spielte. Sie ließ sich übermütig in einen Heuhaufen fallen, und der Kleine zerrte an ihrem Hirschlederkleid, um sie wieder hochzubringen. Tapferes Herz lachte laut und stürzte sich kopfüber mit in das Spiel. Doch plötzlich fiel ihm wieder der Fremde ein, und abrupt sprang er auf. Augenblicklich wich alle Fröhlichkeit von ihm. Er schaute sich um und konnte Rod nirgends mehr entdecken. Da setzte er sich zu seiner Schwester.

„Kirschauge, wir müssen miteinander reden." Widerwillig gab sie ihr Spiel mit dem Hund auf, setzte sich hin und hörte zu. „Ich glaube, dass wir bei Grauhaars Bruder wohnen, denn dieser Fremde sieht ihm sehr ähnlich." Kirschauge nickte. Nicht umsonst war sie heute Morgen so erschrocken. Der Gedanke, dass dieses Bleichgesicht nicht der Geist von Grauhaar, sondern sein Bruder war, gefiel ihnen zwar besser, doch die Lage blieb trotzdem gefährlich.

„Wir müssen so schnell wie möglich wieder fort von hier. Wenn der Mann erfährt, dass sein Bruder von unserem Stamm ermordet wurde, muss er uns töten. Aber ich weiß nicht, wo wir den Winter verbringen können." Kirschauge meinte nachdenklich: „Wir können sie ja fragen, ob wir in diesem Haus, wo die Tiere wohnen, schlafen dürfen. Dann haben wir in der Nacht immer die Möglichkeit, zu fliehen." Überrascht sah Tapferes Herz seine Schwester an. Wieso war er nicht auf diese gute Idee gekommen? „Das ist ein sehr guter Einfall von dir. Und tagsüber werden wir weiter nach einer Höhle suchen." – „Eigentlich sehr schade, dass wir uns wieder wegschleichen müssen. Die beiden Weißen sind sehr freundlich, und es gefällt mir so gut bei ihnen." Tapferes Herz dachte ebenso. Aber in den letzten Monaten hatten sie viele ihnen sehr nahe stehende Menschen verloren. Sie würden auch diesen Verlust verschmerzen.

„Na, ihr beiden, euch scheint es hier zu gefallen." Rod hatte unbemerkt wieder den Stall betreten. Sie fuhren erschrocken auf. „Ihr braucht doch keine Angst zu haben", sagte er in einem betont ruhigen Ton, „bei uns geschieht euch nichts."

„Das Mädchen hat mich angestarrt, als sähe es einen Geist vor sich. Wir müssen uns auf das Schlimmste gefasst machen. Ich fürchte, Gray wurde von ihrem Stamm ermordet. Nun glauben sie, wir würden uns an ihnen rächen, wie das bei den Cheyenne so Sitte ist."

„Ach Rod, vielleicht siehst du die Sache zu schwarz. Wir wollen doch die Hoffnung nicht aufgeben, deinen Bruder lebend wiederzufinden." – „Ja, Anne, das wollen wir wirklich nicht. Aber wir dürfen uns auch nichts vormachen. Von Gray kommen schon seit längerer Zeit nicht mehr die vereinbarten Meldungen, und die Reaktion der Kinder kann ich mir sonst nicht erklären. Aber wir werden natürlich weiter mit Gray rechnen. Gott hat uns nun zwei Cheyennekinder geschickt. Endlich können wir etwas von ihrer Sprache lernen. Vielleicht führen sie uns auch zu ihrem Stamm."

So ging Rod wieder ein wenig zuversichtlicher zum Stall zurück. Als er die erschreckten Gesichter der Geschwister sah, taten sie ihm von Herzen Leid. Er überlegte, wie er ihnen eine Freude machen könnte. „Möchtest du mit mir auf die Jagd gehen?", fragte er den Jungen mit Handzeichen. Dessen Gesicht leuchtete auf. Eifrig nickte er mit dem Kopf. Doch dann zeigte er auf Kirschauge und erklärte ebenfalls in der Zeichensprache, dass er sie mitnehmen wolle. Ein merkwürdiges Verhalten für einen Indianerjungen! Nie wurden die Mädchen mit auf die Jagd genommen, das wusste Rod. Sie ängstigten sich sicher und wollten zusammenbleiben. Er nickte zustimmend. Sie konnte gerne mitkommen. Schnell holte Tapferes Herz Pfeile und Bogen. Rod schulterte sein Gewehr auf.

An einem Platz im Wald hatte Rod eine Futterstelle für das Wild angelegt. Hier brauchten sie nur geduldig zu warten. Dort angekommen, legten sie sich auf die Lauer und verharrten regungslos. Nach einiger Zeit näherte sich ein prächtiger Hirschbock vorsichtig dem duftenden Heu. Rod wollte das Gewehr anlegen, doch Tapferes Herz legte die Hand auf seinen Arm und deutete auf den Bogen. Rod wollte dem Jungen die Freude nicht nehmen und nickte. Sollte er ruhig sein Glück versuchen. Im schlimmsten Fall mussten sie auf das nächste Wild warten. Der Pfeil des Indianerjungen zischte los, und der Bock brach getroffen zusammen. Rod erhob sich, doch wieder hinderte ihn

Tapferes Herz daran. Verständnislos ließ Rod sich zurück in den Schnee fallen. Sie brauchten nicht lange zu warten. Eine Hirschkuh trat zögernd auf den toten Bock zu und beschnupperte ihn. Wieder traf der Pfeil von Tapferes Herz. Nun erhob er sich wortlos und begann den großen Schlitten mit dem Wild zu beladen. Rod staunte über den Jungen. Er kam sich vor wie ein Schüler, der von diesem Halbwüchsigen noch vieles lernen konnte.

Zu Hause angekommen, machten sich die beiden Geschwister gleich an die Arbeit. Tapferes Herz enthäutete die Tiere, und Kirschauge spannte die Felle gleich zum Trocknen auf. Sie fühlten sich ein bisschen wie zu Hause. Kirschauge dachte daran, wie sie und die Mutter zusammen immer die Felle gespannt hatten. Beim Zerkleinern des Fleisches, einer Arbeit, die die Männer verrichteten, waren immer fröhliche Scherze von ihrem Vater und Tapferes Herz zu ihnen hinübergeflogen. Ihr Herz krampfte sich zusammen bei diesen Gedanken. Sie konnte es immer noch nicht begreifen, dass sie das nie wieder erleben sollte. Anne kam aus dem Haus und sah erstaunt, wie fleißig und geschickt die beiden arbeiteten. Später gab es köstliches Hirschfleisch zu essen. Es war zwar nicht wie gewohnt zubereitet, doch es schmeckte den beiden auch auf diese Art vorzüglich.

Nach dem Essen deutete Tapferes Herz Rod an, dass sie gerne die Gegend anschauen würden. Rod sah sie erschrocken an. Wollten sie heimlich davonlaufen? Doch sie brauchten ihre Bündel, und die blieben im Haus. Wahrscheinlich sahen sie sich nach einer neuen Unterkunft um. Ein wenig wehmütig winkte Rod ihnen nach. Offensichtlich fühlten sie sich bei ihnen nicht sicher.

Am Abend nahmen Tapferes Herz und Kirschauge ihre Sachen und zogen, alle Proteste von Rod und Anne überhörend, in den Stall.

In den nächsten Tagen versuchte Rod so viele Begriffe wie möglich aus der Cheyennesprache zu lernen. Mit großem Vergnügen war Tapferes Herz bei der Sache, und er lernte ebenso fleißig Rods Sprache. In diesen Stunden lachten sie viel über Rod, wenn er die schweren indianischen Worte nachzusprechen versuchte.

Rod und Anne schlossen die Indianerkinder immer mehr ins Herz. Zu ihrem großen Kummer war es ihnen nicht vergönnt Kinder zu bekommen. Nun wandten sie Kirschauge und Tapferes Herz ihre ganze Liebe zu. Besonders Anne bemühte sich, ihnen die fehlende Mutter zu ersetzen. Sie bedauerte es sehr, dass sie noch so wenig über die Lebensgewohnheiten der Indianer wusste. Gerne hätte sie ihr Leben etwas „indianischer" gestaltet, um den beiden eine Freude zu machen. Doch obwohl Tapferes Herz und Kirschauge sich immer heimischer fühlten, verschwanden sie jeden Nachmittag und kamen erst am Abend müde und entmutigt nach Hause. Rod betete darum, dass sie kein geeignetes Quartier finden möchten. Bei ihnen waren sie doch sicher und versorgt. Er und Anne liebten die Geschwister, und die Sprachstudien gingen gut voran. Er hoffte einfach darauf, dass sie ihre Angst überwanden. Das schien sich auch immer mehr so zu entwickeln. Besonders Kirschauge verlor alle Scheu. Voller Neugierde beobachtete sie das Leben der Bleichgesichter. Es war völlig anders als ihr bisheriges Dasein im Stamm. Doch sie passten sich schnell an, und so manches gefiel ihnen bald gut. Da sie bisher keine Unterkunft fanden, spielte Tapferes Herz immer öfter mit dem Gedanken, bei Rod und Anne wenigstens zu überwintern. Sie konnten es nirgends so gut haben, und sie mochten inzwischen diese Bleichgesichter sehr gerne. Dennoch setzte er seine Suche weiter fort. Er wollte vorsorgen für den Fall, dass Rod vom Tode Grauhaars erfuhr.

13. KAPITEL
Das Feuer

Als die Geschwister an einem Nachmittag wieder auf der Suche waren, bekamen Rod und Anne Besuch. John, ein alter Trapper, lebte schon seit 20 Jahren in der einsamen Gegend. Er sah nur zweimal im Jahr Weiße, wenn er seine Felle auf einer Handelsstation verkaufte. So hatte er sich gefreut, als Rod und Anne ihr Blockhaus in seinem einsamen Gebiet aufbauten. Sie waren sehr dankbar für seine umfassenden Kenntnisse, die er gerne mit ihnen teilte. Ihr gutes Verhältnis wurde erst gestört, als sie sich bei ihm nach den Cheyenne erkundigten. „Was wollt ihr von diesem Pack?" Rod war tief getroffen von seinen harten Worten. „Warum nennst du sie so? Sie sind auch Menschen, von Gott geschaffen." – „Von Gott geschaffen?", höhnte John. „Sie sind alle Wilde. Mehr Tier als Mensch. Habt ihr schon einmal einen Skalpierten gesehen? Ich schon! Ich sah getötete Männer, Frauen und sogar Kinder. Auch mein Bruder wurde von ihnen getötet. Bevor ihr nicht selbst so etwas erlebt habt, könnt ihr nicht mitreden." Bitterkeit klang aus seinen Worten.

Rod und Anne wurden still. Obwohl sie nicht akzeptierten, was er sagte, konnten sie John doch gut verstehen. Rod musste an seinen Bruder denken, der eine große Liebe für die Indianer hatte.

„Man hat sie vom Süden in den Norden und vom Osten des Kontinents in den Westen gejagt. Als sie sich wehrten, wurden sie Freiwild für jeden. Man zeterte über ihre Grausamkeit. Ich frage dich: Wer ist hier der Schuldige?" Das hatte er ihn in einer Diskussion über die Indianer gefragt. Danach beschäftigte sich Rod ein wenig mehr mit der Geschichte dieses Volkes. Und er kam zu der Erkenntnis, dass sie, die Weißen, an den eigentlichen Besitzern des Landes viel wieder gut zu machen hätten.

So unterstützte er seinen Bruder, der es sich zum Ziel gemacht hatte, den Cheyenne von Jesus Christus zu erzählen. Die beiden Brüder waren der Meinung, dass die beste Hilfe für die Indianer darin bestand, sie aus ihrem finsteren Aberglauben zu befreien. Gray lernte in der Wildnis zu leben. Er studierte die Sitten und die Sprache der Cheyenne. „Ich will mit ihnen als einer der Ihrigen leben. Daran werden sie spüren, dass ich sie liebe. Vielleicht gibt es dadurch eine offene Tür für Gottes Liebe", hatte er gesagt. Rod und Anne hatten das Haus als Vorposten errichtet, weit entfernt vom Gebiet der Cheyenne, damit diese nicht misstrauisch wurden. Gray war voller Hoffnung losgezogen. Doch dann hatten plötzlich die vereinbarten Zeichen abrupt geendet. Voller Unruhe warteten Rod und Anne auf eine Nachricht. Rod wollte seinen Bruder nicht durch sein impulsives Handeln in Gefahr bringen und wartete deshalb geduldig weiter, obwohl es ihm immer schwerer fiel. Da er aber die Sprache der Cheyenne nicht kannte, fehlte ihm die Möglichkeit, seinen Bruder bei diesem Stamm zu suchen. Jeden Tag unternahm er Vorstöße ins Landesinnere, in der vagen Hoffnung, auf Gray zu stoßen. Dann entdeckte er die Geschwister.

Bei dem Gedanken an Tapferes Herz und Kirschauge schreckte er zusammen. Wenn John erfuhr, dass sie zwei Indianerkinder beherbergten, wären diese vielleicht in Gefahr. Rod traute es John zu, dass er in seinem unkontrollierten Hass Jagd auf die beiden machte. „Könntest du mir nicht einmal den Platz zeigen, wo du im Sommer die vielen Biber gesichtet hast?" John sprang erfreut auf. Er tat diesen netten Leuten gerne einen Gefallen. Außerdem war er stolz auf seine Kenntnisse.

Als die beiden das Haus verließen, prallten sie mit Tapferes Herz und Kirschauge zusammen. Sie waren früher als sonst heimgekehrt, weil sie Hunger hatten. Tapferes Herz erschrak vor dem finsteren Blick, der ihn aus den Augen des fremden Bleichgesichtes traf. Rod ging schnell auf sie zu und führte die beiden ins Blockhaus. Dann erzählte er John, wie er die Geschwister gefunden hatte. John sah Rod wütend an. „Willst du dieses Gesindel etwa in deinem Haus behalten?"

„Das habe ich vor, ja." Rod zögerte keine Sekunde.

„Dann werdet ihr mich nicht mehr wiedersehen." John drehte sich um, und ohne ein weiteres Wort ging er auf den Wald zu. „Du wirst ihnen nichts tun, nicht wahr, John? Sie sind meine Gäste!", rief Rod ihm eindringlich nach. Aber er erhielt keine Antwort. John verschwand hinter den schneebedeckten Tannen.

„Fast habe ich gedacht, wir könnten hierbleiben. Doch die Bleichgesichter lieben unser Volk nicht. Wegen uns werden Rod und Anne noch Schwierigkeiten bekommen. Dann ist da noch der Tod von Grauhaar. Wir können nicht bei ihnen bleiben. Wir müssen uns auch vor diesem fremden Bleichgesicht vorsehen. Sein Blick hat nichts Gutes versprochen. Wir dürfen nichts mehr alleine unternehmen, Kirschauge. Wir wollen jetzt ganz besonders vorsichtig sein." – „Ja, dieser Fremde hasst uns, obwohl er uns gar nicht kennt. Ich habe Angst, mein Bruder. Wird die Jagd auf uns denn nicht mehr aufhören?" „Ich weiß es nicht. Bis hierher hat uns dieser fremde Gott geholfen. Er wird es vielleicht auch weiter tun." – „Wir wollten ihn doch suchen. Rod und Anne kennen ihn offensichtlich. Hast du nicht gehört, dass sie oft den Name Jesus erwähnen? Können wir sie nicht einmal fragen, wie man diesem Gott dienen kann?" – „Sie reden viel mit ihm. Das gefällt ihm scheinbar. Aber du hast Recht. Wir werden sie morgen fragen."

Sie konnten lange nicht einschlafen. Die Zukunft war wieder so ungewiss geworden. Kirschauge hatte Anne fest ins Herz geschlossen, und der Gedanke, wieder gehen zu müssen, war ihr unerträglich. Anne war anders als ihre Mutter, aber ihre ruhige, sanfte Art hatte sie doch so an die Mutter erinnert, dass sie Anne jeden Tag mehr lieb gewann. Nun sollten sie wieder fort, in die menschenfeindliche Wildnis. Nahm sie niemand aus Mitleid auf, waren sie verloren. Wenn nicht ein wildes Tier sie erwischte, würden sie eines Tages von Indianern oder Bleichgesichtern getötet werden. Sie waren für jeden Freiwild.

Grenzenlose Einsamkeit erfasste sie, und wieder kam das Heimweh nach den Eltern, die sie immer beschützt hatten, schmerzlich in ihr hoch. Kirschauge weinte sich leise in den Schlaf. Am Morgen begann Rod mit den beiden eine ernstliche Unterhaltung zu führen:

„Ihr habt gestern den Fremden gesehen. John ist ein netter Kerl, aber er liebt die Indianer nicht. Sein Bruder wurde skalpiert, und seitdem hasst er euer Volk." – „Das war für das Bleichgesicht auch ein großer Kummer", entgegnete Tapferes Herz. „Hat er denn keine Blutrache geübt, um seinen Hass zu stillen?" – „Weißt du, das ist bei uns nicht so üblich. Manche haben es getan, wenn sie den Mörder kannten. Doch Blutrache, wie sie es bei euch gibt, kennen wir nicht." Es entging Rod nicht, dass die beiden erleichtert aufatmeten. Sein Herz krampfte sich zusammen. Gray war sicher tot, von den Cheyenne ermordet. Er hielt es einfach nicht mehr aus. Er musste Gewissheit haben! „Tapferes Herz, ihr habt bei uns nichts zu befürchten. Wir lieben euch wie unsere eigenen Kinder. Daran würde sich nicht einmal etwas ändern, wenn du persönlich meinen Bruder getötet hättest. Bitte sag mir die Wahrheit. Du kennst doch den Mann auf der Zeichnung. Er ist mein Bruder Gray. Sag mir doch bitte, ob er noch lebt oder ob euer Stamm ihn umgebracht hat."

Rod sprach mit Händen und Füßen. Noch waren ihre Sprachkenntnisse nicht so gut, dass sie sich einwandfrei verständigen konnten. So wurde eine Unterhaltung zwischen ihnen immer ein Gemisch aus Sprache und Zeichen. Tapferes Herz verstand Rod sehr gut. Grauhaar war also tatsächlich sein Bruder. Tiefe Traurigkeit senkte sich in sein Herz. Hätte er doch damals auf den Vater gehört! Doch die Meinung der Cheyenne war ihm wichtiger erschienen als die Worte des Vaters. Grauhaar hatte es ganz bestimmt gut mit ihnen gemeint. Er sah wieder das freundliche, gütige Gesicht dieses Mannes vor sich. Was musste er alles von ihnen erleiden! Und als Belohnung wurde er auch noch getötet. Hatte sich dieser Einsatz gelohnt?

„Bitte, mein Junge, sag mir, was geschehen ist." Rod ließ nun nicht mehr locker. Tapferes Herz war es nun gleichgültig, was für Folgen es haben mochte; er wollte Rod alles sagen. So versuchte auch er sich verständlich zu machen. Einiges konnte er in der Sprache der Weißen, anderes in der Zeichensprache. Was er gar nicht ausdrücken konnte, zeichnete er Rod und Anne auf. Vieles blieb trotzdem noch unklar. Aber sie verstanden, dass Grauhaar und die Eltern der Geschwister gestorben waren, und sie hörten erschüttert zu. Nun wusste Rod, dass sein Bruder tot war. Noch immer hatte es einen Funken Hoffnung gegeben. Jetzt, wo diese Hoffnung zerplatzte, wurde ihm erst die volle Bedeutung des Geschehens bewusst. Rod ging vor die Tür. Er musste jetzt ein wenig allein sein. „Nun ist er sicher böse auf uns", meinte Kirschauge angstvoll. Aber Anne schüttelte den Kopf. „Ihr seid doch unschuldig", tröstete sie das Mädchen. „Aber es war unser Volk", murmelte Tapferes Herz niedergeschlagen.

Anne konnte ihn nicht verstehen. Auch sie war traurig. Alles hatte sich scheinbar als umsonst erwiesen. Gott hatte es nicht zugelassen, dass Gray seinen größten Wunsch erfüllt sah. Die Indianer hatten nichts von Jesus Christus gehört. Wer konnte das verstehen?

Doch es war nicht ihre Aufgabe, Gottes Wege zu erforschen. Vielleicht würde sie ja einmal begreifen können, warum das alles so kommen musste. In Gedanken versunken saß Tapferes Herz am Tisch. Rod trauerte um seinen Bruder, den die Stammesbrüder umgebracht hatten. Er musste an das andere Bleichgesicht denken, das so voller Hass gegen die Indianer war. Auch seinen Bruder hatte man getötet. Warum sollte es Rod besser gehen? So gerne würde Tapferes Herz etwas von dem Unrecht wieder gutmachen. Er dachte mit Scham an seine damalige Meinung über Grauhaar, an seinen Hass gegen ihn. Er hatte ihn für alles verantwortlich gemacht und erleichtert aufgeatmet, als er von dessen Tod hörte. Er hatte sich schuldig gemacht – wie alle aus seinem Volk. Erst durch ihre Abneigung gegen Grauhaar hatten sie seinen Tod möglich gemacht. Der Junge winkte Kirschauge. Sie standen auf. Hier hatten sie keinen Platz mehr. Da kam Rod zur Tür herein. Tapferes Herz erschrak. Die Fröhlichkeit, die Rod immer um Jahre jünger wirken ließ, war verschwunden. Er wirkte ernst und traurig. Es ging den Kindern wie ein Pfeil durchs Herz: Könnte man nur noch einmal alles rückgängig machen! Wie würden sie sich hinter den Vater und Grauhaar stellen! Doch was nützten diese Gedanken? Seine Eltern und Grauhaar waren tot, daran war nichts mehr zu ändern.

Rod legte den Arm um die Geschwister, die noch ganz verschüchtert am Tisch standen. „Es tut mir sehr Leid, dass eure Eltern gestorben sind. Wir würden euch gerne Vater und Mutter sein, nicht wahr, Anne?" Diese nickte mit Tränen in den Augen. „Wir leben zwar so ganz anders als eure Leute, aber vielleicht könntet ihr euch daran gewöhnen. Wir möchten von euch noch viel über das Leben der Indianer lernen." Tapferes Herz sah Rod völlig verständnislos an. Er konnte ihn ja nur falsch verstanden haben. Rod zog ein Blatt Papier aus seinen Sachen und malte ungeschickt zwei Gestalten auf, eine Frau und einen Mann. Darunter schrieb er die indianischen Worte für Vater und Mutter, die er von Tapferes Herz schon gelernt hatte. Dann schrieb er über die Frau Anne und über den Mann Rod. Er sah die Kinder gespannt an. Wie würden sie sich entscheiden? Die beiden starrten auf die Zeichnung.

Kirschauge begriff zuerst. Sie fiel Anne um den Hals. Da lächelte auch Tapferes Herz noch ein wenig zaghaft. Er konnte noch nicht so ganz fassen, was das für sie bedeutete. Es musste doch ein Traum sein! Plötzlich sagte Rod wieder ganz ernst: „Wir müssen uns jetzt vor John vorsehen. Wer weiß, was er sich in seinem Hass einfallen lässt. Ihr müsst mir versprechen, eure Spaziergänge allein erst einmal einzustellen. Das ist ja nun auch nicht mehr nötig, oder?", setzte er lächelnd hinzu.

Tapferes Herz nickte beschämt. Rod hatte also geahnt, warum sie jeden Tag weggegangen waren. „Es wäre auch besser, wenn ihr einige Zeit bei uns schlafen würdet. Das Schlafen im Stall ist jetzt viel zu gefährlich für euch." Doch da protestierten die beiden. Sie waren gerne bei den Tieren. Vor allem Tasso und Bello hatten ihr Herz erobert. „Tasso passt schon auf uns auf", bettelte Tapferes Herz. „Und Bello auch!", meldete sich da Kirschauge. Die beiden Weißen, die nun so plötzlich Eltern geworden waren, mussten lachen. Das war natürlich ein durchschlagendes Argument! „Gut, ihr zwei. Aber wir bauen eine Vorrichtung, damit ihr abends gut die Tür zumachen könnt."

Die Kinder rannten übermütig in den Stall. Kirschauge hätte die ganze Welt umarmen können. Tasso sprang wild bellend an ihr hoch und warf Kirschauge in den Heuhaufen. Lachend balgten sich die beiden darin. Bello wurde ein bisschen eifersüchtig und zerrte an den Mokassins von Kirschauge, um sie zum Aufstehen zu bewegen. Atemlos kam sie hoch und sagte unvermittelt zu ihrem Bruder: „Kannst du das verstehen?" Nachdenklich lächelnd hatte Tapferes Herz der Szene zugeschaut. Er schreckte aus seinen Gedanken auf. „Mein Herz kann es noch nicht fassen. Aber Rod und Anne meinen es gut mit uns. Sie sind ehrlich. Wir müssen uns aber wirklich vorsehen. Dieser John schien Rod sehr gefährlich zu sein. Rod macht sich Sorgen um uns. Wir wollen ihm nicht noch mehr Kummer machen. Also lass uns vorsichtig sein." Kirschauge nickte ängstlich. Ein Schatten war auf ihr Glück gefallen.

Rod und Tapferes Herz verbrachten von nun an jeden Tag mehrere Stunden mit dem Sprachunterricht. Beide waren daran interessiert, weiterzukommen, denn mit jedem neuen Wort kamen sie einander näher.

Immer wenn Rod und Anne zusammen zu ihrem Gott beteten, drängten sich die Fragen in dem Jungen. Aber er wollte warten, bis er die Sprache Rods ganz beherrschte. Dann konnte er erst sicher sein, alles genau zu verstehen. Sie übten an diesem Abend bis spät in die Nacht. Rod fragte Tapferes Herz ein paarmal besorgt, ob er nicht müde sei. Doch dieser schüttelte nur den Kopf. Es gab ja noch so viel zu lernen! Kirschauge war schon auf Annes Laubsack eingeschlafen. Da merkte auch Tapferes Herz, dass die Worte nicht mehr in seinem Kopf blieben. Immer öfter musste er nachfragen und hatte im nächsten Moment schon alles wieder vergessen. Nun wurde ihm selber klar, dass es keinen Wert mehr hatte, weiterzumachen.

„Also, hören wir auf", sagte er bedauernd. „Morgen ist ja auch noch ein Tag, da können wir weitermachen", meinte Rod gähnend. „Wer weiß, was morgen ist!", antwortete ihm Tapferes Herz. Rod lachte, und sie trugen das schlafende Mädchen in den Stall. „Mach fest zu – und schlaft beide gut!" Kirschauge brummte etwas Unverständliches und schlief schon wieder. Tapferes Herz verriegelte noch sorgfältig die Türe. Es dauerte nicht lange, da hörte man auch seine regelmäßigen Atemzüge. Rod ging nachdenklich ins Haus zurück. Noch immer schien Tapferes Herz darauf gefasst zu sein, dass sich ihre Situation jeden Tag wieder verschlechtern könnte. Seine Bemerkung heute Abend hatte das gezeigt. Hoffentlich war es keine böse Vorahnung! Doch dann musste Rod über sich selbst lachen. Die letzten Erlebnisse hatten ihn ein bisschen mitgenommen. Jetzt achtete er sogar schon auf jeden Windstoß! Die innere Unruhe war noch nicht überwunden. Bevor er schlafen ging, sagte er Gott noch einmal seine Sorgen und bat ihn um seinen besonderen Schutz in dieser Nacht. Dann legte er sich hin. Er würde heute wachsamer sein als sonst! Doch der anstrengende Tag forderte seinen Tribut, und so schlief auch Rod bald fest ein. Mitten in der Nacht wurde Rod durch ein anhaltendes, lautes Klopfen geweckt.

Erschrocken sprang er auf – aber da hatte es schon aufgehört. Rod lauschte angespannt in die Dunkelheit. Alles war ruhig.

Er wollte sich gerade wieder umdrehen, als ihm der gestrige Abend wieder in den Sinn kam. Sofort war er auf den Füßen. Er würde nach den Kindern schauen. Es konnte ja nichts schaden. Plötzlich hörte er ein leises Prasseln, und durchs Fenster sah er einen hellen Schein. Feuer! Hastig weckte er seine Frau und zog sie schlaftrunken aus der Blockhütte. In der eisigen Luft kam Anne schnell zu sich. Als sie die Gefahr erkannt hatte, liefen sie beide rasch zu den Geschwistern. Der Stall stand schon beinahe völlig in Flammen!

Rod trommelte an die Türe, doch drinnen blieb alles ruhig. Die beiden schliefen fest... Die Tiere wurden unruhig. Tasso winselte laut. Rod rief laut die Namen der Kinder. Die Türe war von innen verriegelt, er konnte nicht hinein. Das, was sie als Vorsichtsmaßnahme gedacht hatten, erwies sich nun als Falle! Er stemmte sich mit der Schulter gegen die Türe, und Anne rief immer wieder nach Kirschauge und Tapferes Herz. Drinnen wurde Tasso immer unruhiger. Er roch den Rauch, der ihm gar nicht behagte. Nun rief auch noch sein Herrchen, und das mitten in der Nacht! Er entschloss sich, die beiden Geschwister zu wecken. Er bellte ein paarmal, aber Tapferes Herz drehte sich nur unwillig zur Seite. Tasso leckte ihm einfach das Gesicht ab, bis der Junge wach wurde. „Was ist denn los, Tasso?" Da hörte Tapferes Herz die Türe krachen und Anne immer wieder verzweifelt ihre Namen rufen. Verstört weckte er Kirschauge, und nun erst merkten sie, dass sich ein beißender Rauch im Stall ausbreitete. Alle Tiere drängten zur Türe, und die Pferde wieherten immer wieder in panischer Angst auf. Tasso begann ein lang gezogenes Geheul. Tapferes Herz öffnete schnell die Türe. Noch bevor sie ins Freie konnten, rasten die Tiere an ihnen vorbei. Dann taumelten auch sie hinaus. Der Rauch kam in dicken Schwaden hinter ihnen her. Kirschauge schrie verzweifelt nach Tasso und Bello. Doch da kamen die beiden Hunde schon angelaufen. Der Stall brannte bald lichterloh. Als die Kinder in Sicherheit waren, rannte Rod zurück ins Blockhaus, das nun auch in hellen Flammen stand. Ohne auf den angstvollen Schrei seiner Frau zu hören, stürzte er hinein. Tapferes Herz hetzte ihm nach. Gemeinsam retteten sie noch ein paar wichtige Dinge, dann wurde die Hitze zu groß. Hilflos standen sie da und mussten mitansehen, wie alles in Flammen aufging. Tapferes Herz und Kirschauge konnten gar nichts retten; ihre kleine Habe verbrannte im Stall.

Der Schnee verhinderte eine Ausweitung des Feuers. Im Sommer wären die Folgen eines solchen Brandes unausdenkbar gewesen, da sich ganz in der Nähe der Wald befand.

Der Morgen dämmerte langsam, als es ihnen gelang, das Feuer mit Schnee zu ersticken. Sie konnten nicht allzu viel aus dem Blockhaus retten, nur die allerwichtigsten Dinge. Tapferes Herz warf für Anne noch einige Haushaltssachen heraus, über die diese sich besonders freute. Auch ein paar Vorräte konnten sie sichern, so dass ihre Verpflegung für einige Tage gesichert war. Rod nahm sich die ganze Sache sehr zu Herzen. Er war verzweifelt. War Gott nicht mit ihnen? Liefen sie einer fixen Idee nach? Sein Bruder musste sterben, und sie standen nun mitten im Winter mit den Kindern ohne Unterkunft da! Fast alle ihre Sachen waren vor ihren Augen verbrannt. Wie sollten sie zur nächsten Handelsstation gelangen, um wieder an die nötigsten Dinge zu kommen? Die Pferde würden in dem tiefen Schnee nicht weiterkommen. Tapferes Herz spürte Rods Verzweiflung, konnte ihn aber in diesem Punkt nicht verstehen. Zwei völlig gegensätzliche Kulturen stießen aufeinander. Tapferes Herz hatte es von Kind auf gelernt, sich aus der Natur zu holen, was er zum Leben brauchte. Rod und Anne lebten zwar viel primitiver als ihre Landsleute im Osten, waren aber doch abhängig von der Zivilisation.

Sofort erkannte Tapferes Herz seine Chance, endlich etwas für die beiden tun zu können. Er wollte sich einen neuen Bogen machen, um auf die Jagd gehen zu können, doch es fehlte ihm eine Tiersehne, die den Bogen spannte. „Wir müssen zuerst ein Tier erlegen. Am besten wäre ein Hirsch. Damit könnten wir vieles ergänzen, was verbrannt ist."

Die Unternehmungslust des Jungen steckte Rod an. „Wir brauchen vor allen Dingen ein neues Quartier, sonst erfrieren wir. Zuerst wollen wir den Stall wieder aufbauen, damit sich auch die Tiere, wenn sie wiederkommen, wärmen können." Tatsächlich kamen die Tiere bald wieder. Sie waren in wilder Hast davongestürmt, doch da sie in dem tiefen Schnee nicht weiterkamen, trotteten sie schließlich wieder zurück. Die vier gingen sofort an die Arbeit, doch obwohl sie schufteten und Anne und Kirschauge ihnen gut mithalfen, waren am Abend nur die Wände notdürftig aufgezogen; aber Rod war schon damit zufrieden. „Nun brauchen wir ganz besonders den Schutz Gottes. Heute Nacht darf es nicht schneien; dann geht es." In der Dunkelheit scharten sie sich alle um ein Feuer. Selbst die Tiere rückten nah heran, damit ihnen nicht kalt wurde.

Rod erzählte nun erst, wie er durch das Klopfen aus seinem tiefen Schlaf geholt wurde. „Mir ist jetzt noch nicht klar, was das war. Ich muss wohl geträumt haben. Aber ich bin sicher, dass mich Gott damit geweckt hat. Tapferes Herz und Kirschauge wären sicher verbrannt, wenn wir das Feuer nicht so rechtzeitig bemerkt hatten." – „Und wir konnten noch einige wichtige Dinge retten. Wie hätten wir den Stall sonst aufbauen sollen – ohne unsere Axt? Wir können Gott wirklich dankbar sein." Anne gab Rod das richtige Stichwort. Er knüpfte gleich dort an. „Ja, Anne, du hast Recht. Lass uns Gott danken, dass niemand von uns Schaden erlitten hat. Selbst die Tiere haben alles gut überstanden. Im Sommer hätte es einen Waldbrand gegeben, und zumindest die Pferde wären uns davongelaufen. Gott in seiner Liebe hat für uns gesorgt." Er dankte für die Rettung der Geschwister und bat Gott um seinen weiteren Schutz. Das war den Indianerkindern wieder völlig neu. Wie konnte man dafür danken, dass nicht noch mehr passiert war? Wo erkannte Rod da die Liebe Gottes? Wenn in ihrem Stamm so etwas geschah, fragten sie sich höchstens, womit sie die Geister beleidigt hatten. Denn warum sollten diese sonst ein Feuer schicken? Rod sprach plötzlich die Gedanken aller aus. „Ich glaube, das war ein Werk von John. Ich bin erschüttert, dass ihn sein Hass so weit getrieben hat. Aber vielleicht bringt ihn diese furchtbare Tat ja zur Besinnung. Hoffentlich erkennt er, was er getan hat. Dann kann er vielleicht auch etwas von Gottes Vergebung erfahren."

Tapferes Herz sah ihn fassungslos an. Nicht nur, dass er diesen Mann nicht verfluchte und ihn verfolgte, um Rache zu üben – er wünschte auch noch, dass ihm daraus etwas Gutes entstünde! Diente man so dem Gott des Himmels und der Erde? Zum ersten Mal bekam Tapferes Herz eine Ahnung davon, dass auf ihn etwas völlig Neues zukam. Er musste noch viel lernen!

Seufzend legte er sich auf den kalten Boden.

14. KAPITEL
„Hier hast du mein Herz"

Am nächsten Tag arbeiteten sie wieder hart und bekamen notdürftig das Dach fertig. Tapferes Herz blieb sogar noch etwas Zeit, um auf die Jagd zu gehen. Stolz kam er am Abend mit einem Stachelschwein zurück. Es hatte – genau wie das letzte – im Schnee festgesteckt und konnte sich nicht befreien. Nun hatten sie wieder gutes Fleisch. Die Sehnen des Tieres lieferten ihm außerdem eine Bogensehne. Nun brauchte er nicht mehr mit dem Messer zu jagen. Aber größere Tiere musste er mit Pfeil und Bogen erledigen.

Er war fest entschlossen, seine ganzen Kenntnisse dafür einzusetzen, dass es Rod und Anne wieder besser ging. Der Gedanke, ihnen helfen zu können, versetzte ihn in eine solch freudige Stimmung, dass Rod ihn gerne gewähren ließ. Es war ihm im Moment gleichgültig, dass es vielleicht einfacher wäre, mit dem Gewehr auf die Jagd zu gehen. Aber Rod freute sich, dass der Junge so glücklich war, und das allein war ihm jetzt wichtig. Am nächsten Tag machten sich Tapferes Herz und Kirschauge gleich an die Arbeit. Aus den Knochen des Tieres schnitzte sich Kirschauge eine Nähnadel. Einige Sehnen hob sie sich als Faden auf. Wenn sie ein Hirschfell bekämen, würde sie Anne ein warmes Kleid daraus nähen; das nahm sie sich fest vor. Als sie auch den Schwanz des Tieres zur Seite legte, fragte Rod neugierig: „Was willst du damit?" Kirschauge wurde ein bisschen verlegen. „Das gibt eine Haarbürste für Anne und mich." Nun lachte Rod zum ersten Mal wieder laut und herzlich. „Das ist aber doch echt weiblich. Kirschauge denkt schon wieder an die Schönheit!" Das Mädchen war gar nicht beleidigt. Sie freute sich so, dass Rod nun endlich wieder einmal gelacht hatte und war direkt ein bisschen stolz darauf, den Grund dazu geliefert zu haben. Auch

Anne musste lachen, und bald waren alle in einer richtig ausgelassenen Stimmung. Rod und Tapferes Herz zogen mit den beiden Schlitten in die Prärie. Tapferes Herz hoffte, eine Bisonherde zu finden. Das würde ihnen alles liefern, was sie brauchten. Sie glitten mit ihren Schneeschuhen über die hohen Schneeberge. Der glitzernde weiße Harsch[1] sah aus, als habe jemand Tausende von kleinen Diamanten ausgestreut. Darüber spannte sich ein Himmel, der in seinem schönsten Blau prangte. Rod drehte sich begeistert zu dem Jungen um und rief: „Hat Gott das nicht alles wunderbar gemacht? Sogar diese eiskalten Schneemassen drücken doch seine Größe aus!" Doch dann fiel ihm ein, dass der Junge ja gar nichts von Gott verstand. Sobald sie sich richtig gut verständigen konnten, würde er ihnen mehr von ihm erzählen. Er ahnte nicht, dass auch Tapferes Herz auf diesen Augenblick wartete.

Der herbeigesehnte Wunsch wurde wahr: Sie sahen schon von weitem eine riesige Herde Bisons. Der Wind hatte den Schnee aus den weiten Flächen weggefegt, um an anderen Stellen wieder gefährliche Schneeverwehungen entstehen zu lassen. „Wir müssen ein oder zwei Bisons in die Schneeverwehungen treiben, dann können

1 Hart gefrorener Schnee.

wir sie leicht überwältigen." Sie hielten auf zwei abseits stehende Bisons, die unter dem Schnee die trockenen Halme suchten, und spalteten sie geschickt von der übrigen Herde ab. Die Tiere wurden nervös und liefen schneller. Die zwei sperrten die Bisons zwischen sich, und Tapferes Herz stimmte ein schauerliches Geschrei an. Erschreckt rasten die Bisons los, und schon nach kurzer Zeit versanken sie im Schnee. Rod überließ dem Jungen die Beute, und mit ein paar Pfeilen tötete dieser die Tiere. Nun mussten sie die weit entfernten Schlitten holen. Als sie die toten Bisons wieder erreichten, horchte Tapferes Herz auf. Die Bisonherde war ein gutes Stück von ihnen entfernt, und aus ihrer Richtung erscholl lautes Geschrei. Indianer hatten die Herde entdeckt! Tapferes Herz riss die Pfeile aus den Bisons, rief Rod und warf sich flach in den Schnee, Deckung hinter einem der riesigen Tiere suchend. Auch Rod hatte nun etwas gehört und ließ sich fallen. Die Indianer trieben die Herde schnurgerade auf sie zu! Wenn die Tiere nicht die Richtung änderten, würden sie entweder zertrampelt werden oder die Indianer würden sie hier finden. Die Herde kam näher und näher. Tapferes Herz stockte der Atem. Da hörte er Rod hinter sich in dem Lärm schreien: „Herr, mein Gott, hilf uns!" In dem Moment setzte der Leitbulle seine Füße in den hohen Schnee. Als ob er die Gefahr witterte, drehte er plötzlich ab und preschte wieder in die offene Prärie. Die Indianer ließen ein Wutgeheul ertönen, denn auch sie hatten gehofft, die Tiere im hohen Schnee erledigen zu können. Die ganze Herde drehte um und lief in die Richtung, aus der sie gekommen war. Indianer, die mit grellen Schreien ihre Bogen schwangen, ritten vorbei.

Als sie nicht mehr zu sehen waren, richtete Rod sich auf. Er ging zu dem Jungen, den er schluchzend im Schnee liegen sah. „Was ist los, Tapferes Herz? Die Gefahr ist vorbei. Du brauchst dich nicht mehr zu fürchten." Mit versteinerter Miene stand Tapferes Herz auf. Er wischte sich die Tränen ab und sagte tonlos: „Tapferes Herz fürchtet sich nicht. Es war nur mein Stamm, den wir dort gesehen haben." Wortlos kniete er sich hin, um die Tiere zu zerlegen. Es fing langsam zu schneien an. „Es tut mir sehr Leid für dich, mein Junge. Ist es nicht zu gefährlich hierzubleiben?" – „Nein. Sie kamen aus der Richtung, in die die Herde wieder abgedreht ist. Sie werden nicht wieder hier vorbeikommen. Sie müssen großen Hunger leiden, dass sie so weit gewandert sind." Was sie von den Bisons gebrauchen konnten, legten sie auf die zwei großen Schlitten. Es wurde eine schweigende Heimfahrt.

Am Morgen spannten Tapferes Herz und Kirschauge die Felle gleich in der Sonne auf, damit sie trockneten. Rod und der Junge erwähnten mit keinem Wort ihr Erlebnis. Den ganzen Tag schnitzte Tapferes Herz wortkarg einige praktische Dinge aus den Knochen und Hörnern der Tiere. Zuerst gab es einen Schaber für die Felle, dann bekam Anne aus den riesigen Schulterknochen Schüsseln und aus den Hörnern Löffel.

Kirschauge kochte Seife, die sie schon langsam vermissten. Das Fleisch wurde in Portionen aufgeteilt und im Schnee vergraben. Jetzt hatten sie einen großen Vorrat. Es gab noch viel Arbeit, bis auch die Blockhütte wieder stand. Zwar wurde sie primitiver als die erste, aber Rod war doch sehr froh über sie. Erst im Frühjahr würde er Anne einen neuen Herd mauern können. Auch Tisch und Stühle fehlten, aber sie hatten ein Dach über dem Kopf und waren glücklich. Jetzt erst nahmen sie das Sprachstudium wieder auf, aber Tapferes Herz war seit der Bisonjagd sehr einsilbig geworden. Die frühere Vertrautheit schien verschwunden zu sein. Rod litt sehr darunter, aber er sagte nichts. Anne, die viel zu feinfühlig war, als dass sie die trübe Stimmung des Jungen nicht gespürt hätte, zerbrach sich den Kopf, warum Tapferes Herz so traurig war. Sie versuchte die Geschwister mit allen möglichen Methoden aufzumuntern, sie sparte nicht mit Lob für das Hirschlederkleid, das Kirschauge ihr genäht hatte, doch ohne Erfolg.

Kirschauge bemerkte sofort, dass auf der Jagd etwas passiert sein musste, aber Tapferes Herz erzählte ihr nichts. So zog sie sich schmollend zurück. Es beleidigte sie, dass ihr Bruder sie nicht ins Vertrauen zog. Eines Tages fragte Tapferes Herz mitten im Sprachstudium: „Wie nennt ihr den Weisen Oben?" Da Rod diesen Begriff nicht kannte, schaute er den Jungen nur verständnislos an. Nach einer Pause sagte Tapferes Herz unvermittelt: „Ich glaube, ihr nennt ihn Jesus Christus." Rod war erstaunt. Was wusste der Junge von Jesus? Hatte er den Namen nur aus ihren Gebeten herausgehört, oder kannte er ihn von Gray? „Woher kennst du den Namen? Weißt du, wer Jesus Christus ist?", fragte er gespannt. Tapferes Herz nickte nachdenklich. „Er wusste, dass wir Menschen zu unwürdig für den Weisen Oben sind; darum starb er, damit wir dadurch würdig würden." Das hatte er vom Vater gehört und an die Mutter weitergegeben. Doch richtig verstanden hatte er die Bedeutung der Worte nicht.

Nun war Rod verblüfft. Das konnte er nur von seinem Bruder Gray gehört haben! „Konnte mein Bruder euch noch so viel von Gott erzählen, dass du das behalten hast?" Da erzählte Tapferes Herz, wie der Vater, berührt von den Worten Grays, seiner Mutter alles berichtet hatte, wie die Mutter erst ängstlich nichts von alledem hören wollte, dann aber diesen Gott mehr und mehr lieb gewann. Er erzählte von dem Fluch, von dem Tode des Vaters und von der Qual in seinem Herzen. Die Worte fehlten ihm noch in der fremden Sprache. Er konnte seine Gefühle nicht richtig ausdrücken. Anne kam zu ihnen und hörte erschüttert zu. Die Tränen liefen ihr übers Gesicht, als Tapferes Herz stockend über den Tod der Eltern berichtete. Und dann kam die Frage, die er schon so lange auf dem Herzen hatte: „Wo sind sie jetzt? Sind Vater und Mutter bei diesem Gott des Himmels und der Erde?" Kirschauge kam gerade herein und setzte sich in die Runde. Unruhig sah Tapferes Herz Rod an. Konnte er ihm diese Frage beantworten? Konnte man das überhaupt wissen? Rod holte ein abgegriffenes

Buch hervor. Dann machte er das, was Gray bei seinem Vater getan hatte: Er schlug das Johannes-Evangelium auf und las dem Jungen vor: „Ich bin die Auferstehung und das Leben. Wer an mich glaubt, wird leben, auch wenn er stirbt." Die beiden sahen ihn gespannt an. „Wenn eure Eltern Jesus Christus vertraut haben, wenn sie ihre Hoffnung auf ihn gesetzt und ihre Hilfe nur von ihm erwartet haben, dann sind sie jetzt bei ihm. So wie du mir erzählt hast, haben sie Jesus lieb gewonnen, und dann hat er sie auch zu sich geholt. Darf ich euch noch etwas vorlesen?" Tapferes Herz nickte nachdenklich. Also las ihnen Rod noch einen Vers aus dem Johannes-Evangelium vor: „Euer Herz erschrecke nicht! Vertrauet auf Gott und vertrauet auf mich! In meines Vaters Hause sind viele Wohnungen; wenn nicht, so hätte ich es euch gesagt. Ich gehe hin, euch eine Stätte zu bereiten. Und wenn ich hingehe und euch eine Stätte bereite, so komme ich wieder und werde euch zu mir nehmen, auf dass auch ihr seid, wo ich bin." Eine tiefe Stille folgte. Die seltsam friedlichen Worte klangen im Raum weiter. Tapferes Herz hielt den Kopf gesenkt, Kirschauge hatte Tränen in den Augen. „Dann hat dieser fremde Gott unsere Eltern zu sich geholt, weil er sie lieb hatte, oder?", fragte sie leise. „Vielleicht, Kirschauge", antwortete Rod, „ich kenne die Gedanken Gottes nicht. Aber ich bin sicher, dass sie jetzt bei ihm sind, in einem schönen Heim, das Gott für sie gemacht hat. Und wenn auch ihr Jesus vertrauen lernt, dann werdet ihr sie einmal wieder sehen, wenn er euch zu sich holt."

Die Kinder waren in grübelndes Schweigen versunken. Rod ließ sie gewähren. Er wollte nicht auf sie einreden. Sie mussten erst einmal verstehen, was sie hörten. Tapferes Herz blickte mit verdächtig feuchten Augen auf. „Euer Gott hat uns viel geholfen auf der Flucht. Wir ständen nicht lebend vor euch, wenn er nicht eingegriffen hätte. Wir wollten losgehen, um ihn zu suchen und zu erfahren, wie wir ihm dienen könnten. Er hat uns zu euch geführt, und nun bin ich bereit, aus Dankbarkeit für unsere Rettung alles zu tun, was er will." – „Weißt du, das ist nicht wie bei euren Geistern. Die haben euch ganz genau vorgeschrieben, was ihr zu tun habt. Gott will nicht zuerst dein Tun, deine Werke, sondern er will dich." – „Das verstehe ich nicht. Was heißt das?" – „Er will dein Häuptling, dein Vater sein – verstehst du jetzt? Er möchte, dass du ihm dienst, aber aus Liebe." Da sah ihn Tapferes Herz strahlend an. Nun hatte er endlich verstanden, wie man diesem Gott dienen konnte! „Das will ich gerne tun. Dann habe ich ja zwei neue Väter! Wir haben zwar viel verloren, aber wir sind doch wieder reich geworden." „Weißt du, du wirst nie etwas verlieren um seinetwillen und es nicht hundertfach zurückbekommen – das hat er uns selbst versprochen. Vergiss das nie." Kirschauge hörte nur schweigend zu. Vielleicht lag es an ihren mangelnden Sprachkenntnissen, oder sie war noch nicht bereit, Gott ihr ganzes Vertrauen zu geben. Jedenfalls äußerte sie sich nicht dazu. Tapferes Herz betete noch mit Rod. Er sagte ganz erleichtert:

„Du Gott, der du Himmel und Erde gemacht hast, verzeih mir, dass ich früher nichts von dir hören wollte. Hier hast du mein Herz und mein ganzes Leben. Mach damit, was du möchtest."

Sie verbrachten einen glücklichen Winter. Von John hörten sie nichts mehr. Wahrscheinlich hatte er nach seiner Tat die Gegend verlassen. Tapferes Herz und Rod konnten sich nun immer besser verständigen. Auch Kirschauge lernte jeden Tag dazu, und so langsam verstand sie immer mehr; allein das Sprechen machte ihr noch große Schwierigkeiten. Die ungewohnten Laute wollten einfach nicht so recht über die Lippen kommen. Rod hatte den Plan seines Bruders, den Cheyenne das Evangelium zu bringen, nicht aufgegeben. Nun, da Gray dafür sogar sein Leben opfern musste, war er entschlossener denn je, die Arbeit von ihm weiterzuführen. Er hoffte natürlich auf die Mithilfe von Tapferes Herz. Doch Rod wollte den Jungen nicht dazu überreden, sondern er betete, dass Gott das

Herz des Jungen dafür bereit machte. Es war der Wunsch von Tapferes Herz, Lesen zu lernen, und so verbrachten sie Stunden mit dem Üben von Buchstaben und dem Sprachstudium. Außerdem wollte Tapferes Herz immer mehr aus dem Buch hören, das von Gott handelte. Auch Kirschauge setzte sich manchmal dazu, und der Junge freute sich jedesmal auf diese Zeit. Tapferes Herz hatte so viele Fragen, dass sie manchmal bis tief in die Nacht hinein miteinander sprachen.

Die Liebe zu diesem Gott des Himmels und der Erde vertiefte sich in dem Jungen mehr und mehr. Wie sehr hatte er früher in Angst vor den Geistern leben müssen, und nun durfte er einen Gott kennen lernen, der ihm Vater sein wollte! Für den Jungen, der nur den Aberglauben seines Volkes kannte, war das ein unfassbares Geschenk. Immer öfter musste er an seine Stammesgenossen denken, die noch in ihrer alten Angst steckten. Die Liebe Gottes hatte ihn von aller Bitterkeit befreit. Es tat ihm nur weh, wenn er an die schrecklichen Stunden für Grauhaar, seine Eltern und auch für sie alle dachte. Wie viel wäre ihnen erspart geblieben, wenn sie ihr Herz gleich Gott geöffnet hätten! Doch als er einmal mit Rod darüber sprach, war der ganz anderer Meinung: „Ich bin sicher, dass es bei Gott nichts Unnötiges gibt. Hättest du nach Gott gefragt ohne den Tod deiner Eltern und all den schlimmen Stunden danach? Hätte dein Vater etwas von Grauhaar hören wollen, wenn deine Mutter nicht krank gewesen wäre? Vielleicht wird dein Stamm durch all diese Ereignisse für die Botschaft Gottes vorbereitet, die ihnen sicher noch einmal jemand bringen wird."

Tapferes Herz wurde ganz still. War das wirklich alles notwendig gewesen, damit sein Volk zu Jesus Christus findet? Dann hätte sich aller Einsatz gelohnt! Immer öfter musste Tapferes Herz an seine Freunde denken. Ob sie sich noch an ihn erinnerten? Über ihn reden würden sie bestimmt nicht, denn das war ihnen sicherlich streng untersagt worden. Ihre ganze Familie würde man einfach totschweigen. So hoffte man, den Namen der Schuldigen aus dem Gedächtnis der Geister zu bringen. Aber kamen vielleicht manchmal wenigstens ihre Gedanken auf sie zurück, oder ängstigten sie sich selbst davor? Wie ging es vor allem seinem Onkel und den Großeltern? Das interessierte ihn am meisten. War die Großmutter an ihrem großen Kummer gestorben? Wachsamer Fuchs hatte schon, als sie noch da waren, das Lachen verlernt. Wie mochte es ihm jetzt gehen? Tapferes Herz konnte ihm nicht mehr böse sein. Was hätte er auch machen sollen? Immer musste Wachsamer Fuchs die Verantwortung für die Großeltern mittragen. Auch er lebte in der Angst vor den Geistern; wie hätte er sich da anders verhalten sollen?

Nein, heute verstand ihn Tapferes Herz ganz gut, und es war sein größter Wunsch, das Wachsamer Fuchs einmal sagen zu können. Aber selbst wenn er zu den Cheyenne zurückkehren konnte, würden Jahre darüber vergehen. Zuerst musste er Lesen und Schreiben lernen.

Dann kam er auf die Idee, mit Rod das Johannes-Evangelium, das ihm schon so viel geholfen hatte und das er so liebte, zu übersetzen. Erst dann wollte er wieder zurückkehren.

Aber nun war er erst 16 Winter alt und musste noch viel lernen. Man würde ihn nur auslachen, wenn er von seinen Plänen erzählte. Vorläufig behielt er die ganze Sache für sich, ohne zu ahnen, dass Rod genau dieselben Gedanken hatte und darüber betete. Vorerst einmal stürzte sich Tapferes Herz in die vielen Aufgaben, und Rod hatte manchmal nicht die Ausdauer, seinen Lernhunger zu befriedigen. „Wir müssen auch einmal etwas anderes tun als nur studieren. Du kommst ja kaum mehr nach draußen. Du wirst uns noch krank. Es liegen noch viele Jahre vor dir; warum willst du da alles auf einmal lernen?", protestierte er an einem Abend, als der Junge wieder kein Ende finden konnte. Sie einigten sich auf drei Stunden am Tag, in denen sie miteinander üben wollten. Doch die Fortschritte, die sie erzielten, waren Tapferes Herz viel zu gering. Kirschauge betrachtete den Lerneifer ihres Bruders ein wenig verständnislos. Sie machte oft mit, hatte aber längst nicht den Ehrgeiz von Tapferes Herz. Sie vermisste die Streifzüge, die sie früher mit ihm unternahm. Auf der Flucht waren sie völlig aufeinander angewiesen gewesen und immer mehr zusammengewachsen. Nun kam es ihr vor, als würde sie ihren Bruder an diesen fremden Gott verlieren und auch an Rod. Sie zog sich ein wenig gekränkt zurück, aber dadurch vergrößerte sie selbst ihren Kummer, denn nun kam sie sich noch einsamer vor. Sie merkte, dass ihr Bruder Pläne machte und sie nicht mehr mit einbezog.

Tapferes Herz war so in seine Gedanken und neuen Eindrücke versunken, dass er die Not seiner Schwester gar nicht bemerkte. Eines Abends, als sie sich schlafen legten, warf Kirschauge ihren ganzen Stolz über Bord. Tapferes Herz dachte gerade darüber nach, wie er zu seinem Stamm gelangen konnte, ohne dass sie ihn sofort töteten. Da klagte Kirschauge leise: „Das Herz meines Bruder hat sich weit von seiner Schwester entfernt." Tapferes Herz schreckte verdutzt aus seinen Träumen auf. „Wie meinst du das?" – „Es gibt viele Gedanken, die mein Bruder nicht mehr mit mir teilt. Oder kann er mir sagen, wovon er eben geträumt hat?"

Tapferes Herz hatte sich früher immer über das feine Gespür seiner Schwester, vor der er nie etwas verbergen konnte, geärgert. Nun war er fast ein bisschen stolz auf sie. Sie war eben ein besonderes Mädchen. Vielleicht konnte sie ihn ja verstehen und war sogar für seinen Plan zu begeistern. Er erzählte ihr alles, was ihm auf dem Herzen lag, konnte in der Dunkelheit jedoch nicht sehen, wie sich ihre Augen vor Entsetzen weiteten. Dann unterbrach sie ihn einfach: „Du willst wieder zu unserem Volk zurück? Sie werden dich auf jeden Fall sofort töten, wenn sie dich sehen. Unsere einzige Überlebenschance war ja, dass sie uns für tot hielten. Wenn sie erst einmal ihren Irrtum erkannt haben, werden sie nicht ruhen, bis sie die Rache der Geister gestillt haben. Sie dürfen gar nicht anders handeln. Willst du etwa die Geister reizen?"

Da merkte Tapferes Herz zum ersten Mal, dass etwas sie trennte. Sie verstand ihn absolut nicht, weil sie seine Antriebsfeder, die Liebe Gottes in seinem Herzen, nicht kannte. Sie rechnete auch nicht mit Gottes Macht. „Wenn uns Gott durch alle Gefahren getragen hat, wieso sollte er mich nicht auch weiter beschützen können? Er möchte jedenfalls, dass meine Brüder frei werden von der Macht der Geister und ihm dienen. Wenn er mich dafür gebrauchen kann, dann bin ich bereit."

Kirschauge schwieg. Das tat ihm sehr weh, denn es gab in ihrem Leben nur wenige Augenblicke, in denen sie sich nicht verstanden. Nun war eine tiefe Kluft zwischen ihnen. Er machte sich große Vorwürfe, dass er sie so vernachlässigt hatte. In Gedanken war er bei großen Aufgaben, aber die kleinen direkt neben ihm übersah er. Das sollte anders werden! Das Gespräch mit Kirschauge ermutigte ihn trotzdem. Er hatte ausgesprochen, was er selbst kaum zu denken gewagt hatte: Wenn Gott bei ihm war, brauchte er nicht um sein Leben zu fürchten. Sollte er auch sterben müssen – so wie Grauhaar –, dann war er dazu bereit. Von tiefem Frieden erfüllt, schlief er ein. Nun las er jeden Tag mit Kirschauge ein Stück im Johannes-Evangelium. Geduldig erklärte er ihr alles, was sie nicht verstand. Doch manches Mal mussten sie Rod zu Rate ziehen, und dann sprachen sie zu dritt über das aufgekommene Problem. Kirschauge war glücklich darüber, dass ihr Bruder sie wieder beachtete. Aber auch die Worte aus dem Evangelium blieben tief in ihrem Herzen und verfehlten ihre Wirkung nicht. Sie begann diese Stunden immer mehr zu lieben.

Tapferes Herz lernte viel dabei. Er war gezwungen, sich mit dem, was sie zusammen lasen, auseinanderzusetzen. Kirschauge stellte ihm kritische Fragen, und er musste

Stellung beziehen. Sein Glaube wurde dadurch mehr und mehr gefestigt.

Kirschauge bemerkte seinen inneren Frieden und spürte auch die Liebe Gottes, die durch ihn wirkte. Sie hatte ihm längst vergeben. Immer öfter erwog sie, ihr Leben mit diesem Gott, den Tapferes Herz so sehr liebte, zu teilen. Doch jedesmal, wenn sie ernstlich darüber nachdachte, überwältigte sie die Angst, dann zu ihrem Volk zurück zu müssen, um ihm von Gott zu erzählen. Schnell schüttelte sie den Gedanken wieder ab. Nein, das wollte sie nicht! Sie hatte zu große Angst vor ihrem Stamm. Doch je mehr sie sich dagegen sträubte, desto unruhiger und friedloser wurde sie. Als sie eines Tages in Gedanken versunken war, kamen ihr die friedlichen Worte in den Sinn: „Euer Herz erschrecke nicht! Vertrauet auf Gott und vertrauet auf mich!" Plötzlich sehnte sie sich nach diesem Vertrauen, das alle ihre Ängste wegspülen konnte. Und zum ersten Mal sprach sie ganz allein zu diesem Gott. Sie erzählte ihm ihre ganzen Probleme, so wie sie es oft von Rod und auch von ihrem Bruder gehört hatte. Als sie endete, erfüllte tiefe Freude ihr Herz, und sie setzte noch ganz spontan hinzu: „Dann nimm also auch mein Herz, egal, was daraus wird." Lange sprach sie mit niemandem über ihr Erlebnis, doch allen fiel auf, dass sie anders geworden war.

15. KAPITEL
Die Entscheidung

Wie jedes Jahr kam der Frühling mit Macht. Der Widerstand des Winters wurde gebrochen, und die Eismassen seufzten unter der Wärme des lauen Windes. Auch die Herzen der Menschen schienen aufzutauen, und eine unbändige Freude erfüllte jeden. Die Ziegen hüpften begeistert auf die Wiese, die ihr erstes zaghaftes Grün ansetzte, und die Kinder sprangen so übermütig wie die Ziegen hinterher. Rod packte die Unternehmungslust. Er plante eine Reise zur nächsten Handelsstation, wo sie einige der verbrannten Sachen ersetzen wollten. Er hatte im vergangenen Sommer viele schöne Felle zusammengebracht, die er dort verkaufen und gegen andere Ware eintauschen würde. Rod wollte Tapferes Herz gerne mitnehmen, und der war ganz begeistert von der Idee. Er hatte schon vieles über die Handelsstationen gehört. Manche Indianer hatten ihren Stamm verlassen und ihre Tipis vor den Stationen aufgeschlagen, um von den Weißen dort Alkohol und Kaffee gegen Felle einzutauschen oder einfach abzubetteln. Sein Volk sprach mit viel Verachtung von den abtrünnigen Brüdern. Tapferes Herz war sehr gespannt, ob er unter den Indianern jemand kannte. Vielleicht konnte er mit ihnen sogar über Jesus Christus sprechen? Er brannte darauf, loszugehen! Doch erst mussten die Frauen gut versorgt sein, bevor die Reise beginnen konnte, denn sie waren mindestens zwei Wochen unterwegs.

Als dann endlich alles soweit war, konnte Tapferes Herz in der letzten Nacht vor lauter Aufregung kaum schlafen. Er erinnerte sich an seine erste Bisonjagd; dort war er auch so nervös gewesen. Kirschauge bettelte schon lange darum, mitgehen zu dürfen, aber Rod blieb hart. Der Ritt würde außerordentlich anstrengend werden. Kirschauge war bei Anne besser aufgehoben. Doch Rod griff zu einer kleinen List: „Ich kann ganz beruhigt gehen, wenn ich weiß, dass Anne nicht allein ist. Du kannst ihr schon viel helfen. Darum bleib bitte bei Anne."

Das war keine Lüge. Er freute sich wirklich, dass Anne eine so tüchtige Helferin zur Seite hatte. Kirschauge war so stolz auf das Vertrauen, das Rod ihr entgegenbrachte, dass sie ohne Murren zu Hause blieb. Die Frühnebel legten sich gerade, als Rod und Tapferes Herz sich am nächsten Morgen auf den Weg machten. Am sechsten Tag sahen sie von einem Felsvorsprung aus auf die weite Ebene, in der die Handelsstation lag. Die Mittagssonne brannte auf die Tipis der Indianer, die rund um die Station aufgestellt waren. Tapferes Herz schaute in die Runde und meinte, Rod müsse das laute Klopfen seines Herzens hören. Was würde ihn hier erwarten? Seine Brüder hatten nie freundlich über die Weißen geredet. Viel Unrecht war geschehen in ihrer früheren Heimat im Süden der Vereinigten Staaten. Das war sehr lange her, und Tapferes Herz kannte diese leidvolle Geschichte der Cheyenne nur aus den Überlieferungen der Alten.

Viele Weiße brachen damals in ihr Jagdrevier ein, und immer öfter mussten sie ihre Zelte abbrechen, um in Ruhe jagen und fischen zu können. Dann machten einige den Vorschlag, in die nördlichen Prärien zu ziehen, wo sich kein Weißer aufhielt und es scheinbar Wild im Überfluss gab. Aber die Meinungen waren geteilt; viele mochten sich von ihrer alten Heimat nicht trennen. So kam es dazu, dass der Stamm sich spaltete. Die Vorfahren von Tapferes Herz zogen in den verheißungsvollen Norden, und der andere Teil ihres Volkes blieb im Süden. Es gab viele traurige Geschichten von dieser Trennung, und die alten Überlieferungen berichteten von dem schrecklichen Heimweh, das die ausgewanderten Cheyenne bekamen. Doch allmählich begannen sie das Land zu lieben und die Nahrungsfülle darin; vor allem aber lernten sie die Ruhe vor dem weißen Mann zu schätzen. Doch auch sie blieben von den Bleichgesichtern nicht verschont...

Sie kamen vor den riesigen Palisaden des kleinen Dorfes an. Beeindruckt musterte Tapferes Herz ihre Größe. So etwas hatte er noch nie gesehen! Ein mächtiges Tor schützte die Bewohner des Dorfes vor Angreifern. Überall fielen Tapferes Herz herumlungernde Indianer auf. Worauf warteten sie? Auf dem Weg zum Geschäft sahen sie einen roten Mann am Boden liegen. Bevor Rod, der diese Bilder gewohnt war, den Jungen zurückhalten konnte, kniete er schon vor ihm. Ein widerlicher, ihm unbekannter Geruch schlug ihm entgegen. Er hielt den Atem an und schüttelte den Mann.

„Was ist los mit dir? Bist du krank?" Rod zog den widerstrebenden Jungen hoch. „Er ist betrunken. Er hat etwas getrunken, was ihm alle Sinne raubt. Sie nennen es Feuerwasser. Er wird hier liegen bleiben, bis er sich aus-geschlafen hat; dann ist er wieder völlig normal. Nur der Kopf wird ihm morgen noch brummen." – „Warum macht er das? Das ist doch dumm von meinem roten Bruder", fragte Tapferes Herz verstört. „Der Mensch macht so viel Dummes, um sein Elend zu übertönen", antwortete ihm Rod traurig. Die gehobene Stimmung von Tapferes Herz war wie weggeblasen. So also sah es mit den Indianern aus, die sich den Weißen anschlossen! „Warum gehen sie nicht wieder zurück zu ihren Brüdern?" – „Weil sie dort dieselbe Verachtung ertragen müssten wie hier. Die Indianer sind in ihrem Spott oft noch härter als die Weißen." Tapferes Herz musste daran denken, wie sie Grauhaar behandelt hatten. Nach und nach erlangte dieser tapfere Mann zwar ihre Bewunderung, doch was nützte ihm das?

Rod bat Tapferes Herz, vor dem Geschäft auf ihn zu warten, bis er seine Einkäufe erledigt hätte. Tapferes Herz sah ihn erstaunt an, fügte sich aber ohne Widerspruch. So konnte er sich in aller Ruhe ein wenig in der Handels-station umsehen.

Als Rod ihn – mit den Fellen auf der Schulter – verließ, betrachtete er die neue Umgebung. Es waren nur wenige

Häuser, die auf dem engen Platz zusammenrückten. Alle lebten vom Handel mit den Indianern, die von den meisten aber verachtet wurden. Sie behandelten sie mit der Kaltschnäuzigkeit einer Rasse, die sich anderen überlegen fühlt. Tapferes Herz schaute sich die einfachen Blockhäuser interessiert an. Er war neugierig, ob sie innen genauso ausgestattet waren wie ihr Zuhause. Da sah er, dass eine Tür weit geöffnet war. Wenn der Eingang des Zeltes eines seiner Stammesbrüder offen war, bedeutete dies, dass man jeden Gast herzlich willkommen hieß. Ein wenig schüchtern ging er zu der Tür und steckte seinen Kopf hinein. Was er sah, ließ ihn staunen: Vor ihm tat sich ein großer Raum auf, in dem alte, selbstgemachte Möbel standen. Tapferes Herz betrachtete bewundernd einen wuchtigen Schrank, der mit schön geschwungenen Verzierungen geschmückt war. So etwas hatte er noch nie gesehen!

Da trat eine Frau in den Raum. Sie hatte wie Anne lange, wallende Kleider an, und ihr Haar war auf die gleiche Weise hochgesteckt. Das machte sie dem Jungen sofort vertraut, und er lächelte ihr zu. Als diese den Indianerjungen erblickte, rief sie mit schriller Stimme ihren Mann: „Simon, Simon, nun wagt sich dieses Gesindel sogar schon bis in unser Haus hinein!" Tapferes Herz überlegte gerade, ob sie mit dem „Gesindel" tatsächlich ihn meinte, als er einen harten Griff in seinem Nacken verspürte. Er wurde wie eine Feder aufgehoben und unsanft in den Dreck geworfen, den der aufgetaute Schnee hinterlassen hatte.

Der Junge fühlte einen scharfen Stich in seinem Herzen. Kalte Wut kroch in ihm hoch. Blitzschnell sprang er auf die Füße und warf sich, ohne seinen bärenstarken Gegner zu fixieren, auf den Mann. Dieser erwartete ihn kaltblütig und streckte Tapferes Herz mit einem mächtigen Faustschlag nieder. Tapferes Herz hörte ein lautes Knacken in seinem Kopf, und er sah rote Sterne vor seinen Augen tanzen. Alle Kraft schien ihn zu verlassen, doch bevor er umsackte, hörte er noch das schrille Gezeter der Frau: „Musstest du dieses halbe Kind denn gleich zusammenschlagen? Du bist doch der roheste Kerl, den ich kenne!" Doch der Mann riss den Indianerjungen ungerührt hoch.

„Sie werden sonst immer unverschämter. Das wird ihnen eine Lektion sein. In unseren Häusern haben sie nichts zu suchen. Sie müssen sich das gut merken!" Die noch murrende Frau ging wieder in ihr Heim. Der Mann aber packte den Jungen und warf ihn in die größte Pfütze, die er sah. „So, mein Freund, nun wirst du es dir beim zweiten Mal genau überlegen, ob du noch mal ein Haus der Weißen betrittst!" Ohne sich weiter um Tapferes Herz zu kümmern, ging er wieder seiner Arbeit nach. Simon McKenzie, wie der Mann hieß, hatte einige Indianerüberfälle miterlebt. Bei einem der Überfälle verlor er seine erste Frau. Sie waren gerade damit beschäftigt gewesen, ihr frisch gerodetes Land zu umzäunen. Er entkam wie durch ein Wunder. Danach kannte er nur noch Hass für die Indianer. Er war nie auf die Idee gekommen, dass die eigentlichen Besitzer dieses Landes auch aus Verbitterung so handelten. Immer wieder versuchten sie mit den Weißen ehrliche Verträge auszuhandeln, die aber regelmäßig von anderen Weißen wieder gebrochen wurden. Als man ihnen immer mehr von ihrem Land stahl, kamen sie zu der Überzeugung, dass sie selbst jeden Eindringling hinaustreiben, oder besser, töten mussten. Der große weiße Vater, der Häuptling aller Bleichgesichter, ließ sie zwar viele Papiere unterzeichnen, und seine Abgesandten schworen feierlich die Einhaltung der Abmachung, doch der weiße Vater war weit weg, und niemand kümmerte sich darum, dass immer mehr die Verträge brachen. So nahmen die Indianer ihre Sache selbst in die Hand. Auf beiden Seiten floss viel unschuldiges Blut, wurde viel Unrecht begangen, und der Hass nahm immer mehr zu. Aber die Indianer fühlten sich im Recht, und sie zerbrachen langsam daran, dass es für sie keine Rechte mehr zu geben schien. Das Grundgesetz galt nur für die Weißen, Indianer schien es nicht gemeint zu haben. Immer mehr ertränkten ihren Kummer darüber, wehrlos dem Unrecht ausgesetzt zu sein, im Alkohol. Dadurch vertiefte sich nicht nur das Elend, sondern auch die Verachtung der Weißen. Sie wollten natürlich nichts mehr davon hören, dass sie es gewesen waren, die den Indianern das schreckliche „Feuerwasser" brachten. Bei Verträgen oder Verkäufen wurde es reichlich ausgegeben. Es brauchte nie viel, um einen Indianer sinnlos betrunken zu machen, und bevor er einschlief, machte man prächtige Geschäfte mit ihm. Als sich immer mehr Indianer zur Wehr setzten, wurde jedem Weißen das Schreckensbild von dem mordenden, skalpierenden Wilden vorgemalt.

Auch Simon McKenzie hatte nie etwas anderes gehört. Bevor er westwärts zog, gaben ihm gute Freunde den Rat: „Wenn du einen Indianer siehst, musst du schießen, bevor er dich töten kann." Seine erste Erfahrung mit diesem Volk bestätigte seine Vorurteile, und so war auch er ein bedingungsloser Anhänger des hässlichen Wortes: „Nur ein toter Indianer ist ein guter Indianer." Wenn es nach ihm gegangen wäre, hätte man die Indianer ausgerottet. Weshalb sollte man sich von ihnen so viel gefallen lassen? Waren sie nicht genug, um keinen dieser aufrührerischen Roten am Leben zu lassen? Er ließ seine Bitterkeit gerne an den „Laramie-Bummlern" aus, wie die um ein Fort oder eine Handelsstation herumlungernden Indianer von ihren eigenen Stammesbrüdern verächtlich genannt wurden.

Grimmig setzte Simon seine Arbeit fort. Er würde sich von diesen Roten nichts gefallen lassen!

Fieberhaft suchte Rod Tapferes Herz. Er kannte die Zustände auf der Handelsstation. Hoffentlich war der Junge nicht mit einem seiner Landsleute zusammengekracht! Das Herz schien ihm stehen zu bleiben, als er Tapferes Herz daliegen sah, der sich nicht rührte. Er kniete neben dem Jungen nieder und hob vorsichtig seinen Kopf. Blut floss aus dessen Nase, und die eine Hälfte seines Gesichtes war völlig geschwollen. Er war über und über mit Dreck beschmiert. Rod nahm den Jungen hoch und trug ihn bis zum nächsten Haus. Dort legte er ihn nieder und klopfte. Frau McKenzie streckte den Kopf heraus und fragte freundlich: „Was kann ich für Sie tun?" – „Haben Sie einen Eimer Wasser für mich?" – „Selbstverständlich!" Frau McKenzie sah mit erfahrenem Blick, dass der Mann in Not war und fragte nicht lange. Der Eimer Wasser kam prompt. Rod bedankte sich flüchtig und beugte sich über den Jungen, den Frau McKenzie erst jetzt wahrnahm. Rod schüttete Tapferes Herz das Wasser ins Gesicht, da kam er benommen zu sich. Frau McKenzie stand hinter Rod und beobachtete ihn. „Kennen Sie diesen Indianerjungen?" – „Er ist mit mir gekommen. Wissen Sie, wer ihn so schrecklich zugerichtet hat?" – „Und wenn ich es wüsste, würde ich es Ihnen nicht sagen. Nur eins möchte ich Ihnen raten: Laufen Sie in dieser Gegend nicht mit einem Indianer herum, sonst werden Sie leicht mit diesem Pack in einen Topf geworfen. Hier wird ein Weißer, der mit einem Indianer befreundet ist, noch mehr gehasst als die Indianer selbst. Nehmen Sie schnell den Jungen – und verschwinden Sie, bevor jemand Sie bemerkt." – „Danke für Ihren Rat", murmelte Rod. Unbeeindruckt wusch er Tapferes Herz das Gesicht weiter ab. Dieser schlug die Augen schon wieder auf, und an seinem verstörten Blick sah Rod, dass er alles verstanden hatte. Eine tiefe Traurigkeit überfiel ihn. Er nahm den Jungen auf den Arm und ging wortlos an der Frau vorüber. Tapferes Herz wollte schon wieder selber laufen, aber bei den ersten Schritten wurde es ihm schwarz vor den Augen. Rod, der damit gerechnet hatte, konnte ihn gerade noch auffangen.

Mit Rods Hilfe schleppte sich Tapferes Herz zum Tor hinaus. Er hatte nur einen Gedanken: Fort von dieser Station! Er sah die vertrauten Tipis, und ein warmes Gefühl erfasste ihn, so etwas wie Heimweh. „Lass uns ein wenig hinsetzen." Ohne auf Rods Einverständnis zu warten, ließ er sich im Gras nieder. Rod kauerte sich neben ihn. „Eigentlich wusste ich es schon früher, aber nun ist es völlig klar: Ich gehöre nicht zu deinen Landsleuten. Du und Anne, ihr seid uns wie Vater und Mutter geworden, und doch leben wir in verschiedenen Welten. Das wird sich auch nicht ändern. Wir haben uns sehr gerne, aber ihr werdet dadurch keine Indianer und wir keine Weißen. Das schmerzt mein Herz sehr, und ich wollte es nie aussprechen. Doch ich glaube, wir müssen ehrlich miteinander sein. Heute wurde mir ganz bewusst, dass ich zu meinem Volk gehöre. Geht es unter, dann will ich mit untergehen.

Aber ich glaube, dass Gott mir nicht umsonst seine Liebe ins Herz gegeben hat. Es blutet bei dem Gedanken, dass meine Brüder nichts über den Gott, der Himmel und Erde gemacht hat und der auch sie liebt, hören sollen. Wie frei und glücklich könnten sie leben! Wenn ich diese Tipis sehe" – er beschrieb mit seinem Arm einen weiten Bogen um die Zelte –, „dann möchte ich aufspringen und ihnen die frohe Nachricht bringen: Ihr dürft frei sein – frei von der Macht der Geister und des Feuerwassers, frei von eurem Hass, weil Gottes Liebe diese Wunden heilt, frei von eurer armseligen Vergangenheit, weil Jesus Christus neues Leben schenkt, frei von der Unterdrückung, weil ihr nur ihm gehört, und vor allem frei von Angst!" – „Dann sag es ihnen doch!" – „Ich möchte ihnen aber Gottes Wort in ihrer Sprache bringen können. Ich würde gerne mit dir zusammen das Johannes-Evangelium in der Sprache der Cheyenne übersetzen", gab Tapferes Herz endlich seinen geheimsten Gedanken preis. Rod hielt vor Überraschung und Freude den Atem an. „Und wenn wir das getan haben, was willst du dann tun?" – „Dann gehe ich zurück zu meinem Stamm und erzähle ihnen von diesem fremden Gott, den ich lieb gewonnen habe." – „Das mach nur! Was würden sich deine Eltern und Gray freuen, wenn sie das noch sehen könnten!" – „Vielleicht können sie es ja sehen. Ich möchte so gerne meinem Vater im Himmel etwas sagen." – „Ja bitte!" – „Vater im Himmel, danke für deinen Schutz bis hierher. Danke für deine große Liebe.

Bitte hilf uns bei der Übersetzung deines Wortes. Gehe du voraus zu meinen Brüdern und arbeite jetzt schon an ihren Herzen."

Dann stand Tapferes Herz auf. Noch etwas schwankend ging er auf ein Tipi zu. Vielleicht fand er hier Cheyenne und konnte mit ihnen sprechen. Vielleicht gab es hier jemanden, dessen Herz blutete und den er ein wenig trösten konnte mit seiner guten Nachricht. Wer weiß!